I0642767

www.ingramcontent.com/pod-product-compliance
Lightning Source LLC
Chambersburg PA
CBHW050346030726
47503CB00008B/2632

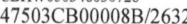

* 9 7 8 1 9 3 7 4 1 7 8 0 2 *

עמיל קאַלין

צוזאַמענבראָך

Yiddish Branzhe
בית לייוויק
למען שפת היידיש ותרבות אשכנז
ניו־יאָרק, 2024

דאָס בוך דערשײַנט מיט דער
שטיצע פֿון דער נאַציאָנאַלער
אינסטאַנץ פֿאַר ייִדישער קולטור

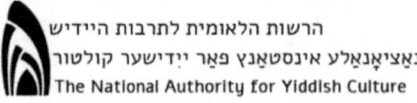

הרשות הלאומית לתרבות היידיש
נאַציאָנאַלע אינסטאַנץ פֿאַר ייִדישער קולטור
The National Authority for Yiddish Culture

עמיל קאַלין
צוזאַמענבראָך

Emil Kalin
BREAKDOWN

Copyright @ Emil Kalin
Copyright @ YiddishBranzhe

Edited by Boris Sandler
Design and Layout by Boris Budiyanskiy

ISBN: 978-1-937417-80-2

פֿאָרוואָרט

די נאָוועלע פֿון עמיל קאַלין „צוזאַמענבראָך" קאָן מען מיט רעכט אָנרופֿן – דאָס ערשטע גרעסערע ווערק אין ייִדיש וועגן דעם ישׂראל־לעבן אין די לעצטע עטלעכע און צענדליק יאָר. דער הויפּט־העלד, הערש גרינבערג, איז אַ מיטצײַטלער פֿונעם שרײַבער. זיי זײַנען ביידע פֿון איין עלטער און אַרויס פֿון איין ישׂראלדיקן הור־האַ. נאָך מער: די געשיכטע ווערט דערציילט פֿון דער ערשטער פּערזאָן, מחמת דער העלד אַליין חלומט צו ווערן אַ שרײַבער.

עד־כּאַן... קיין שום גילגולים קומען ווײַטער נישט פֿאָר: דער מחבר פֿאַרנעמט זײַן אָרט בײַם „שטענדער", ווו ער קאָן באַטראַכטן און שילדערן די גענג פֿון זײַן העלד.

הערש גרינבערג איז דערצויגן געוואָרן אין ירושלים אין אַ טיפּיש חרדישער היים און סבֿיבֿה. נאָך אַ בחור רײַסט ער זיך אַרויס פֿון די חסידישע דלת־אַמות און אַנטלויפֿט אין דער פֿרײַער וועלט אַרײַן, מיט איר צענטער תּל־אָבֿיבֿ. זײַן ערשטער בראָך אין לעבן. „גאָט איז שטום, טויב און אָפּהענטיק... – אַ ליימענער גולם [...] ער איז אַ רשע־מרושע, אַן עגאָ־מאַניאַק, אַ צעדרייטער מיט אַ שווידערלעכן חוש פֿאַר הומאָר. ער צווינגט די קרבנות, די געטראָפֿענע צו לויבן אים דרײַ מאָל אַ טאָג. אומזין!"

מר גרינבערג ווערט אַן אַדוואָקאַט, האָט חתונה, מאַכט אַ קאַריערע, ווי עס פֿירט זיך בײַ לײַטן אין דער פֿרײַער וועלט...

און ווידער אַ בראָך! עס קומט אַ מאָמענט, ווען ער זעט, אַז זײַן ווירקלעכקייט איז נישט קיין אמתדיקע, נאָר אַן אָפּשפּיגלונג אין אַ קרומען שפּיגל. קיין נחת פֿונעם זיווג־לעבן קריגט ער נישט („דער תּוך פֿון דער משפּחה איז געווען איר עקזיסטענץ – ווײַטער גאָרנישט... איך בין געקומען צו דער מסקנא, אַז אייגנטלעך עקזיסטירן מיר נישט.“); די אַרבעט אינעם אַדוואָקאַטן־ביוראָ איז אים נימאס געוואָרן, ער פֿילט זיך דאָרט „קליין, אומבאַהאָלפֿן, הינטערשטעליק...“ – שקר־וכּזב רינגלען אים אַרום. אויך זײַן חלום צו ווערן אַ שרײַבער האָט זיך צעשוועבקט אין דער ווירקלעכקייט („דאָס שרײַב־ווערעמל האָט געגריזשעט אין מיר שוין אַ לענגערע צײַט. עס האָבן זיך באַקומען בײַ מיר עטלעכע סקיצן, קורצע באַשרײַבונגען, אָבער דער אַרום האָט זיך באַצויגן צו מײַנע שרײַבערישע אַמביציעס מיט ביטול...“).

די סיבות פֿון זײַנע „בראָכן“, פֿון זײַן צעשפּאַלטנקייט האָט הערש גרינבערג געטראָגן אין זיך גופֿא, אין זײַן אינערלעכער וועלט ווי אַ שעדלעכן ווירוס, אַרײַנגעבראַכט פֿון דרויסן, פֿון דעם געמיש פֿון עקסטרעם־רעליגיעזקייט און פּאַסיוו־וועלטלעכקייט. ער האָט אים יאָרנלאַנג געפּעסטעט, דעם ווירוס, און קולטיווירט ביז אַ גײַסטיקער קרענק, וואָס האָט אים פֿאַרנעפּלט דעם מוח.

אַזעלכע מענטשן ווערן בדרך־כּלל אַרויסגעוואָרפֿן פֿון דעם געזעלשאַפֿטלעכן הור־האַ; זיי האַלטן אים נישט אויס. צוריק געשמועסט, דווקא אָט דער מצבֿ פֿון אַ געזעלשאַפֿטלעכן מפּיל איז פּונקט צוגעפּאַסט פֿאַר אַזעלכע בירגער ווי הערש גרינבערג. ער געפֿינט זיך אויסער דער געזעלשאַפֿט, דעריבער טראָגט ער נישט קיין שום אַחריות פֿאַר דעם, וואָס אין דער דאָזיקער געזעלשאַפֿט קומט פֿאָר. אַזאַ עקזיסטענץ לוינט אים מער.

דאָס לעבן גייט ווײַטער; גרינבערג האָט זיך געפֿונען אַ מקום־מיקלט צווישן די צוויי בולט־עקזיסטירנדיקע אין ישׂראל וועלטן – צווישן דעם חרדישן ירושלים און דעם אַפּיקורסישן תּל־אָבֿיבֿ.

דער שרײַבער בײַם „שטענדער", עמיל קאַלין, פֿאַרשליסט זיך אָבער נישט אין דעם קלאַסישן מוסטער – „קליינע מענטשעלעך מיט קליינע השׂגות". דער בראָך פֿון דער ישׂראל־געזעלשאַפֿט רײַסט אין אירע געדערעם אויס נישט איין יאָר און דאָך קומט ער אומדערוואַרט. די קאַטאַסטראָפֿע רירט אָן יעדן ישׂראל־בירגער, נישט וויכטיק צו וועלכער וועלט אָדער אידעאָלאָגישן לאַגער ער געהערט. זי האָט אויסגעבראָכן דעם 7טן אָקטאָבער 2024. אין דעם מאָמענט גיסט זיך דער מחבר מיט זײַן העלד ווידער צונויף. זייער טעקסט קלינגט ווי אַ בשותּפֿותדיקער ווידוי:

„די שרעקלעכע בשׂורות האָבן איצט אַרויסגעשטראָמט פֿוןביידע קוואַלן, סײַ פֿון דעם ראַדיאָ און סײַ פֿונעם טעלעוויזיע־עקראַן. איך האָב זיך צוגעדעקט מיט אַ קאָלדערע און ווײַטער געקוקט מיט אויפֿגעריסענע אויגן אויפֿן בלענדנדיקן עקראַן. די צאָל טויטע איז געשטיגן. איצט האָט מען גערעדט וועגן, צום ווייניקסטן, הונדערט צוואַנציק געהרגעטע..."

צווישן די ערשטע קרבנות איז געווען אויך הערש גרינבערגס אַ קרובֿ, חיים, אַ יונגער צ"הל־זעלנער. אויף אַזאַ אופֿן האָט זיך די טראַגעדיע פֿון איין בירגער צונויפֿגעגאָסן מיט דער טראַגעדיע פֿונעם פֿאָלק.

דיווירקלעכקייט איז שטאַרקער פֿונעם יחיד. הײַנט לעבן אַלע ישׂראלים איבער די זעלבע געפֿילן, וואָס עמיל קאַלין און זײַן ליטע־ראַרישער העלד, הערש גרינבערג:

„די גוט־באַקאַנטע סירענע האָט פּלוצעם צעריסן די שטילקייט. דער קערפּער האָט רעאַגירט גיכער ווי דער קאָפּ. איך האָב זיך אויפֿ־געהויבן און אָנגעהויבן לויפֿן מיט אַלע כּוחות. די אויגן האָבן געזוכט אַ באַהעלטעניש..."

באָריס סאַנדלער
אָקטאָבער 25, 2024

1

איך האָב זיך אויפֿגעוועקט אין מיטן דער נאַכט. אַ הייסע פֿײַכט־קייט האָט זיך צעלייגט איבער מיר. אין דרויסן האָט געהאַווקעט אַ הונט אין דער וועלט אַרײַן. דער אָוונטדיקער שמועס האָט זיך ווידער דורכגעקײַקלט אין מײַן האַלב־פֿאַרשלאָפֿענעם מוח. די רייד זענען געווען נאָך לעבעדיקער, ווי בשעת דער דיסקוסיע.

איך האָב זיך געבייזערט: „גאָט? וועלכער גאָט?! וואָס רעדסטו צו אים? בעט בעסער רחמים בײַ אַ חיה־רעה. זי וועט דיך בעסער פֿאַרשטיין. מיט וואָס העלפֿט ער אונדז, האַ? זאָג דו. גאָט איז שטום, טויב און אָפּהענטיק... – אַ ליימענער גולם. און אויב ער פֿירט די וועלט אַזוי ווי זי פֿירט זיך, און דאָס איז אַ ריין טעאָרעטישע היפּאָטעזע, ווײַל ער עקזיסטירט נישט, איז ער אַ רשע־מרושע, אַן עגאָ־מאַניאַק, אַ צעדרייטער מיט אַ שווידערלעכן חוש פֿאַר הומאָר. ער צווינגט די קרבנות, די געטראָפֿענע צו לויבן אים דרײַ מאָל אַ טאָג. אומזין!.."

„רעד, רעד! פֿאַר וואָס טראָגסטו ווײַטער די יאַרמעלקע? נעם דײַן טלית־און־תּפֿילין און וואַרף זיי אַוועק. אָבער בײַ דיר איז אַלץ גלאַט רייד, און מיט מעשׂים האַלט עס שמאָל. רעדסט להכעיס. האָסט מער מורא פֿאַר דײַן מאַמען ווי פֿאַר גאָט."

„איך וועל וואַרפֿן! וועסט זען, איך וועל וואַרפֿן. ווי קען מען אָפּזיצן מיט פֿאַרלייגטע הענט? די גאַנצע ייִדישקייט איז אַ הײַפֿל בויך־סבֿרות. נישט געשטויגן, נישט געפֿלויגן און נישט באַשאַפֿן..."

איך בין געווען געפלעפֿט פֿון די אייגענע ווערטער, פֿון
דעם אייגענעם פֿארפֿלאַמט פּנים, די הויכע טענער. ווי אַזוי איז
פֿאַרוואַנדלט געווארן אַ שמועס וועגן די פֿאַרשלעפּטע קרענק:
אַפּקומענישן מיטן מיידעלע, די צוויפֿלהאַפֿטיקע געפֿילן, וואָס מיר
האָבן איינער פֿאַרן צווייטן און אונדזערע שלאבעריקע באַציונגען
אין אַ וויכוח וועגן גאָט, געטלעכער גערעכטיקייט, לוין און שטראָף?
נו, אָבער עטרה איז אויכעט נישט געווען קיין גרויסע צדקת. זי
האָט גלײַך גענומען שיטן פֿעך און שוועבל, מיך אָנרופֿן מיט
צונעמען. די דאָזיקע פֿרוי איז לחלוטין נישט מסוגל צו באַהאַנדלען
אַ טעמע אָן שטעביקע ווערטער. אַזאַ איז זי, צוליב איר מאַמעס
דערצײַונג. די שולד ליגט אויף די פּלייצעס פֿון דער דאָזיקער
פֿאַרקנייטשטער קדושה, זאָל זי כאַפּן דער וואַטנמאַכער. איך בין
ווידער אנטשלאָפֿן געווארן.

אַז איך האָב זיך אויפֿגעכאַפּט צום לעצטן מאָל האָט שוין אין
דרויסן געטאָגט. אַ חמימה האָט געהויערט איבער דער שטאָט פֿון
סאַמע אינדערפֿרי. אַ העל־גרויע קאָלדרע פֿון וואָלקנס און קנויל
שטויב, האָט זיך איבערגעצויגן הויך איבער די מיאוסע בנינים, ענלעך
איין בנין אויפֿן אַנדערן, ווי צוויי טראָפּנס בעטאָן. אין אַזעלכע בעטאָן־
שטײַגן פֿאַרברענגען אומצאָליקע ישראלדיקע משפחות די שענסטע
יאָרן זייערע, ווארטנדיק אויף אַ מאָרגן, וואָס איז למעשה נישט בעסער
פֿון דעם נעכטן און דעם הײַנט.

דאָס מיידעלע האָט געוויינט אַ גאַנצע נאַכט, און איצט איז עס
געשלאָפֿן אומבאַוועגלעך. איך האָב אויסגעטרונקען מײַן קאַווע, שוין
צוויענדיק אָנגעטאָן אין אַן אָנצוג. אַ גאָר וויכטיקע „פֿערזענלעכקייט"
האָט געזאָלט אָפּשטאַטן אַ וויזיט אין דעם ביורא און דער שעף
האָט זיך אײַנגעעקשנט, אַז אונדזער באַקליידונג זאָל אויסזען ווי זי
איז ערשט אַרויס פֿון אונטער דער נאָדל. מײַן איינציקער שניפּס, אַ
דערמאָנונג פֿון אַן אַלטער שׂימחה, איז געהאָנגען קרום. עטרה האָט
זיך אומגעדולדיק מיט אים געפֿאָרעט מיט אַ קנאַפּער הצלחה. די

סצענע איז ווי אַרויסגענומען געוואָרן פֿון אַ ראָמאַנטישן פֿילם, נאָר בײַ אונדז איז זי באַשטאַנען פֿון הוילער זאַבלעכקייט.

עטרה, אַ נישט אויסגעשלאָפֿענע, מיט אַ צעקנייטשט פּנים און אַרויסגעבאַלטע רויטע אויגן, האָט אויסגעזען עלטער מיט אַ יאָרצענדליק. זי האָט געמאַכט איין טריט צוריק און באַטראַכט איר שטיקל אַרבעט מיט מער ווי אַ שמץ זעלבסטצופֿרידנקייט.

„אָט, איצט ביסטו שיין!" – האָט זי זיך אָנגערופֿן און פֿאַרלייגט די הענט אויפֿן אויסגעדאַרטן בוזעם. די צעלאָזטע האָר אירע האָבן אויסגעזען שטײַף ווי דראָט.

„געוויינטלעך, בין איך מיאוס. נו, וואָס טוט מען נישט פֿאַרן געהאַסטן שעף?" – האָב איך געזאָגט און זיך גענומען פֿאַרשנירן די שיך. מײַנע פֿינגער האָבן מיך נישט געפֿאָלגט. עטרה איז געשטאַנען אין מיטן דער דירה, אָנגעטאָן אין אַן אַלטער, פֿאַרשמאַכטער פּיזשאַמע, וואָס שלאָגט אָפּ יעדן פֿאַרלאַנג אָנהייבן דעם טאָג אין בעט, און האָט באַטראַכט דעם אַרום מיט אַ בליק, וואָס האָט אויסגעדרוקט אַ באַזונדערע מידקייט.

„מיר דאַרפֿן רעדן. דער פּסיכאָלאָג האָט אונדז געגעבן היים־אַרבעט. געדענקסטו?"

„געוויס, מיר וועלן רעדן", – האָב איך זיך אָנגערופֿן פֿון הינטער דער פּלייצע און פֿאַרמאַכט נאָך זיך די טיר.

איך בין אַרײַנגעקומען אין דעם ביוראָ מיטן שילדל „אַדוואָקאַט מיכאל גאָלדמאַן און שותּפֿים", – און זיך גלײַך דערפֿילט קליין, אומבאַהאָלפֿן, הינטערשטעליק. דאָס ווײַסע ליכט פֿון די לענגלעכע לעמפּ, וועלכע האָבן זיך געצויגן לענגויס די ווענט, האָט מיר פֿאַרבלענדט די אויגן. די סעקרעטאַרשעס, ביידע פֿאַרפּוצט ביז צום עקסטרעם, האָבן גערעדט עפּעס צו הויך און צו גיך. זייערע ווערטער זענען פֿאַרבײַגעפֿלויגן מײַנע אויערן, ווי אַ זשום פֿון אַ טראַפֿיק. אַ פֿאַרשוויצטער מאַנסביל מיט כיטרע אויגן האָט זיך אָנגעשפּאַרט אויף זייער טיש און געשאָסן מיט וויצן. ביידע פֿרויען האָבן געלאַכט הויך, געהירזשעט, ווי שקאַפֿעס.

אַדוואָקאַטן, קאָלעגעס, זענען אַרומגעגאַנגען און אַרומגעלאָפֿן פֿאַרסאַפּעטע צווישן די צימערן, די קראַוואַטן האָבן געפֿלאַטערט אין דער לופֿטן. איינער האָט פֿאַרשפּעטיקט אין געריכט. ער האָט האַלב גערעדט און האַלב געשריגן אויפֿן טעלעפֿאָן. די קליענטן זענען געזעסן אויף קליינע שטולן, איבערגעצויגענע מיט ברוינעם קינסטלעכן לעדער און האָבן אָנגעשטעלט פֿאַרחידושטע בליקן אויפֿן זשומיקן בינשטאָק.

אַלץ האָט דאָ אויסגעזען ווי ס'וואָלט פֿאָרגעקומען ערגעץ־ווו, אויף אַן אַנדער פּלאַנעט, וואָס האָט זיך אָפּגעריסן פֿון זײַן אַקס נאָך אין די אור־אוראַלטע צײַטן, און איצט שלאָגט ער זיך דורך אַ וועג אין דעם אָנסופֿיקן קאָסמאָס, אָן אַ צוועק און אָן אַ באַשטימטער ריכטונג.

איך בין אַרײַנגעגאַנגען אין מײַן צימער און פֿאַרמאַכט הינטער זיך די טיר. די קולות זענען געוואָרן טעמפּער. איך האָב זיך אַוועקגעזעצט צום טיש און אַ בלעטער געטאָן דעם אָפּמאַך, מיט וועלכן איך האָב זיך געפּאָרעט שוין אַ פּאָר וואָכן. איך האָב איבערגעלייענט דעם אָפּמאַך צוויי מאָל, נאָר די ווערטער האָבן זיך נישט צוגעקלעפּט. די זאַצן זענען געשוווּמען פֿאַר די אויגן... עטרה האָט געשיקט אַן אָנזאָגטעקסט, אין וועלכן זי האָט מיר צו וויסן געטאָן, אַז דאָס מיידעלע האָט אויסגעבראָכן... איך האָב פֿאַרענדיקט צו לייענען דעם אָפּמאַך און גלײַך פֿאַרגעסן אַלץ. עס האָט אָנגעהויבן קלינגען אין דעם לינקן אויער. איך האָב דערפֿילט אַ פּלוצעמדיקן נאָגנדיקן דאָרשט, אויך די אורין האָט געלאָזט פֿון זיך וויסן, דער בויך איז ווידער געוואָרן אָנגעשוואָלן און האַרט, ווי אַ פּויק. די דערקוטשענדיקע מחשבֿות וועגן אַלע סאָרטן ראַק, מיט וועלכע עס שטימען מײַנע איצטיקע סימפּטאָמען, גאָט באַהיט, האָבן מיך ווידער געפּלאָגט. איך האָב געמוזט מאַכן אַ וויזיט אין טואַלעט.

דער געפּילדער אין טואַלעט האָט נישט אויפֿגעהערט אויף קיין מינוט ניט: געלעכטער, שטיקער רייד, הוסטענישן, הויכע נאָז־אויסשנײַצן ווי שופֿר־בלאָזן; פֿון איין קראַן איז געלאָפֿן וואַסער, אַן

אַנדערן האָט מען ערשט פֿאַרמאַכט. אַ סקריפּע האָט געלאָזט וויסן, אַז מע האָט אַרויסגעצויגן פּאַפּיר אָפּצווישן די הענט. אַ מכשיר אויף דער וואַנט האָט אַרויסגעבלאָזן הייסע לופֿט אויף די הענט מיט אַ צישעניש. טירן האָבן זיך געעפֿנט מיט אַ צעצויגענעם קרעכץ און זיך פֿאַרמאַכט מיט אַ האַרטן קלאַפּ. מענטשלעכע קולות האָבן גערעדט, שיך מיט אָפּצאַסן האָבן זיך געשאַרט און געקלאַפּט אויפֿן דיל מיט אַ גרילץ... קורץ מיט אַ געבליפּ איז געקומען דער ברויזנדיקער קלאַנג פֿון אַראָפּלאָזן וואַסער.

די טואַלעט־קאַבינע איז געווען מײַן איין־און־איינציקער מקום־מיקלט. דאָרט פֿלעג איך זיך באַהאַלטן פֿון דער דרויסנדיקער וועלט. דאָרט האָב איך נישט געהאַט קיין פֿאַרפֿליכטונגען, קיינער האָט בײַ מיר גאָרנישט ניט געמאָנט, זיך נישט אײַנגעטענהט, פֿאָרגעוואָרפֿן. נאָר איך און דאָס ברעטל, וואָס האָט זיך דערוואַרעמט צוביסלעך. איך האָב געחלומט אויף דער וואָר:

מיכאל גאָלדמאַן דער שאַרלאַטאַן און אומפֿאַרשעמטער אויסניצער איז מיאוס אַרײַנגעפֿאַלן. איצט פֿוילט ער אין תּפֿיסה. ער האָט געמיינט, אַז קיינער וועט אים נישט פּאַקן, אָבער אַן אַנאָנימער אָרנטלעכער אָנגעשטעלטער האָט געכאַפּט דעם גאַנצן שמיי־דריי און ער ווערט באַלוינט דורך דעם מדינה־פּרעזידענט... אַן אומבאַקאַנטער פֿעטער איז געשטאָרבן אין קאַנאַדע און איבערגעלאָזט פֿאַר מיר אַ מאַיאָנטעק... עטרה איז פֿאַרוואַנדלט געוואָרן אין גאָר אַן אַנדער פֿרוי. די מאָגערע יאָרן פֿון סעקסועלער אָפּקילונג זענען אַוועק. מיר פֿאָרן אין אַ זאָרגלאָזער קוש־וואָך, אויף וועלכער מיר זענען קיינמאָל נישט געפֿאָרן... דאָס מיידעלע הערט אויף צו וויינען און רעדט סוף־כּל־סוף אַרויס אַ פּאָר פֿאַרשטענדלעכע ווערטער...

איך בין אַרויסגעקומען פֿון דער קאַבינע. דער שעף האָט זיך געוואַשן די הענט מיט אײַלעניש און אָנגעקוקט די אייגענע צורה אין שפּיגל. די אָפּעראַזירטע באַקן האָבן אים געגלאַנצט מיט אַ נישט־דאָזיקער שײַן.

„נו, הערש, וואָס מיינסטו וועגן דעם עסק מיטן שטיקל פּלאַץ אין פּתח־תּקווה?"

„דעם אמת געזאָגט, אונדזער קליענטין איז אַ ביין אין גאָרגל, אַ פּאַרריסענע נאָז, וואָס האָט נאָר טענות. ס'גייט איר אין לעבן אײַנרײַסן, צונעמען דעם ביסן בײַ יענעם."

„הערש, איך פֿרעג וועגן דעם אָפּמאַך אַליין. ריין יורידיש, מיינסטו, אַז עס פֿעלט דאָרט עפּעס?"

„איך מיין, ער איז כּמעט פּאַרטיק. איך וואָלט איבערגעשריבן צוויי־דרײַ זאַכן, נישט קיין שווערע אַרבעט."

„גוט, גיב צו דאָס, וואָס דו האַלטסט פֿאַר נייטיק, און דערנאָך שיק דעם אָפּמאַכן תּמר, זי זאָל אײַנפֿירן די שינויים, מע וועט דעם אָפּמאַך שיקן דער קליענטין און אַ סוף זאָל עס שוין נעמען. זי כאַפּט אונדז בײַם גאָרגל, די דאָזיקע פֿרוי."

איך בין צוריק אין מײַן צימער, זיך אַוועקגעזעצט צום טיש, נעם איך זיך ווידער באַטראַכטן דעם אָפּמאַך. אַ שנירל שווייס האָט זיך אַראָפּגעקײַקלט פּאַוואָליע איבער דעם רוקנביין. איין מאָמענט בין איך געווען אויסגעשעפּט און גלײַך דערנאָך איז צוגעקומען צו מיר אַ ביסל חיות. איך האָב געשריבן גיך, צוגעגעבן אַ פּאָר באַמערקונגען, אָבער דער קאָפּ איז נישט געלעגן בײַ דעם. איך האָב אַוועקגעלייגט דעם אָפּמאַכן, אַרויסגענומען פֿון שופֿלאָד מײַן העפֿט און אָנגעשריבן אויף אַ ליידיק זײַטל אַ פֿרישינקע דערציילונג, אין וועלכער די קלאַפּטע, מיטן ליידיקן שטח אין פּתח־תּקווה האָט געקראָגן אַ נײַעם נאָמען בישׂראל: „לילי".

„לילי און אירע צוויי ברידער האָבן געמיינט, אַז די מעשׂה מיטן פּלאַץ, אַ ירושה פֿון דעם זיידן, אַ שטיקל ליידיקער שטח אין פּתח־תּקווה, באַוואַקסן מיט בוריאַנעס און דערנער, וועט זיך אויסלאָזן גאַנץ גיך. עס איז נישט געגאַנגען קיין רייד וועגן גרויסע געלטער. קיין שום קונה האָט נישט אַרויסגעוויזן קיין באַזונדערן אינטערעס צו באַהאַלטן דעם שטח אין סאַמע עק שטאָט. און אָט איז אין אַ שיינעם

טאָג געקומען אַ געפּעפּערטער בוי־אינוועסטאָר און האָט געוואָרפֿן די רעכטע באַמבע: ער וויל אָפּקויפֿן דעם פּאַרנאַכלעסיקטן שטח פּאַר אַ משוגענע סומע געלט. ווי עס פֿירט זיך אין אונדזערע מקומות, האָט זיך יעדער איינער פֿון די יורשים געווענדט צו אַן אַדוואָקאַט. דער אָפּמאַך אַליין איז געווען אַ קלייניקייט. מע האָט אים אָנגעשריבן אין אַ פּאָר טעג און באַשטימט אַ צײַט אונטערצושרײַבן. נאָר וואָס זשע טוט גאָט איבער נאַכט? ער פּלאַנצט אײַן אַ נאָגנדיקן צוויפֿל אין ליליס האַרץ. מע האָט זי מיאוס באַשווינדלט, אַזוי האָט זי געטראַכט צו זיך. על־פּי יושר קומט איר אַ שענערער חלק. זי וועט אין קיין שום פֿאַל זיך נישט לאָזן אָפּנאַרן פֿון די כיטרע ברידער.

דאָס וואָס עס האָט אויסגעזען ערשט נעכטן ווי אַ קלייניקייט, איז זיך ממשותדיק צעוואַקסן איבער אַ נאַכט. די אַדוואָקאַטן האָבן געטאָן זייערס: אָנגעשאַרפּט די פֿעדער, אָנגעשריבן שאַרפֿע בריוו איינער דעם אַנדערן, געוואָרנט, געסטראַשעט. לילי האָט געשלעפּט אַלעמען אין געריכטן. געמאַכט משוגע זיך און אַנדערע. די הוצאָות זענען געשטיגן, און זי האָט גענומען אַ נישט קליינע הלוואה.

אין אַ געוויסן מאָמענט האָט זיך בײַ די אַדוואָקאַטן אָפּגעשלאָגן דער חשק זיך אַמפּערן איבער דעם ליידיקן שטח, האָבן זיי פֿאַר־קערעוועט דעם דישל: געוואָלט דערגיין אַ טאָלק. אַ ביסל מער דעם, אַ ביסל ווייניקער יענעם – אַבי ס'זאָל זײַן שלום און צום עסק זאָל נעמען אַן עק. אויכעט דער אינוועסטאָר איז צוגעשטאַנען, מע זאָל שוין אונטערשרײַבן אַן אָפּמאַך – איין מאָל און פֿאַר אַלע מאָל.

דעמאָלט האָט גאָט באַשאַפֿן דאָס וואָרט „פּרינציפּ". פֿריִער האָט יעדער געוואָלט, פּראָסט און פּשוט, אָפּלעקן אַ ביינדל, אָבער איצט, אַז מע איז אויף מעסער־שטעך און מע האָט אײַנגעשטעלט אַזוי פֿיל צוליב דעם פּראָצעס, איז בײַ לילי (און אויך בײַ די ברידער אירע) אויסגעוואַקסן אַ פּרינציפּ. מיט איין וואָרט, דאָס מחלוקת מיט דער קאָנקרעטער לייזונג איז מגולגל געוואָרן אין רויע שינאה, ווײַל יעדער האָט זײַן פּרינציפּ. קיין טראָט נישט צוריק! נישט צולאָזן יענעם!

אַלץ האָט זיך געפּירט לויט דער אוראַלטער חכמה: זיך אויסשטעבן איין אויגן, אַבי יענעם – ביידע.

יאָרן זענען אַוועק. די אַדוואָקאַטן איז דער ענין מיטן ליידיקן שטח רעכט אַרויסגעקראָכן פֿון אַלע לעבער, נאָר פֿאַרדינען דאָס שטיקל ברויט מוז מען דאָך. לילי איז שוין געווען אַלט און קראַנק. גאָט האָט צוגעזען איר צער און געטאָן זײַנס – זי איז געשטאָרבן. מע האָט געמיינט, אַז אפֿשר איצט וועט מען געפֿינען אַן אויסוועג, אָבער דעמאָלט זענען אַרײַן אין ביוראָ די געקריוודעטע קינדער פֿון דער געקריוודעטער לילי. קיין טראָט נישט צוריק! דאָס איז דאָך דער מאַמעס צוואה. איר אויסגעשפּראָכענער ווילן. דעריבער טאַקע מאַכט מען קינדער, אַז צו דער זאַך זאָל קיינמאָל נישט נעמען אַ סוף...

דער טעלעפֿאָן האָט זיך צעקלונגען. אַ דינינקע שטים האָט געפֿרעגט פֿון יענער זײַט ליניע:

„הערש גרינבערג?"

„יאָ, דאָס בין איך."

„עס רעדט די סעקרעטאַרשע פֿון דאָקטער גרינבערג. איך וויל אײַך דערמאָנען, אַז איר האָט אַ ריי צוועלף אַזייגער."

כאָטש איך בין אַן אָפּטער גאַסט בײַם דאָקטער ליזע גרינבערג, צוליב מײַנע אײַנרעדענישן און שטענדיקער מורא פֿאַר אַ ראַק, אַנדערע קרענק און ווייניק־אויסגעפֿאָרשטע אָנשיקענישן, האָב איך אין גאַנצן פֿאַרגעסן אין דער הײַנטיקער ריי.

„יאָ, געוויס וועל איך קומען." – האָב איך געענטפֿערט.

אַ בליק אויפֿן זייגער האָט קלאָרגעשטעלט, אַז כּדי צו זײַן אין צוויי שעה אַרום אין תּל־אָבֿיבֿ, בײַם דאָקטער ליזע גרינבערג, מוז איך זיך אָפּטראָגן פֿון „גאָלדמאַן און שותּפֿים" וואָס גיכער. איך בין אַרויס אין קאָרידאָר. לעבן דעם טיש פֿון די סעקרעטאַרשעס, האָט דער שעף דערלאַנגט אַ גלאָז קאַווע דער „וויכטיקער פּערזענלעכקייט", דער מכשפֿה מיט דעם ליידיקן שטח אין פּתח־תּקווה. ער האָט זי באַדינט מיט אומגעלומפּערטער אונטערטעניקייט, ווי אַ דריט־ראַנגיקער משרת

בײַ אַן אויפֿגעקומענעם עושר; דאָס אַלץ האָט ער געמאַכט מיט אַן אָפּשטויסנדיקן שמייכל. ער איז בוכשטעבלעך אויסער זיך, באַוואָרפֿט ער זי מיט חניפֿה. זאַפּטן פֿונעם מאָגן האָבן אַ שלאָג געטאָן אַרויף צום אייבערשטן גומען.

איך האָב זיך אינסטינקטיוו, ווי אַ פֿאַריאָגטע חיה אין דער אַפֿרי־קאַנער סאַוואַנע, אויסגעדרייט צו זײַ מיטן רוקן און זײַ זענען פֿאַרבײַ, די פֿרישע מחותּנים. איך האָב געקענט באַשײַמפּערלעך דערשמעקן דעם שווייס פֿון מײַן שעף.

דאָס שטענדיקע קאָכעניש פֿון די תּל־אָבֿיבֿער גאַסן האָט אַרײַנ־געדרונגען אין דאָקטער ליזע גרינבערגס קאַבינעט בלויז ווען עמעצער האָט אַן עפֿן געטאָן די דרויסנדיקע טיר. אַ חוץ דעם, האָט דאָרט געהערשט אַ בעל־הבתּישע, מיושבֿדיקע שטילקייט. סײַ אין דאָקטער גרינבערגס צימער און סײַ אין דעם וואַרט־צימער האָט געשמעקט מיט צויבערקייט, איירעפּפֿעזשקייט און דיסציפּלין – אַ שפּליטער פֿון אַ געקראַכטער ציוויליזאַציע.

די סעקרעטאַרשע מיטן דינינקן קול האָט זיך קוים אַרויסגעוויזן פֿון הינטער איר הויכן אויפֿנעם־טיש. זי האָט איבערהויפּט געשעפּטשעט. איך האָב געמוזט אָנשפּיצן די אויערן, כּדי אויפֿצוכאַפּן אירע רייד.

די פּאַציענטן, דאָס רובֿ אַלטע־לײַט, אייביקע נײַע עולים, האָבן זיך באַוועגט שטיל, לאַנגזאַם, געלאַסן, אַבי נישט שטערן יענעם, נישט שאַפֿן איבעריקע אומאָנגענעמקייטן. דאָקטער ליזעס באַטראַכטונגען האָבן זיך אָפּט געצויגן איבער דער מאָס. יעדנפֿאַלס איז קיינעם נישט אײַנגעפֿאַלן צו פּראָטעסטירן, אַ קלאַפּ טאָן איבערן אויפֿנעם־טיש אָדער זידלען די סעקרעטאַרשע. די צײַט האָט ווי אָנגעווירן איר באַטײַט.

איך בין אַרײַנגעגאַנגען אין דאָקטערס צימער און פֿאַרמאַכט די טיר הינטער זיך. דאָקטער ליזע, וואָס האָט ביז אַהער פֿאַרגלאָצט די קורצזיכטיקע אויגן אויף אַן אומבאַשטימטן פּונקט אויפֿן קאָמפּיוטער־עקראַן, האָט זיך איצט ווי אויפֿגעוועקט. „גרינבערג הערש, מײַן ליבער שוועסטערקינד, מיט וואָס קען איך באַהילפֿיק זײַן דאָס מאָל? האָט זי

געזאָגט און געטאָן אַ רוק אַרויף די ברילן מיטן ברייטן רעמל איבער דער שנאָבלדיק־אַראָפּגעבויגענער נאָז.

ליזע גרינבערג, אַ קרובֿה פֿון טאַטנס צד, מיט וועלכער איך האָב זיך אָנגעקערט אויף אַ פֿאַרנעפּלטן אופֿן, פֿלעגט מיך רופֿן „שוועסטערקינד”, און אַזוי האָב איך זי אויך גערופֿן. ליזעס משפּחה איז געקומען קיין ישׂראל פֿון טשערנאָוויץ היפּש שפּעטלעך האַרט אין די סוף אַכציקער יאָרן. מיר, די אַלטגעזעסענע גאָט־פֿאַרכטיקע ייִדן מיט צוויי אָפּגאָסן אין קיך – פֿאַר מילכיקס און פֿליישיקס, אַ טאַטע מיט אַ בעל־הביתישער באָרד און פאות הינטער די אויערן, די מאַמע – אַ מאָל מיט אַ שייטל, אַ מאָל מיט אַ טיכל אויפֿן קאָפּ, לאַנגע אַרבל ביז די געלענקן, אַ קלייד, נישט פֿון קיין שרײַענדיקן קאָליר, וואָס גרייכט אַזש ביז די קנעכלען, – האָבן געקוקט קרום אויף די ערשט אויסגעזוכטע קרובֿים: ייִדן מיט בלויזע קעפּ, געגאָלטע מענער און פֿרויען „האַלב נאַקעטע” מיט צעלאָזטע האָר. זיך דערנענטערן צו זיי? חס־ושלום! אָבער פֿאָרט קרובֿים; צו פֿאַרשרײַבן אַ רעצעפּט – זענען זיי גוט.

איך האָב דערלאַנגט ליזען מײַן „קופּת־חולים”־קאַרטל.

„קענסט מיר העלפֿן מיט עטלעכע זאַכן!” – האָב איך זיך אָנגערופֿן און אַרויסגעקראָגן אַ צונויפֿגעוויקלט בייגעלע פּאַפּיר פֿון דער אינווייניקסטער קעשענע אויפֿן אָנצוג.

„האָסט זיך אָנגעשריבן אַ גאַנץ צעטל?” – האָט זי פֿאַרשטעלט איר מויל מיט דער דלאָניע, אַראָפּשלינגענדיק אַ געלעכטער.

איך האָב אַראָפּגעלאָזט דעם קאָפּ ווי אַ שולדיקער:

„ס׳טוט זיך בײַ מיר אויף טיש און אויף בענק... – כ׳האָב צוגעגעבן אַ טרוקענעם הוסט און געלייענט אויף אַ קול: – אַז איך שטיי אין דער פֿרי אויף, שטעלט זיך מיר אַ מאָדנע ביטערניש אין מויל. דער קאָפּ שווינדלט און איך דערפֿיל אַ שוואַכקייט אין די פֿיס. עס איז גאַנץ מעגלעך, אַז די לעבער הינקט אונטער אָדער דאָס בלוט־דרוק איז צו הויך. ווײַטער! די הענט ציטערן מיר, אַז איך גיס אָן קאַווע און עס האָט זיך בײַ מיר באַוויזן אַזאַ היקעניש. איך פֿאַרגעס ווערטער.

דאָס קען באַצייכענען דעם אָנהייב פֿון פּריצײַטיקער דעמענציע אָדער פּאַרקינסאָן. דער בויך איז אָפּט געשוואָלן און האַרט. אַמאָל לײַד איך פֿון האַרטן מאָגן און אַ מאָל איז דער מאָגן לויז. איך שפּיר אויך אַ ווייטיק אין די נירן. טיילמאָל באַפֿאַלט מיך אַ מסוכּענער דאָרשט..."

„הערש, איך האָב דיר שוין געזאָגט און איצט חזר איך עס איבער נאָך אַ מאָל: אין דעם אַלעמען זענען שולדיק די נערוון. דײַנע אָנגעצויגענע נערוון. די סימפּטאָמען, וועלכע דו באַשרײַבסט אַזוי פּרטימדיק, זענען אַ רעזולטאַט פֿון געוויסע אײַנריידענישן. ווידער, גיי צו אַ פּסיכיאַטער. ס'איז דען אַ בושה אײַננעמען אַ פּיל? אַ שאָד זיך פֿאַרקירצן די יאָרן אומזיסט און אומנישט."

„גוט, איך וועל גיין", האָב איך אַראָפּגעלאָזט דעם קאָפּ נאָך נידעריקער.

„זייער גוט, און וואָס הערט זיך בײַ טאַטע־מאַמע?"

„זיי זענען אַלט און ווערן נאָך עלטער."

„ווער קען דאָס אויסמײַדן?"

„דער טאַטע איז געוואָרן אַ שווײַגער. די מאַמע פֿאַררעדט זיך די ציין, שיט נײַן מאָס רייד. די שוועסטער, כּלומרשט אַ דערוואַקסענע, חזרט איבער אַלץ וואָס די מאַמע זאָגט."

„נו, און זי איז שוין צוריק אין ישׂראל?"

„יאָ, אַראָפּגעבראַכט מיט זיך פֿון ניו־יאָרק אַ חתן, אַ תּכשיט, פֿײַוויש, הייסט ער, אַ נישט־טויגער, אַ פֿאַרמאַכטער קאָפּ, וויל פֿון גאָרנישט וויסן, אַבי ער איז אַ הייליק־שמעליק מיט לאַנגע פּאות און שאָקלט זיך איבער דער גמרא. די שטותים וואָס צעשיטן זיך בײַ אים..."

איך האָב געמאַכט אַ פּויזע אָפּצוכאַפּן דעם אָטעם. דאָס האַרץ האָט ווילד געשלאָגן אין ברוסטקאַסטן.

„נו, איך פֿאַרשטיי, נערוון, טײַערע. נערוון...", — האָט ליזע באַשטעטיקט ווידער און מיר אומגעקערט דאָס „קופּת־חולים"־קאַרטל.

2

איך בין אַרויסגעגאַנגען פֿון דאָקטער ליזעס קאַבינעט און די שטאָט – אַ פֿיבערדיקע, אַ לעבעדיקע און אַ יום־טובֿדיק טומלענדיקע, האָט מיך פֿעסט אַרומגעכאַפּט מיט ביידע שוויציקע הענט. לויטן קאַלענדאַר איז דאָס געווען גלאַט אַ פּראָסטער מיטוואָך, אָבער אַלץ אַרום האָט געקאָכט ווי אויף אַ גרויסן יאַריד. אויף די טראָטואַרן האָט זיך צעהוליעט אַ געווירבל קינד־און־קייט. אויף די שמאָלע גאַסן זענען געפֿאָרן מיט אַ טראַסק באַלאָדענע משׂא־אויטאָס, רוישיקע מאָטאָציקלען, אויטאָס און טאַקסיס. די אויטאָבוסן, אומגעלומפּערטע יבשה־שיפֿן, וואָס שנײַדן זיך קוים דורך אַ וועג אין דער ברויזנדיקער באַוועגונג, זענען אָנגעפֿאָרן אין די סטאַנציעס מיט אַ פֿאַרזשאַווערט ברומעניש, זיך אָפּגעשטעלט. די טירן האָבן זיך אַן עפֿן געטאָן. די פּאַסאַזשירן, דאַכט זיך, אָנגעקומענע פֿון אַלע וועלט־עקן, זענען אין אײַלעניש, אַראָפּגעשפּרונגען. די מענטשן אין דער סטאַנציע זענען אַרויפֿגעגאַנגען, שלעפּנדיק מיט זיך שווערע זעקלעך, רעדער־וועגעלעך, אָנגעפּילט מיט ערשט געקויפֿטער סחורה. די טירן האָבן זיך פֿאַרמאַכט מיט אַ קלאַפּ – און שוין, אַן עק. דער אויטאָבוס איז פֿאַרשוווּנדן געוואָרן, ווי קיינמאָל דאָ נישט געווען.

איך האָב פֿאַרקערעוועט אויף דיזענגאָף־גאַס און זיך אָנגעטראָפֿן אויף נאָך אַ פֿאַרטויביקן קאַרנאַוואַל. אַ גאַנצע מענטשלעכע וואַק־כאַנאַליע. אַלע אויגן זענען געווען אויפֿגעריסן. חלילה, נישט פֿאַרזען די מציאה. אַזאַ גיריקייט! אַיעדן ווילט זיך געניסן, אַרײַנכאַפּן אַ פֿעט שטיקל עולם־הזה. נישט יעדן איינעם איז אָבער געלונגען. איך

בין געשוווּמען קעגן דעם מענטשלעכן שטראָם. עס האָט זיך מיר איַינגעגעבן צו געפֿינען אַ פֿרײַען טיש אין איינער פֿון די קאַפֿעען.

אפֿשר איז ליזע גערעכט? עס איז נישט אויסגעשלאָסן, אַז איך בין שוין האַלב־משוגע. באַלד וועל איך קראַכן, באמונה. נאָר מיט צרות שלעפּ איך די משׂא פֿון טאָג־טעגלעכן לעבן. איך גיי ביז דעם פּונקט, ווען איך וועל קראַכן, טאָ פֿאַר וואָס גיי איך ווײַטער? וואָס איז דער שׂכל? נישטאָ קיין שׂכל. אַבי צי̇ען נאָך אַ טאָג, טראָגן דעם יאָך. אַזוי האָבן מיך טאַטע־מאַמע דערצויגן. צי̇ען און טראַכטן וואָס וויניקער. אַמאָל דאַכט זיך מיר, אַז אַלע משוגעים רופֿן אָן איינער דעם צווייטן „משוגע!" – די מדינה, די שטאָט, מיכאל גאָלדמאַן און זײַנע שותּפֿים – אַלע זענען זיי אַראָפּ פֿון זינען.

„מיכאל גאָלדמאַן" – בשעת אַרויסרעדן אין זיך דעם דאָזיקן העסלעכן נאָמען, האָב איך דערפֿילט ווי מײַנע מחשבֿות ווערן פֿאַר־טונקלט פֿאַר שׂינאה. אַמאָל טאַקע דאַרף מען אָנקלינגען די ערגסטע שׂונאים. איך האָב אָנגעקלונגען אין ביוראָ. אַן אומבאַקאַנטע שטים האָט געענטפֿערט. מסתּמא אַ נײַע סעקרעטאַרשע. זיי בײַטן זיך די גאַנצע צײַט, קומען אָן און גייען אַוועק. איך האָב זי געבעטן, זי זאָל לאָזן מײַן שעף וויסן, אַז מײַן מיידעלע איז קראַנק, ס׳איז נישט געפֿערלעך, אַ קלייניקייט, נאָר דער דאָקטער האָט אונדז געשיקט אין שפּיטאָל. אַוודאי בין איך איך געגאַנגען. יאָ, זײַן וואָרט איז הייליק בײַ מיר. יאָ, זיכער, מע שפּילט זיך נישט אַרום, ווען ס׳קומט צום געזונט. און איצט בין איך מיט איר אין דעם אויפֿנעם־אָפּטייל. דאָ איז געפּאַקט מיט חולים. געוויס, משוגע צו ווערן! אָבער הײַנט וועל איך שוין, לײַדער, נישט באַווײַזן זיך אומקערן אין דעם ביוראָ. זי האָט געווונטשן אַ רפֿואה־שלמה און דער שמועס האָט זיך פֿאַרענדיקט.

אַ נישט־יונגער בעטלער, פֿון וועמען עס האָט אַ שלאָג געטאָן מיט אַ ריח פֿון ביר און ים, מיט אַ צעשויבערטער קופּע קויטיק־גרויע האָר אויפֿן קאָפּ, אַ ברייט, ברוין־רויטלעך פּנים, באַרעמלט מיט אַ באָרד וואָס צעוואַקסט זיך אויף הפֿקר, איז אַרומגעגאַנגען

צווישן די טישן מיט אַן אויסגעשטרעקטער האַנט, בעטנדיק אַ נדבֿה. עטלעכע באַרעמהאַרציקע פֿרויען האָבן אַרויסגעקראָגן מטבעות פֿון די אָנגעשטאָפּטע טײַסטערס. דער בעטלער האָט זיך קאַוואַלעריש פֿאַרנייגט, אָנגעצויגן אויפֿן פּנים אַ שמייכל פֿול מיט גרויסע געלע ציין, געדאַנקט הויך און טעאַטראַליש און האָט מהיכא־תּיתּידיק אַרײַנגעשטעקט דאָס געלט אין הויזן־קעשענע, ווי ער וואָלט באַקומען אַן אָפּצאָל פֿאַר אַ שטיקל אַרבעט.

איך האָב באַשטעלט קאַווע. די קעלנערין מיט אַ אויסזען פֿון אַ מיידעלע וואָס שפּילט זיך אין זײַן אַ „גרויסע", אָנגעטאָן אין אַ פֿאַרטעך און מאַמעס מלבושים, האָט פֿאַרשריבן די באַשטעלונג. זי איז צוריקגעקומען אין אַן אויגנבליק און אײַליק אַוועקגעשטעלט אויפֿן טיש אַ טעסעלע קאַווע.

איך האָב אַרויסגענומען פֿון טאַש מײַן נאָטיצביכל. איך האָב געפּרוּווט פֿאַרנאָטירן די סצענע מיטן בעטלער, וואָס האָט זיך ערשט אָפּגעשפּילט פֿאַר מײַנע אויגן. איך האָב גענומען עפּעס שרײַבן, ענלעך צו יענע גרויסע צווישן־מלחמהדיקע שרײַבערס, וועלכע פֿלעגן שאַפֿן זייערע מײַסטערווערק, אָפּזיצנדיק אין די קאַפֿעען, אָבער דער רעזולטאַט איז געווען אַ נעבעכדיקער. כּל־זמן די רעיונות האָבן זיך געדרייט אין קאָפּ, זענען זיי געווען גאָר נישט שלעכטע, נאָר אַז איך האָב זיי אויסגעלייגט אויף פּאַפּיר, האָבן זיי ווי אָנגעווירן דעם גלאַנץ. איך האָב אויסגעמעקט, איבערגעשריבן עטלעכע מאָל, אָבער קיין בעסערס האָט זיך נישט באַקומען. דאָס שרײַב־ווערעמל האָט געגריזשעט אין מיר שוין אַ לענגערע צײַט. עס האָבן זיך באַקומען בײַ מיר עטלעכע סקיצן, קורצע באַשרײַבונגען, אָבער דער אַרום האָט זיך באַצויגן צו מײַנע שרײַבערישע אַמביציעס מיט ביטול. די מאַמע האָט געזאָגט, אַז ס'איז שוין צײַט איך זאָל אויפֿגעבן מײַנע קינדערישע פּלענער. איך טראָג דאָך אויף מײַן פּלייצע אַ קינד און ווײַב.

די שפּעט־פֿרילינגדיקע, הייסע זון האָט זיך עטוואָס פֿאַרלאָשן. די שיטערע פֿעדער־וואָלקנס האָבן זיך ווי אָנגעצונדן, געברענט מיט אַ

העל־גאָלדענעם קאָליר. קורץ דערנאָך האָט זיך די זון אַרויסגעזעצט אויפֿן שפּיץ־דאַך פֿון אַ פֿאַרסאַזשעטן בנין און די שײַנענדיקע וואָלקנס האָבן זיך פֿאַרלאָשן, ווי אויסגעברענטע שוועבעלעך. אַ פּלוצעמדיקער ווינט האָט געבראַכט מיט זיך אַ קנויל פֿײַכטקייט פֿונעם ים. טונקעלע, בלוי־פּיאָלעטע פּאַסן האָבן גענומען קריכן איבער דעם הימל, אײַננעמען וואָס אַ מאָל מער שטח.

אויף דעם מענטשלעכן געוווירבל האָט עס געמאַכט אַ קנאַפּן רושם: דער סופּערמאַרקעט איבער דער גאַס איז געווען פֿולגעפּאַקט מיט קונים. אַלע טישן אין די רעסטאָראַנען זענען געווען פֿאַרנומען, אַ לעבעדיקע ריי האָט זיך געשלענגלט פֿאַר דער אײַזקרעם קלייט. איך האָב שוין געפֿילט די אומגעדולדיקע בליקן פֿון די קעלנערס, און דער בעל־הבית האָט געצילט אין מײַן רוקן. איך האָב צוגערופֿן די קעלנערין און געבעטן אַ חשבון. בשעת איך האָב געוואַרט אויף איר, האָב איך צוריק אַרײַנגעלייגט דאָס נאָטיצביכל – אפֿשר דאָס איינציקע האָב־און־גוטס וואָס איך פֿאַרמאָג – אין טאַש און אויף אַ מאָמענט האָט אַ בליץ געטאָן אין מיר די האָפֿענונג, אַז אפֿשר וועט דאָס אָנגעשריבענע האָבן אַ תּחית־המתים אין אַ ליאַדע טאָג.

אַ טיפֿע בלויקייט האָט זיך אַנידערגעלייגט אויף די תּל־אָבֿיבֿער גאַסן. די גאַס־לאַמטערן האָבן זיך אָנגעצונדן, ווי נאָך אַ באַפֿעל. דאָס ליכט פֿון די אויטאָס, וואָס זענען געפֿאָרן אַנטקעגן, האָבן מיר געשלאָגן אין די אויגן. איך האָב קוים געזען ווי־הין עס פֿירן מיך די אייגענע פֿיס. פֿרעמדע פּנימער האָבן זיך אויפֿגעלויכטן, אויף אַן אויגנבליק, און גלײַך דערנאָך אײַנגעזונקען געוואָרן אין דעם גיך צופֿאַלנדיקן פֿינצטער.

פֿון די האָפֿענונגען וועגן זאַצן און אותיות וואָס וועלן אַמאָל דערזען די ליכטיקע שײַן, איז נישט פֿאַרבליבן קיין שפּור. איצט זענען אויפֿגעקומען שווערע געפֿילן, אומעטיקע סצענעס זענען פֿאַרלאָפֿן פֿאַר די אויגן, ווי מאַן־און־ווײַב, וואָס האָבן זיך שוין נישט ליב, דאַרפֿן פּלאַנירן די בשותּפֿותדיקע צוקונפֿט. עטרה טוט אַ פֿרעג: „נו, איז וואָס

טוט מען ווײַטער?" איך זיץ לעבן איר אויף דער סאָפֿע, די הענט פּאַרלייגט, דער רוקן אײַנגעבויגן. דאָס מויל עפֿנט זיך עפּעס זאָגן, אָבער קיין קלאַנג קומט נישט אַרויס. אַנשטאָט צו רעדן זינק איך אײַן אין אַ שווערער שווײַגעניש, זי ציט מיך אַראָפּ מיט אַן אומגעהײַערן כּוח און איך גיב זיך איבער גאַנצערהייט. די ווערטער האָבן אָנגעווירן די האַפֿט. זיי זענען נישט ביכולת עפּעס בײַטן. איך פּרוּוו באַטראַכטן אונדזערע באַציִונגען, אַנאַליזירן מיט אַ קאַלטן קאָפּ וואָס ס'איז געשען און ווי עס איז געשען, אָבער אַלץ וואָס איך קען זיך אויסמאָלן, זענען אַנדערע פֿרויען: זאַפֿטיקע, פֿולבלעבע, פֿול מיט לוסט און חשק צו געניסן פֿון דעם לעבן, לײַכטזיניקע, פֿריילעכע, לאַכנדיקע, בליִענדיקע. פֿון עטרה שמעקט מיט פֿרי־צײַטיקער פֿאַרוועלקונג, מעדיצינישע שמירעכצער, ביליקער זייף. שטענדיק שטעלט זי אָן אַן אומצופֿרידענע, קרומע מינע, ווי דער גאַנצער אַרום און באַזונדערס איך, שטויסט זי אָפּ. איך האָב אַ קוק געגעבן אויפֿן זייגער. דער ציפֿערבלאַט איז געווען איינדײַטיק: מע דאַרף גיין צוריק אַהיים. אַ ברירה האָב איך?

איך האָב געמוזט זוכן די סטאַנציע פֿונעם אויטאָבוס נומער 72, וואָס פֿאָרט קיין חולון. איך האָב זיך פֿאַרפּלאָנטערט, געבלאָנדזשעט אויף פֿינצטערע און שמאָלע גאַסן. פּלוצעם האָבן אַלע גאַסן און געסלעך באַקומען איין אויסזען. מיט אַ מאָל האָב איך זיך געכאַפּט, אַז כ'געפֿין זיך אויף אבן־גבירול־גאַס. די ברייטע גאַס מיט אירע אומצאָליקע קלייטן איז געווען פֿול מיט נישט־דערזאָגטע צוזאָגן. איך האָב זיך אָפּגעשטעלט לעבן עטלעכע וויטרינעס; וואָס זאָגן זיי צו למעשׂה? זיי נאַרן אַרײַן, שפּילן זיך מיט מענטשלעכע אילוזיעס און שוואַכקייטן. נו, אויב אַזוי בין איך דער פּאַסיקסטער קונה. ווי קען איך אַנטלויפֿן פֿון די פֿאַרמולקן, וואָס האָבן זיך אײַנגעביסן אין מײַן קיום?

איך בין געגאַנגען ווײַטער און אַן אויטאָבוס־סטאַנציע פֿון נומער 72 איז אויסגעוואַקסן האַרט פֿאַר מײַן נאָז. דאַכט זיך, אַז די פֿיס האָבן מיך געטראָגן אַהין, ווו דער באַוווּסטזײַן האָט בשום־אופֿן נישט געוואָלט זײַן.

אויף דער באַנק אין דער סטאַנציע איז געזעסן אַן איַינגעבויגענער אַלטיטשקער און געהאַלטן אַ צײַטונג, צוגערוקט צו די ברילן.

„אַן אַטענטאַט לעבן אַריאל. אַ טעראָריסט האָט געשאָסן אויף דער אויטאָבוס־סטאַנציע. פֿינף זענען פֿאַרוווּנדעט געוואָרן. צוויי – שווער פֿאַרוווּנדערט. אַ פֿרוי איז געשטאָרבן אויפֿן וועגן אין שפּיטאָל. דער טעראָריסט איז דערשאָסן געוואָרן דורך די צה"ל־כּוחות... האַמהאַמ...", – האָט דער אַלטיטשקער אַן אומצופֿרידענער אַ בורטשע געטאָן און צוגעגעבן נאָך אַ טרוקן הוסטל: „אונדזערע פּאָליטיקער רײַסן זיך ווי אידיאָטן און צה"לס הענט זענען געבונדן". – ער האָט גערעדט, נישט אויסדרייענדיק צו מיר דעם קאָפּ: „לאָזט צה"ל טאָן זײַן שטיקל אַרבעט!"

ער האָט אַראָפּגעלאָזט די צײַטונג, אויפֿגעהויבן דעם דיקן ווײַזפֿינגער, אויף וועלכן ס'האָט געבלישטשעט אַ חתונה־רינגל, און זיך געווענדט דירעקט צו מיר:

„אַז איך האָב געדינט אין אַרמיי האָט מען נישט באַהאַנדלט די אַראַבער מיט זײַדענע הענטשקעס!"

„דאָס איינציקע, וואָס מיר געדענקט זיך פֿון מײַן דינסט אין צה"ל", – האָב איך געזאָגט, – „איז דער שטענדיקער בויך־ווייטיק. אַ פֿאַרדריסלעכער רעזולטאַט פֿון אומצאָליקע צווייפֿלהאַפֿטיקע קולינאַרע איבערלעבענישן אין די מיליטערישע עסזאַלן."

„וואָס ווילסטו זאָגן דערמיט?" – האָט זיך געבייזערט דער אַלטער, אַן אויסגעדינטער זעלנער. – „אויב נאַפּאָלעאָן איז טאַקע גערעכט און די אַרמיי שפּאַנט אויף דעם מאָגן, טאָ אונדזער אַרמיי זיצט אײַנגעקאָרטשעט אין טואַלעט און האַלט זיך בײַם בויך. אַן אָנגעווייטיקטער ענין, נישטאָ וואָס צו רעדן."

„רעד צו דער זאַך, מיינסט, אַז אונדזער אַרמיי טויג נישט?" – האָט דאָס קול פֿון דעם אַלטן אַ ביסל געציטערט. אַ רויטקייט, ווי אַן אויסשיט, איז זיך פּלוצעם צעקראָכן איבער זײַן פֿאַרקנייטשטער צורה. דעמאָלט איז מײַן אויטאָבוס געקומען – אַן אמתער „ליהודים"

– און איך האָב איבערגעלאָזט דעם אַלטן וועטעראַן אַליין. ער וועט פֿירן אַהין־און־אַהער זײַנע זעלנערלעך אויף דער מלחמה־מאַפּע אויך אָן מײַן הילף. אין אָנהייב איז דער אויטאָבוס געווען פֿולגעפּאַקט מיט מענטשן, אָבער נאָך עטלעכע סטאַנציעס זענען ס'רובֿ פּאַסאַזשירן אַרויסגעגאַנגען און עס איז געוואָרן שטיל. סײַדן דער ראַדיאָ איבערן קאָפּ פֿון דעם שאָפֿער האָט אַרויסגעבילט די נײַעס וועגן וועטער, אָן אויפֿהער. דער אויטאָבוס איז געפֿאָרן דורך די פֿינצטערע גאַסן פֿון אַ קליינער אינדוסטריעלער זאָנע.

איך און עטרה האָבן חתונה געהאַט יונגערהייט. איך האָב נישט געהאַט קיין שום דערפֿאַרונג מיט פֿרויען, און זי האָט אויך נישט געהאַט קיינעם פֿאַר מיר – אַזוי האָט זי געטענהט. זי איז געווען מײַן „ערשטע ליבע". איך בין געווען אַ געוועזענער ישיבֿה־בחור און אַ פֿריש־באַפֿרײַטער זעלנער מיט אַ קנאַפּער דערפֿאַרונג און פֿאַרשטאַנד. איך האָב געגלייבט דעם אייבערשטן, וואָס אַ זי קוקט אין מײַן ריכטונג. וואָס האָב איך געוווּסט דעמאָלט וועגן ליבע, מישטיינס געזאָגט? אין דער אמתן, אויך הײַנט ווייס איך גאָרנישט, אָבער אַזוי האָט עס זיך געפֿירט אין מײַן משפּחה: מע האָט געהאַלטן די קינדער אין וואַטע. עס האָט געלאָזט הייסן, אַז מיר גייען אויף גאָטס דרכים. דעם אייבערשטן לוינט, אַז זײַניקע בלײַבן נאַראָנים. איך האָב אָנגענומען קריטישע באַשלוסן אָן דער מינדסטער אַנונג וואָס און פֿאַר וואָס. דער פּועל־יוצא איז געווען אומפֿאַרמײַדלעך – גרויסע גרײַזן.

דאָס לעבן פֿון אַ יונגער פּאָר איז געווען זיס ווי אַ לעקעך. מיר האָבן זיך אַרײַנגעצויגן אין אַ נישקשהדיקער דירה, פֿרײַ פֿון דעם שטענדיקן אויפֿזיכט מצד טאַטע־מאַמע, איך האָב פֿאַרענדיקט יוריספּרודענץ און גענומען אויף זיך דעם עול מפֿרנס צו זײַן דאָס הויזגעזינד; זי איז געוואָרן, אין אַ מזלדיקער שעה, אַ לערערין. זי האָט פֿײַנט געהאַט די אַרבעט, די תּלמידים און זייערע עלטערן, אָבער עס איז איר קיינמאָל נישט אײַנגעפֿאַלן זיך דערשלאָגן אויף עפּעס בעסערס. זי האָט געשוואַנגערט. נאָך נײַן חדשים האָבן מיר זיך

געכאַפּט, אַז עס איז צוגעשטאַנען צו דער פֿאַמיליע אַ קליין נפֿשל. די באַציִונגען האָבן גענומען סקריפּען. אַלץ איז געווען ווי באַשטימט פֿון פֿריִער. אין איינעם אַן אינדערפֿרי האָב איך זיך אויפֿגעכאַפּט מיט אַ פֿאַרכאַפּטן אָטעם און אַ שטעכעניש אין דעם ברוסטקאַסטן. אַ מוראַדיקער געדאַנק איז מיר דורכגעלאָפֿן: שוין, אַזאַ איז מײַן לעבן. אַזוי וועל איך פֿאַרברענגען די יאָרן.

די פֿאַמיליע האָט אַלץ מער גענומען אויסזען ווי אַ סאָרט פֿאַבריק אָדער פֿירמע – „גרינבערג און שותּפֿים" – יעדער האָט זיך געהאַט זײַנע אויפֿגאַבן, פֿאַרפֿליכטונגען, נאָר דער מענטש אַליין איז פֿאַרשווונדן געוואָרן. עס האָט זיך געטראָפֿן, אַז איך האָב נישט אויסגעפֿילט מײַנע אויפֿגאַבן, זיך געפֿוילט, זיך אַרויסגעדרייט. עטרה אויך. מיר ביידע זענען געווען שטענדיק מיד. שרעקלעך מיד. דער תּוך פֿון דער משפּחה איז געווען איר עקזיסטענץ – ווײַטער גאָרנישט. מיר זענען געווען בײַ אַ פּסיכאָלאָג, אָבער ער האָט גאָר נישט געהאָלפֿן. יעדער האָט געמאַכט אַ רשימה ענינים וואָס געפֿעלן אים נישט, און מיר האָבן געהאַלטן אין איין אַרומרעדן אונדזערע געפֿילן. די געפֿילן זענען זיך צעוואַקסן און געוואָרן גרעסער פֿון אונדז, האָבן מיר זיך ווידער פֿאַרלוירן, פּונקט ווי מיט די אויסגאַבן. איך בין געקומען צו דער מסקנא, אַז אייגנטלעך עקזיסטירן מיר נישט.

איך האָב פֿאַרלאָזט דעם אויטאָבוס. עס איז נאָך נישט געווען שפּעט, אָבער די גאַסן זענען שוין געווען כּמעט ליידיק. דאָ און דאָרט איז אויפֿגעשווומען אַ געשטאַלט פֿון אַ מענטשלעכן אויסזען און באַלד איז זי נעלם געוואָרן, ווי פֿאַרבלענדעניש. די קלייטן זענען געווען פֿאַרמאַכט, די טירן פֿאַרריגלט, די אײַזערנע לאָדנס – אַראָפּגעלאָזט. אַ שטאָטישער מידבר.

איך האָב פֿאַר זיך ווידער דערזען די קעלנערין. אַ פּשוטע האַלוצינאַציע. מע מוז זײַן אויפֿריכטיק. זי האָט געהאַט אַ מחיהדיק גראָב־פֿלייש, קיין עין־הרע. אויך די פֿיס זענען געווען חנעוודיק. איצט האָט זי מיך געצערטלט און גערעדט צו מיר אָפֿענע דיבורים. זי וויל איך

זאָל זיך גטן און מיר ווערן אַנטלויפֿן אויף עפּעס אַ קאַריבישן אינדזל. זי האָט באַקומען אַ פֿעטע ירושה פֿון אַ ווײַטן קרובֿ. אַ וואַרעמקייט איז אַדורכגעלאָפֿן איבער מײַן לײַב. „ווילסט מיך זען אין מײַן נײַעם שווים־קאָסטיום?" – „יאָ", האָב איך געענטפֿערט און דערשפּירט ווי די הענט באַדעקן זיך מיט שווייס. איך האָב געאָטעמט שווער. פּלוצעם האָט זיך אַרײַנגעריסן אין דער האַלוצינאַציע דער מגיד־שיעור פֿון דער ישיבֿה. פֿון זײַן פּעך־שוואַרצער באָרד האָט אַרויסגעדופּט אַ געשטאַנק פֿון אויסגעוועפּטן עסן. ער האָט מיך אָנגעקוקט מיט זײַנע ברוינע, נאַסע אויגן. „הערש! גראָד דו, מיט דײַן קאָפּ? פֿון דיר וואָלט איך זיך דערוואַרט עפּעס בעסערס. דו לאָזסט זיך אַראָפּ אין שאול־תּחתּית. ביסט זיך מזנה נאָך דײַנע אויגן... און דאָס אַלץ צוליב וואָס?"

איך האָב געמיינט, אַז איך בין שוין פּטור געוואָרן פֿון די פּלאָגנדיקע, איבערחזרנדיקע מחשבֿות פֿון אַ ישיבֿה־בחור, פֿאַרגעסן די פּוסטע מוסר־רייד, וועלכע מע האָט אונדז אַרײַנגעקלאַפּט אין די קעפּ וועגן די „נפֿש־בהמית", „קדושים־תּהיו", „ולא תתרו אַחרי לבבכם".

אונדזערע חכמים האָבן נישט געשריבן וואָס איז דער דין אין פֿאַל, וואָס די ליבע ווערט אויסגעוועפּט און שטאַרבט אָפּ. וועגן דעם איז נישט געווען קיין איין אָנדײַט.

3

אַ שמועס מיט דער מאַמען:

„איך פֿאַרשטיי נישט, בנאמנות. איך פֿאַרשטיי גאָרנישט. אָבער איך בין שוין אַלט. אַמאָל פֿיל איך מיך יונג און אַ מאָל – אַלט. אין לעצטן סך־הכּל דאַרף אַ מענטש זײַן אויפֿריכטיק מיט זיך אַליין און אַ קוק טאָן אין זײַן פּאַס. דאָרט שטייט פּונקט אָנגעוויזן, ווען ער איז געבוירן געוואָרן. איך געהער צו אַן אַנדער דור."

„איך האָב גערעדט קלאָרע דיבורים. וואָס איז אומפֿאַר־שטענדלעך?"

„פֿאַר וואָס עטרה ציט זיך אַריבער מיטן מיידעלע צו אירע טאַטע־מאַמע און דו פּעקלסט דיך אַזש צוריק קיין ירושלים, צו אונדז?"

„איך האָב דיר שוין געזאָגט, מיר האָבן באַצאָלט דירה־געלט ביז אָנהייב יוני. דערנאָך גייט דער אָפּמאַך אויס און מיר האָבן באַשלאָסן, אַז ס'איז נישט כּדאַי אים צו באַנײַען."

„ווייל און פֿײַן, פֿאַר וואָס נישט באַנײַען? מע באַנײַט דעם אָפּמאַכן און שוין. אַזאַ גרויסע מעשׂה! אַלץ איז בײַ אײַך מיטן קאָפּ אַראָפּ און מיט די פֿיס אַרויף. ווער איז געווען דער געוואַלדיקער גאָון, וואָס איז געפֿאַלן אויף אַזאַ המצאה, האַ? אַ שיינע מעשׂה: דער מאַן איז פֿאַרקראָכן קיין ירושלים. דאָס ווײַב איז גאָר צוריק – אין פּתח־תּקווה, ווי אַ כּלה־מויד, וווינט מיטן מיידעלע בײַ טאַטע־מאַמע. אויב איך האָב קיין טעות נישט, לויט דער כּתובה און אַלע איבעריקע פּאַפּירן, זענען זיי מאַן־און־ווײַב כּדת משה וישׂראל, אָבער אַזוי לעבן זיי באַזונדער. דער טאַטע האָט שוין נישט קיין חשק זיך אײַנשפּאַנען

צו דעם יאָך. ער וויל פּלוצעם זײַן אַ „שרײַבער“. וואָס שמירסטו אָן דאָרט, האַ? פּאָרנאָגראַפּיע?“

„מאַמע, איך ווער נישט קיין שרײַבער, באַרויִק זיך. איך שרײַב אַ בוך. צווישן אָנשרײַבן אַ בוך און ווערן אַ שרײַבער איז דאָ אַ שטיק מהלך. איך וועל ווײַטער אַרבעטן בײַ גאָלדמאַנען דעם שמאָק, זאָרג זיך נישט.“

„ווי ווערסטו אַרבעטן? האָסט, דען, צוויי קעפּ? איין קאָפּ אַרבעט בײַ גאָלדמאַנען, און דער צווייטער פּאַטשקעט אַ מײַסטערווערק? לופּטגעשעפּטן. עס שטעקט אין דעם נישט קיין תּכלית. איך חזר איבער: הערש, ביסט נישט קיין קינד. ביסט, קיין עין־הרע, אַ טאַטע, האָסט אַ ווײַב. דו וואַרפּסט זיך עפּעס טאָן און גיסט זיך דערבײַ נישט אָפּ קיין חשבון, וווּהין עס פֿירט דיך דער וועג. זאָג אַליין, פֿון וואַנען קומט אַזאַ באַגער צו צעשטערן אַלץ, רויִנירן זיך און אַנדערע ביז דעם סאַמע גרונט?“

„רויִנירן! יאָ! איך וועל זיך נישט אָפּרוען ביז מיר אַלע וועלן אַרומשווימען אין געמויזעכץ! זיך דערנידעריקן צום סאַמע דנאָ... דער טײַוול אַליין זאָגט מיר אונטער וואָס צו טאָן. נו, מאַמע... ס'איז צײַטווײַליק. נאָר אויף אַ שטיקל צײַט. איך זאָג דיר צו, דו וועסט נישט באַוויַזן זיך גוט אומקוקן, ווי מיר וועלן זיך אין איינעם ווידער אַרײַנציִען אין אַ דירה. איך וועל אַרבעטן בײַ גאָלדמאַנען אָדער בײַ אַן אַנדער חזיר, און די משפּחה וועט זײַן פּונקט אַזוי אומגליקלעך ווי פֿריִער.“

„איך וויל מיך נישט אַרײַנמישן, אָבער וואָס קומט פֿאַר צווישן דיר און עטרהן? איר האַלט בײַם גטן זיך? אויב עס האַלט בײַ דעם, מוז איך דערפֿון וויסן.“

„ניין, מיר גטן זיך נישט. עס איז בלויז אַ צײַט אַזאַ, אַ קאַלעמוטנער וועטער, נישט מער.“

„קאַלעמוטנע? אַז דאָס לעבן איז נישט ווי אַ לעקעך, ווערט עס בײַ דיר גלײַך אָנגערופֿן „קאַלעמוטנע“. דאָס איז מײַן שולד. איך

האָב דיך געהאַלטן אין וואַטע צו לאַנג. עס וועט דיר נישט שאַטן צו וויסן, אַז דײַן שוועסטער און פֿײַוויש לעקן אויך נישט קיין האָניק. זיי מוטשען זיך מיטן לעבן, פּונקט אַזוי ווי דו. מיר זענען נישט געקומען אויף דער וועלט, כּדי דאָ שיין פֿאַרברענגען."

„גוט, פֿון הײַנט אָן וועל איך בלויז לײַדן חיבוטי־קבֿר, אויף מײַן וואָרט."

4

אַז די פּאַסאַזשירן פֿון דער לעצטער פֿאַרשפּעטיקטער באַן קיין ירושלים זענען אַרויסגעגאַנגען פֿון דער באַן־סטאַנציע, האָט זיי די שטאָט אויפֿגענומען אַ שטויביקע, אַ פֿאַרגליווערטע, פֿול מיט ערבֿ־שבתדיקער פֿוילקייט. די זון האָט קנאַיִש אָפּגעבאַקן די אַלטע שטיינער און אויך די מענטשן האָבן נישט אויסגעמיטן אירע פֿײַערדיקע ריטער. איך האָב געשלעפּט נאָך זיך אַ רענצל אויף רעדער, און אויפֿן רוקן – געטראָגן אַ רוקזאַק. מײַן גאַנץ פֿאַרמעגן איז באַשטאַנען פֿון עטלעכע מלבושים, געציילטע ביכער און דאָס נאָטיץ־ביכל. אַ חוץ דעם, האָב איך גאָרנישט מיט זיך פֿון דער דירה ניט גענומען.

דער אמת איז געוואָרן מײַן ערגסטער שונא: מיט עטרה האָב איך זיך צונויפֿגערעדט, אַז מיר וועלן נעמען אַ „הפֿסקהלע”. איך פֿאָר אויף אַ וואַקאַציע אין מידבר און דאָרט וועל איך אויך אַ ביסל שרײַבן, צו באַרויִקן די נערוון. דער מאַמען האָב איך דערציילט, אַז איך קלײַב זיך אַריבער צו איר אויף אַ ווײַל, און בײַ דער אַרבעט האָב איך אָנגעזאָגט, אַז איך נעם אַ נישט אָפּגעצאָלטע וואַקאַציע, כּדי צו זײַן לעבן מײַן ערנסט קראַנקער מוטער, בשעת זי גייט דורך שווערע מעדיצינישע באַהאַנדלונגען. איך האָב געהאַט קנאַפּע אילוזיעס, אַז מײַן אָפּטרעטן קיין ירושלים וועט אויפֿבינדן דעם פּלאָנטער, נאָר איך האָב זיך געגייטיקט אין צײַט און געהאָפֿט, אַז עס וועט זיך פֿאָרט געפֿינען אַן אויסוועג...

„בניני־האומה”, די „נאַציע־בנינים”, יענע גרויסאַרטיקע געבײַדע, אַן אַלטמאָדישער בעטאָן־קוב מיט אַ אויסדרוקלאָזן גלעזערנעם געזיכט

אויף יענער זײַט גאַס, האָט זיך באַהאַלטן הינטער אַ הויכן פּלויט מיט שפּיציקע שטיינער פֿון דעם ירושלימער נעבעכדיקן אַרום. צו אים האָט געפֿירט אַ פֿינצטערער, אונטערערדישער דורכגאַנג. די ווענט, אָנגעזאַפּט מיט אַ געשטאַנק, אַ געמיש פֿון השתּנה און נילײַע, האָבן געלאָזט אין זיך ווײסן אויך שבת און יום־טובֿ. דער ליובאַוויטשער רבי האָט אַ גוטמוטיקער אַראָפּגעקוקט פֿון די גרויסע געלע אַפּישן, וועלכע האָבן באַדעקט די ווענט, אויף די געצײלטע פֿאַרבײַגייערס. ער איז געזעסן לעבן אַ ספֿר און האָט געהאַלטן די רעכטע האַנט אויפֿגעהויבן, ווי ער וואָלט באַגריסט עמעצן, וואָס האָט זיך ערשט אויסגעדרייט צו אים מיט דער פּלייצע. איבער זײַן „קנייטש"־הוט איז געשטאַנען אָנגעשריבן: „הגיע זמן גאולתכם" – די צײַט פֿון אײַער אויסלייזונג איז געקומען. נו, גוט, אַז ער זאָגט, וועט עס אָבער קיינמאָל צו שטאַנד נישט קומען, האָב איך געטראַכט צו זיך און ווײַטער געשלעפּט די וואַליזע. דאָס גרילצנדיקע סקריפּעניש פֿון אירע רעדער האָט אָנגעפֿולט דעם כּמעט־ליידיקן דורכגאַנג. די וואַליזע איז געוואָרן שווערער מיט יעדן טריט.

שׂדרות הרצל, די זון־באַשלאָגענע גאַס, וואָס פֿירט צום בנין, ווו מײַנע עלטערן וווינען, איז געבליבן די אייגענע. די יאָרן האָבן ווי אָנגעוווירן דאָ זייער האַפּט. אויף די מענטשן זענען די זעלבע – פֿרומע ייִדן פֿון אַ גאַנץ יאָר, געטרײַע זעלנער אין גאָטס אַרמיי, מיט צעשויבערטע בערד און זיך הוידנדיקע לאַנגע פּאות, זענען געגאַנגען אַהין און אַהער. די פּאָלעס פֿון די שוואַרצע קאַפּאָטעס, געמאַכט פֿון אַ גראָבן צײַג, האָבן זיך אַ הייב געטאָן אין דער לופֿטן. קינדער מיט גרויסע יאַרמעלקעס און פֿלאַטערנדיקע ציצית האָבן געלאַכט און זענען געלאָפֿן איינער נאָכן צווייטן. די ייִדענעס, איבערנאַטירלעך פֿעט, די רויטלעכע, שוויציקע פּנימער באַרעמלט מיט גראָבע גוידערס, מיט פֿאַרשמאַכטע, העלע שײַטלעך אויף די קעפּ, – האָבן געשלעפּט וועגעלעך מיט וויינענדיקע עופֿעלעך. די גלאַטע פֿרומע פּנימער זייערע האָבן שטום עדות געזאָגט, אַז זיי זענען

פּריצײַטיק פֿאַרוויאַנעט געוואָרן. די לופֿט איז געווען אָנגעזעטיקט מיט גאָטס געבאָט, מיט „שיוויתי“, „ושמרתם“, אוראַלטע דינים און חשבונות. ירושלים האָט זיך ביסלעכווײַז אײַנגעטונקען אין דער ערבֿ־שבתדיקער קדושה און קיינער איז נישט געווען ביכולת זי אַרויסראַטעווען.

דערנענטערנדיק זיך צו „אונדזער“ געגנט, ווו איך האָב פֿאַר־בראַכט מײַנע ערשטע צוואַנציק יאָר, זענען די שוואַרץ־און־ווײַסע „מונדירן“ געוואָרן שיטערער, ביז זיי זענען פֿאַרשווּנדן. דאָ זענען די מונדירן פֿון גאָטס אַרמיי עפּעס מער פֿאַרביק, כאָטש זיי זענען פֿאָרט איינטאָניק. די פֿרויען פֿאַרלעצן גאָטס וואָרט אויף אַ מער קונציקן אופֿן; זיי טראָגן אויף די קעפּ אַלערליי פֿאַרביקע קאָנסטרוקציעס, אַבי עס זאָלן נישט אַרויסשפּרינגען די ווידערשפּעניקע האָר. זייערע קליידער זענען עטוואָס שמאָלער און די ווײַבערלעכע רונדיקייט וואַרפֿט זיך מער אין די אויגן.

האַרט לעבן אונדזער בנין האָב איך דערזען גיין דעם טאַטן. אַן אײַנגעקאָרטשטער, האָב איך אים שוין אַ לענגערע צײַט נישט באַטראַכט פֿון דער ווײַטנס. די יאַרמעלקע האָט פּלוצעם אָנגעהויבן אויסזען צו גרויס אויף זײַן קאָפּ. די פֿאַרבליבענע האָר אויפֿן פּליך און די באָרד זענען געוואָרן שיטערער, אָנגעווווירן די לעצטע שפּורן פֿון קאָליר און זענען איצט געלבלעך־ווײַס. די געלע הויט איז לויז געהאָנגען אויף די אָרעמס. דער רוקן האָט זיך אײַנגעבויגן נאָך אַ ביסל, אין פֿאַרגלײַך מיט פֿאַראַיאָרן. ער האָט געשטעלט לאַנגזאַמע, קליינע טריט. עס האָט געשטעקט אין זײַן גאַנג עפּעס קווענקלענדיקס, אומזיכערדיקס. דאָס זעלבס־חשיבֿות פֿון אַ פּראָפֿעסאָר פֿאַר מאַטעמאַטיק איז זיך צעגאַנגען, ווי קיינמאָל גאָרנישט. גאָט האָט אויף קיינעם נישט קיין רחמנות. אַלע האָבן איין דין.

איך האָב זיך פֿאַרהאַלטן אַ ווײַלע, געוואַרט צו דערהערן ווי דער טאַטע וועט פֿאַרמאַכן די טיר הינטער זיך און ערשט דערנאָך בין איך צוגעגאַנגען צום אַרײַנגאַנג, אַרויפֿגעקלעטערט איין שטאָק

און אַ קלונג געטאָן בײַ דער טיר, אויף װעלכער ס'איז געשטאַנען – „גרינבערג", – מיט קידוש־לבֿנה אותיות.

קײנער האָט נישט געענטפֿערט, אָבער דער טעלעװיזאָר האָט גערעדט בקולי־קולות. איך האָב אַ דרײ געטאָן דעם שליסל אינעם שלאָסלאָך און די טיר האָט זיך געעפֿנט. עס האָט געשמעקט אין דער הײם מיט טשאָלנט, געקעכטס, געבעקס, שטױב און צעהיצטע לײַבער אין אָפּגעטראָגענע מלבושים. מײַן מאַמע און די שװעסטער האָבן גערעדט אין קיך. דאָס װאַסער האָט געגאָסן פֿונעם קראַנט, אויף דעם טעלעװיזאָר־עקראַן האָט זיך באַװיזן אַ מאַנסביל, אָנגעטאָן אין אַ שװערן קאָסטיום מיט אַ מיקראָפֿאָן אין דער האַנט. איך האָב זיך באַמיט אַרײַנצושמוגלען אין מײַן צימער, אָבער די מאַמע האָט מיך דערהערט. „הערש? ביסט דאָ?", – האָט זי איבערגעשריגן די ערבֿ־שבתדיקע װאַקכאַנאַליע. „קום אַהער... גיב אָפּ שלום־עליכם, װי אַ מענטש."

„מאַמע, איך װיל אויספּאַקן די װאַליזע", – האָב איך געזאָגט. כ'בין אַרײַן אין צימער אָן שהיות און פֿאַרמאַכט די טיר.

איך װײס נישט, צי איך בין אַנטשלאָפֿן געװאָרן, אײַנגעדרעמלט אַ ביסל אָדער געלעגן אומבאַװעגלעך מיט פֿאַרמאַכטע אויגן. עס איז מיר פֿאַרבליבן אַ בלויז אין זכרון. אין אַ געװיסן מאָמענט האָב איך דערהערט טעמפּע טריט און געהאַט דאָס געפֿיל, אַז עמעצער קוקט אויף מיר פֿון אויבן. איך האָב אויפֿגעמאַכט די אויגן. די מאַמע האָט זיך אַראָפּגעבויגן איבער מיר און מיך באַטראַכט, װי מע באַטראַכט אַ חולה.

„הערש, דו שלאָפֿסט אין מיטן טאָג? ביסט, חלילה, נישט גע־זונט?" – האָט זי געפֿרעגט מיט אַ ציטער. עס איז מיר געװאָרן קלאָר, פֿון װעמען האָב איך געירשנט אַלע מײַנע פּחדנים.

„נײן, מאַמע, איך בין געזונט!" – האָב איך געפּרוּװט רעדן הויך, אָבער מײַן שטים איז אַרויסגעקומען טיף, ברוסטיק און פֿאַרשלאָפֿן.

די מאַמע איז נישט אָפּגעטראָטן:

„האָסט אָפּגעמאָסטן די היץ. ביסט רויט, ווי אַ פּאָמידאָר. דו האָסט היץ!"

איך האָב זיך אויסגעדרייט מיטן פּנים צו דער וואַנט.

„ס'איז מיר גאָרנישט. וואָס טויגן אַלע קשיות? מע טאָר שוין נישט שלאָפֿן?"

„שבת קומט אַרײַן באַלד. ווילסט נישט אָנקלינגען עטרהן? זיך אָפּבאָדן? מע קען נישט אויפֿנעמען שבת־קודש אַזוי."

„גוט, גוט, אָט שטיי איך אויף", – האָב איך געמורמלט און ווידער פֿאַרמאַכט די אויגן.

די מאַמע איז אַרויסגעגאַנגען פֿונעם צימער. יאָ, „שבת קומט באַלד אַרײַן". דער זעלבער מונטערנדיקער לאָזונג, וואָס איז געווען אַ שטענדיקער גאַסט בײַ אונדז אין דער היים, יעדן ערבֿ־שבת, זינט איך געדענק זיך. שבת־קודש – אַזוי האָט מען אונדז אַרײַנגעשלאָגן אין קאָפּ פֿון קליינערהייט אָן, – איז פֿול מיט ליכט, רויקייט, ליבשאַפֿט. אָפּהיטן אַלע דינים האָט געמיינט אַרײַנפּאָכן אין אונדז אַ נשמה־יתרה, צוגעבן כּוח און אמונה, וואָס וועלן סטײַען פֿאַר נאָך זעקס וואָכעדיקע טעג. איין מינוט פֿאַר שבת? די שטוב איז געגאַנגען אויף רעדער. די מאַמע לויפֿט אַרום אָן אַ קאָפּ, די מאכלים ווערן שיִער נישט פֿאַרברענט. זי רוקט אַרײַן דעם טשאָלנט הענדעם־פּעהדעם אין אויוון אַרײַן און דרייט אָן דעם זייגער. דער טאַטע קען זיך נישט געפֿינען קיין אָרט. ער יאָגט אונדז אונטער און שרײַט מיט אַ בייזקייט פֿון חבֿלי־משיח. מיר, די קינדער, יעקבֿ־ישׂראל דער בכור, איך און די שוועסטער, פּרוּוון מיט עפּעס העלפֿן, אָבער די פֿיס ווערן שווער, ווי מע וואָלט צו זיי צוגעטשעפּעט שטיינער, די הענט רירן זיך קוים, זענען ווי געליימט געוואָרן. אַלץ קומט אַרויס קאַפּויער. מיר פּלאָנטערן זיך צווישן די פֿיס פֿון די דערוואַקסענע. די באָבע איז אויך דאָ. זי שיט מיט עצות. די מאַמע, וואָס איז, בלויז לפּנים, שטאַרק מקפּיד אויף מיצוות כּיבוד־שוויגערין, בײַסט זיך די ליפּן און זאָגט נישט אַרויס קיין וואָרט, כאָטש אַלע ווייסן, אַז ווי נאָר די

באָבע־זיידע וועלן פֿאַרשווונדן ווערן פֿון יענער זײַט טיר, וועט זי שיטן פֿעך און שוועבל אויף זייערע קעפּ.

„קינדער! גייט זיך באָדן שוין", – שרײַט אויס דער טאַטע נישט מיט זײַן קול.

„שבת קומט באַלד, גייט זיך באָדן!", – העלפֿט אים אונטער די באָבע.

די מאַמע שרײַט עפּעס פֿון קיך, אָבער די ווערטער ווערן צע־שווומען.

„יעקבֿ! גיי זיך באָדן שוין!", – דונערט דער טאַטע אַ באַפֿעל.

„איך וויל נישט!"

דער טאַטע כאַפּט אָן יענקעלען פֿאַרן אָרעם מיט געוואַלד און ציט אים אַרײַן אין באָדצימער. די טיר פֿאַרקלאַפּט זיך, די שלאַבעריקע קליאַמקע שפּרינגט שיִער נישט אַרויס.

„טו זיך אויס! גיי שוין אַרײַן אין וואַנע! לאָז דאָס וואַסער אַ ביסל לויפֿן פֿון דוש!" – קאָמאַנדעוועט דער טאַטע פֿון יענער זײַט טיר. יענקעלע צעוויינט זיך:

„דאָס וואַסער איז קאַלט!"

די באָבע שטעלט זיך לעבן דער פֿאַרמאַכטער טיר און רופֿט זיך אָן:

„לאָז עס לויפֿן אַ ביסל!"

„יעקבֿ, צוואָג אויס די האָר, גיך! איך האָב נישט קיין צײַט!" – שרײַט דער טאַטע.

יענקעלע וויינט.

„נתן־יוסף!" – שטעלט זיך די באָבע צו מיטן פּנים צו דער טיר, ווי בעתן דאַווענען בײַם כּותל־מערבֿי און ברעכט זיך די הענט. – „שלאָג נישט דאָס קינד, נתן־יוסף!"

אַלע, אָן אַן אויסנאַם, מוזן אויסצוואָגן די האָר און גוט אויס־רייניקן די אויערן און נעגל. שבת קומט באַלד אַרײַן און גאָט האָט פֿײַנט שמוציקע קינדער.

„באַלד וועט זײַן שבת!“, – זאָגט דער זיידע אָן צום ווײַפֿלטן מאָל. – „ווער דאַרף רעדן אויפֿן טעלעפֿאָן?“

פּלוצעם האָבן אַלע זיך דערמאָנען, אַז זיי מוזן עמעצן אָנקלינגען. אַ געלויף, אַ געפּילדער. שוין, שוין, גענוג רעדן אויפֿן טעלעפֿאָן. ליכט־בענטשן, ליכט־בענטשן. אַ באַקאַנט קול, וואָס איך געדענק נאָך פֿון די קינדער־יאָרן, זאָגט אין מיר: „פֿאַרשאָלטן ליכט־בענטשן, פֿאַרשאָלטן ליכט־בענטשן...“

איך האָב זיך אויפֿגעהויבן און דערפֿילט אַ קאָפּ־שווינדל. די פֿיס זענען מיר געווען שווער. די מאַמע איז צוריקגעקומען מיט אַ ווײַס העמד. איך בין אַרײַן מיטן העמד אין באָדצימער און געלאָזט דאָס וואַסער זיך אָננעמען אין דער וואַנע, מע זאָל דערהערן אין קאָרידאָר, אַז איך באָד זיך, איין מאָל און פֿאַר אַלע מאָל. דאָס פּנים פֿון דעם מאַנסביל אין דעם פֿאַרפֿלעקטן שפּיגל איז געווען בלאַס, מיט אײַנגעפֿאַלענע באַקן, אַ געווירעטער שטערן, אַ רויטע שטעכיקע באָרד, אין וועלכער עס וואַרפֿן זיך דורך נישט ווייניק גרויע האָר. אַ פּאָר בלויע אויגן האָבן געקוקט אויף מיר מיד און אומעטיק. איך האָב אַראָפּגעבויגן דעם קאָפּ אונטערן קראַן, דאָס איז געווען מײַן מיקלאָמפּערשט „אויסצוואָגן די האָר“. דערנאָך האָב איך אָנגעטאָן דאָס העמד. די קנעפּלעך האָבן זיך נישט געוואָלט פֿאַרשפּיליען. דאָס בײַכעלע האָט אַרויסגעשטאַרצט איבער דעם רימען.

איך בין אַרײַן אין קיך. צוויי ברענענדיקע ליכט זענען געשטאַנען אין די זילבערנע לײַכטערס, אַ ירושה פֿון דער באָבען. די מאַמע האָט אַרײַנגעקוקט אין אַ בוך, זיך צעשמייכלט, צוגעזשמורעט די אויגן, געקרימט די ליפּן פֿאַר אָנשטרענגונג און לסוף אויפֿגעגעבן.

„ווי הייסט דאָס בוך?“ – האָט זי געפֿרעגט.

אויף דער גלאַנצנדיקער הילע פֿונעם בוך האָב איך דערזען מײַן ברודער יעקבֿ מיט אַלע פֿיר קינדער זײַנע און מיטן ווײַב. אַלע האָבן געהאַט איבערנאַטירלעך־ווײַסע ציין. זיי האָבן געשמייכלט גליקלעך.

„בײַינג דזשויִש אין ע טשענדזשינג װאָרלד", – האָב איך געלייענט אויף אַ קול. די מאַמע האָט געקוקט אויף דער שײַנענדיקער הילע, ווי אַ האָן אין „בני־אָדם". – „ווי הייסט דאָס בוך?" – האָט זי געפֿרעגט ווידער.

„זײַן אַ ייִד אין אַ וועלט וואָס בײַט זיך כּסדר", – האָב איך געענטפֿערט.

„וואָס בײַט זיך אַזוינס די גאַנצע צײַט? כ'פֿאַרשטיי נישט", – האָט די מאַמע געזאָגט און דערלאַנגט מיר דאָס בוך. – „וועגן וואָס שרײַבט ער?"

איך האָב אויפֿגעמישט אַ פּאָר זײַטלעך און גענומען פֿאָרלייענען: „מיר לעבן אין אַ צײַט, ווען אַלץ בײַטן זיך כּסדר. יעדע ענדערונג ברענגט מיט זיך אומגעהײַערע שינויים. דאָס זײַן אַ ייִד אין די פֿאַראייניקטע שטאַטן האָט פֿון תּמיד אָן פֿאַרגעשטעלט מיט זיך סײַ ערנסטע שוועריקייטן און סײַ גרויסע שאַנסן. דאָס לעבן ווערט אַלץ מער און מער טשאַלענדזשינג...", – איך האָב נישט געקענט געפֿינען דאָס פּאַסיקע וואָרט אויף ייִדיש. – „דאָס הייסט, עס פֿאָדערט פֿון אונדז נאָך און נאָך."

„נו, און וואָס שרײַבט ער ווײַטער?"

איך האָב אַוועקגעלייגט דאָס בוך אויפֿן טיש.

„מאַמע, דאָס איז נישט קיין ליטעראַטור", – האָב איך איר געגעבן צו פֿאַרשטיין. – „אין דער אמתן, האָט דאָס בוך גאָר נישט קיין אינהאַלט. דאָס בוך געהערט צו דעם זשאַנער, וועלכן מע קען אָנרופֿן, זעלבסט־באַרימערײַ־ביכער. עס אַנטהאַלט עצות, וואָס זענען ווויל און פֿײַן פֿאַר דזשעיקאָב גרינבערג; אָבער אין דעם פֿאַל, איז דער מענטש גראָד נישט דזשעיקאָב גרינבערג, נאָר עמעצער אַן אַנדערער, – טויגן די עצות אויף כּפּרות."

דאָס מאַמעס פּנים האָט זיך אויסגעצויגן.

„קענסט נישט פֿאַרגינען", – האָט זי באַשטעטיקט. גלײַך דערנאָך האָט זי זיך דערמאָנט אין שבת־קודש. – „גייסט נישט דאַווענען?", – האָט זי געקוקט אויף מיר זײַטיק.

איך בין אַראָפּגעלאָפֿן פֿון די טרעפּ מיט אימפּעט. עס האָט מיך געגומען דערשטיקן אין דער אַלטער און נײַער היים. איך האָב שוין פֿאַרגעסן, וויפֿל הערשאַפֿט נעסטיקט אין דער מאַמען. אַ מזל, וואָס איך האָב מיטגענומען מיט זיך דעם טלית־און־תּפֿילין. איך האָב מורא באַקומען, אַז איך האָב זיי פֿאַרגעסן אין חולון. זיי זענען געלעגן דאָרט ווי אַן אומנוצלעכע זאַך אויף אַ פּאָליצע. ווער האָט זיי אַרײַנגעלייגט אין מײַן וואַליזע? מסתּמא איך אַליין. מײַן אונטערבאַוווּסטזײַן האָט אַ שטאַרקע באַדערפֿעניש איבערצוקײַען און פֿאַרטראַכטן זיך, אָן דעם איך זאָל וויסן וועגן יעדער סכּנה. איך בין געגאַנגען אַהין און אַהער אויף הערצל־גאַס, אָן אַ ציל. עס האָט אָנגעהויבן בלויען אין דרויסן. אויף יענער זײַט גאַס האָבן געוווינט וועלטלעכע ייִדן, דאָס רובֿ אַלטע, שוין אויסגעפּרוּווטע מיט גוטן און מיט בייזן. זיי האָבן זיך געשלאָגן מיט די ענגלענדער און אַראַבער, אויפֿגעשטעלט די מדינה, שווער געהאָרעוועט, אויפֿגעבויט, ברוקירט, אײַנגעפֿלאַנצט און איצט צאַנקט אין זיי דער טרײַב־קראַפֿט. זיי גייען אַרום מיט קליינע הינטעלעך, זיצן אויף בענק, באַטראַכטן דעם אַרום מיט שטרענגע בליקן פֿון מענטשן, וואָס שטייען מיד אויף דער וואַך. זיי זעען אויס איבערהויפּט עלנט. זייערע קינדער און אייניקלעך האָבן פֿאַרלאָזט ירושלים, זיך צעשפּרייט איבער דער גאַנצער וועלט. איצט וווינען זיי ערגעץ אין תּל־אָבֿיבֿ, אין אַ קיבוץ, אין מידבר, אין בערלין, לאָנדאָן, ניו־יאָרק, לאָס־אַנדזשעלעס, קאָפּענהאַגען. אַבי נישט אין ירושלים. איך האָב געהאַט אַ פֿאַרלאַנג צוגיין צו זיי, לאָזן וויסן, אַז כ׳בין אַ פּאָלנער אַפּיקורס, פּונקט ווי זיי. זיי זאָלן מיך נישט אָנקוקן אַזוי. אמת, איך טראָג אַ ווײַס העמדה, אַ יאַרמעלקע אויפֿן קאָפּ און עס וואַקסט בײַ מיר אַ באָרד, אָבער איך קוק נישט אַרויס אויף משיחן. זײַן אָנקום שטעלט זיך מיר פֿאָר פֿאַר אַ גרויסער קאַטאַסטראָפֿע, אַזאַ ווי מיר זענען נישט מסוגל זי משׂיג זײַן. אַלץ איז אַ קינדערישע פֿאַנטאַזיע: משה רבינו איז געווען אַ געניאַלער ליגנער און נאָך אים זענען געקומען אָנצאָליקע דורות פֿאַרביסענע ייִדן, וואָס זענען געבוירן

געוואָרן און האָבן אויסגעלעבט זייערע יאָרן מיט דעם „אַשר יורוך", אָבער איך האָב, פּונקט ווי זיי, איבערגעריסן די גאָלדענע קייט. פֿאַרקלאַמירט זעלבשטענדיקייט, די אַנטשטייונג פֿון דעם „זיך". איך האָב פֿאַרלוירן די אמונה און איך געהער נישט צו קיינעם ניט. איך טראָג זיך אַרום מיט אַן אייביקער פֿרעמדקייט אין זיך.

ייִדן, אָנגעטאָן אין ווײַסע העמדער, מיט טלית־זעקלעך אין די הענט זענען מיר אַנטקעגנגעקומען און געווונטשן אַ גוטן שבת. איך בין פֿאַרבײַגעגאַנגען אַ שיל. די טיר איז געווען אָפֿן. אינעווייניק האָט מען געלייענט „שיר־השירים". דער קדוש־ברוך־הוא האָט זיך באַהאָפֿטן מיט כּנסת־ישׂראל. דער גאַנצער חלל: ייִדן מיט טליתים, אַריבערגעוואָרפֿן איבער די אַקסלען, די בינע, דער אָרון־קודש, די בענק, די סידורים – אַלץ האָט זיך געבאָדן אין אַ ווײַסן, פֿאַרבלענדנדיקן ליכט. דאַכט זיך, אַז רבונו־של־עולם האָט ליב, אַ חוץ כּנסת־ישׂראל, אויך אַ סך קילאָוואַט, איז אַדורכגעלאָפֿן בײַ מיר אַ געדאַנק.

איך בין צוריקגעקומען אַהיים, געעפֿנט די טיר און אויסגערופֿן אין קאָרידאָר: „גוט שבת!" דער טאַטע איז געזעסן אויף דער סאָפֿע, פֿאַרהוילן הינטער אַן אויסגעשפּרייטער „בשבֿע", אַ צײַטונג, וואָס מע צעטיילט אומזיסט. ער האָט געענטפֿערט אויף מײַן „גוט־שבת" מיט עפּעס, וואָס איז געווען אַ געמיש פֿון אַ כאָרכל, טרוקענע הוסטעניש און הייזעריקע רייד. די מאַמע און די שוועסטער האָבן גערעדט שטיל אין קיך.

„ווו האָסטו געדאַוונט?", – האָט די מאַמע געוואָלט וויסן. זי איז געשטאַנען האַרט פֿאַר מיר מיט די הענט פֿאַרלייגט אויפֿן בוזעם מעשׂה קאָמאַנדאַנטין.

„איך האָב געדאַוונט בײַ ר' יוחנן", – האָב איך געזאָגט, אַוועקגעלייגט דעם טלית־זעקל אויפֿן טיש און דערפֿילט ווי איך האָב פֿאַרלוירן אַ פּאָר קילאָגראַמען.

„האָסט געדאַוונט מיט פֿײַוווישן?", – איז די שוועסטער צוגעשטאַנען צו מיר.

די דרויסנדיקע טיר האָט זיך ווידער אָן עפֿן געטאָן. אַ מיטל־וווקסיקער, ברייטביינעריקער פֿאַרשוין האָט זיך אַרײַנגעריסן אין שטוב מיט גרויס פֿאַראַד; דער טלית האָט זיך אים קוים געהאַלטן אויף די אַקסלען, דאָס זעקל מיט זײַן נאָמען אויסגענייט מיט אַ גילדערנעם פֿאָדעם, האָט האַסטיק געטאַנצט אין זײַן רעכטער האַנט.

„ט'שבת, יידן. ט'שבת!", – האָט ער זיך פֿײַערלעך אָנגערופֿן. – „אונז זאָל'מיר האָבן אַ ליכטיקן שבת!"

„אַ גוטן שבת, פֿײַוויש", – האָט די מאַמע אָנגעצויגן אַ ברייטן שמייכל אויפֿן פּנים.

די שוועסטער האָט יוצא געווען מיט אַ קורצן בליק. זי האָט געוווּנטשן מיט אַ האַלבן מויל: „אַ גוטן שבת." איר הויט האָט געהאַט אַ מאָדנע גלאַנץ. דאָס פּנים עטוואָס געשוואָלן און בלאַס, ווי נאָך אַ שלאָפֿקייט. פֿײַוויש, ווען איך האָב געזען צום ערשטן מאָל אין לעבן, האָט געהאַט פעך־שוואַרצע האָר, אַ גרויסן, רונדיקן קאָפּ, וואָס איז געלעגן גלײַך אויף דער פּלייצע. צוויי לאַנגע, צונויפֿגעוויקלטע פאות האָבן זיך לעבעדיק געהוידעט פֿון ביידע זײַטן. די באַקן בײַ אים זענען געווען גלאַטע און פּוכקע, ווי בײַ אַ טאָק, בלויז אַ פּאָר לאַנגע האָר, וואָס האָבן זיך נישט געקליבן אויף אַ באָרד, האָבן אַרויסגעשפּראָצט פֿון זײַן גאָמבע. די שוואַרצאַפּלען אין די נאַסע, גרוי־געלע אויגן זײַנע, זענען געלאָפֿן נערוועז אַהין־און־אַהער, ווי בײַ אַ פֿאַריאָגטער חיה.

„נו, פֿײַוויש, ווי איז געווען?", – איז אַרויסגעקומען אַ הייזעריק בת־קול פֿון הינטער דער אויסגעשפּרייטער צײַטונג. דער טאַטע האָט פּלוצעם באַקומען לשון.

„אַ געשמאַקע קבלת־שבת, געשמאַקע חבֿרה. ר' יוחנן האָט געהאַלטן אַ געשמאַקע דרשה. ער האָט גערעדט פֿון אַ סך זאַכן. ער האָט אויך געמאַכט אַש־און־פּאָרעך פֿון די הײַנטיקע סײַענס. אַיעדן טאָג טראַכטן זיי, די סײַענטיסטן, אויס נײַע זאַכן, אַליין ווייסן זיי נישט וואָס זיי רעדן. אַיעדן טאָג באַקומט זיך בײַ זיי אַ נײַער דײַנעסאָר, אַ

נײַע פּלאַנעט. אַבי נישט דערמאָנען דעם באַשעפֿער, מיט איין וואָרט..."

פֿײַוויש האָט גערעדט מיט אַזאַ ברען, אַז מע האָט געקענט מיינען, ער דרשנט גאָר פֿאַר אַ גרויסן עולם. ער האָט אַראָפּגעשלונגען צוריק די סלינע און ממשיך געווען:

„דער עיקר, זיי באַטראַכטן, כּלומרשט, דעם הימל מיט אַ ריזיקן בינאָקל, גרעסער ווי אַ בנין, און געפֿינען אַ שוואַרצע לאָך. זאָגט אַליין, ס'לייגט זיך דען אַזוינס אויפֿן שׂכל? זיי נעמען צוזאַמען אַ פּאָר אַלטע ביינער און נאַט אײַך! אַ פֿרישער דײַנעסאָר. אויכעט אַיעדן פֿרישן דײַנעסאָר געבן זיי אַ נאָמען. זיי דאַרפֿן דאָס צוליב ביזנעס. אַ סך פֿון זיי זענען גרויסע אַנטיסעמיטן אויכעט. זיי זאָגן דאָס אָפֿן, שעמען זיך נישט. אַלץ טוען זיי אויף צעפּיקעניש און דער מוח ווערט שוין צעמישט. זיי רעדן מיט גדלות און ס'אַרײַן אין דער מאָדע, אַז מע פֿאָלגט זיי בלינדערהייט."

מיר איז געווען שווער זיך אײַנהאַלטן. פּלוצעם האָב איך זיך געהערט זאָגן:

„נו, אויב אַזוי שטייט אין ספֿר פּראַלניק, טאָר מען נישט האָבן קיין שאלות."

פֿײַוויש האָט זיך אַ קאַפּעלע פֿאַרלוירן. ער האָט זיך, קענטיק, נישט געריכט אויף אַזאַ אָנפֿאַל שבת צו נאַכט. ער האָט זיך פֿאַרטראַכט אַ רגע, אַ גלעט געטאָן די צוויי־דרײַ הערעלעך, וואָס זענען אַראָפּגעהאָנגען פֿון זײַן קין, און געזאָגט:

„עט, דו ווייסט. און די וועלט... ווער האָט זי באַשאַפֿן? געוואָרן אַ וועלט פֿון זיך אַליין? אַן עקספּלאָזשען? און דער ווילנער גאָון? ער האָט געקענט אויף אויסנווייניק די גאַנצע תּורה און גמרא, ראשונים, אַחרונים, אַלע ספֿרים, וואָס מע האָט אָנגעשריבן ביז זײַן צײַט. נו, דאָס איז עפּעס וואָס לאָזט זיך נישט אויפֿקלערן על־פּי־שׂכל."

„יאָ, מע שפּרינגט צוריק פֿון דעם ווילנער גאָון, צו די אַחרונים, ראשונים, אַזאַ תּנאָ, יענער תּנאָ, משה רבינו. און אויב משה רבינו איז

געווען, חס־ושלום, אַ פּאַטאָלאָגישער ליגנער? דעמאָלט צעפֿאַלט זיך דער גאַנצער בנין מיט איין קלאַפּ."

„הערש, געגנוג! וואָס ביסטו אַזוי קריגעריש הײַנט?", – האָט זיך די מאַמע אָנגערופֿן שוין פֿון קיך.

פֿײַוויש האָט זיך אָבער נישט איבערגענומען. ער האָט ווײַטער געגלעט די דרײַ הערלעך.

„די שוואָגערין זאָל זיך נישט בייזערן. אַזאַ שמועס איז טאַקע גוט, מאַכט דעם מוח שאַרפֿער."

„ס'אַ איפּכא מסתּברא", – האָב איך אונטערגעהאָלפֿן.

„יאָ, יאָ", – האָט פֿײַוויש צוגעשטימט און זיך אומגעקערט צו אונדזער איבערגעריסענעם שמועס. – „יאָ, מילא, אַ ליגנער, חס־ושלום, אָבער אַלץ האָט משה רבינו אָנגעשריבן ממש לפּי־הגבֿורה, און פֿאַרגעס נישט, אַז דאָס גאַנצע פֿאָלק איז געשטאַנען דערבײַ און געווען אַן עדות. אַלע האָבן געזען, מיט די אייגענע אויגן, ווי משה קומט אַראָפּ מיט די לוחות פֿון באַרג סיני. אונדזערע נשמות זענען אויך געווען דערבײַ."

„נו, דאָס יאָ. ביסט גערעכט", – האָב איך אויסגעפֿילט מײַן ראָלע אין דער שפּיל.

פֿײַוויש האָט זיך צעשמייכלט. אַז סע קומט צו באַרג סיני, בלײַבן אַלע אָפּהענטיק. ער האָט דערלאַנגט דעם רעכטן קלאַפּ.

5

נאָך דער שבת־סעודה איז אונדז אַלעמען באַפֿאַלן אַ שווערע מידקייט. די שוועסטער און פֿײַוויש, פֿאַרשלאָפֿענע מיט האַלב פֿאַרמאַכטע אויגן און קלאָג־רייד אין די מײַלער, האָבן זיך אַוועקגעשאַרט צו זיך אַהיים, אַ מהלך פֿון אַן ערך צען מינוט צופֿוס. דער טאַטע איז אַרײַנגעגאַנגען אין בית־הכּיסא מיט דער צעקנייטשטער צײַטונג אין דער האַנט און האָט געפּראַוועט דאָרט זײַן שבת־צו־נאַכטיקן, צעצויגענעם „ויחנו". שוין יאָרן, וואָס ער לײַדט פֿון מערידן, אולקוס, ברענענישן און אַלערליי פֿאַרדײַונג־פּראָבלעמען. פֿון צײַט צו צײַט זענען דערגאַנגען פֿונעם וואַשצימער טעמפּע, האַלב חייִשע ווייטיק־קרעכצן. דעם טאַטן איז קיינמאָל נישט אײַנגעפֿאַלן זיך באַראַטן מיט אַ דאָקטער אָדער דורכמאַכן אַנאַליזן.

די מאַמע האָט אויסגעמײַסטרעוועט אַ ספּעציעלע דיעטע פֿאַר אים, וואָס באַשטייט, מערסטנטייל, פֿון גרינסן און בעבעלעך ווי אויך כּל־המינים ניס. די אַזוי גערופֿענע „דיעטע" איז אַ הײַפֿל אײַנרעדענישן און באָבע־רפֿואות, צונויפֿגעשטוקעוועט מיט קנאַפּן מעדיצינישן מבֿינות. איך האָב אַמאָל געלאָזט פֿאַלן אַ וואָרט, אַז די דאָזיקע דיעטע דערגרייכט נישט איר ציל. זי פֿאַרשאַפֿט דעם טאַטן מער ווייטיק און עגמת־נפֿש, אָבער די מאַמע האָט זיך גוט געבייזערט און מיך באַשולדיקט אין גלײַכגילט און סאַבאָטאַזש קעגן דעם טאַטנס קישקעס. דאָס וואָס ס'איז געשטאַנען אין אָנהייב אויף אַ שטאַפּל פֿאַר אַ בויך־סבֿרא איז, מיט דעם פֿאַרלויף פֿון חדשים און יאָרן, געשטיגן אַ פּאָר טרעפּ און איז געוואָרן אַ

פּעסטגעשטעלטער פֿאַקט, אויף וועלכן מע טאָר נישט מקשה זײַן.

אַ בערגל שמוציקע געשיר האָט זיך געררוט אין אָפּגאָס. די מאַמע וועט זיך צורירן צו זיי ערשט מוצאי־שבת, נאָך דעם וואָס עס וועלן זיך באַווײַזן דרײַ שטערן אין הימל. איצט איז זי געזעסן אויף דער סאָפֿע און ווידער צוגערוקט דזשעיקאָב־יעקבֿס ביכעלע צו דער נאָז און געפּרוווט דעשיפֿרירן די פֿרעמדע שפּראַך מיט קנאַפּער הצלחה; זי האָט עפּעס געמורמלט צו זיך, זיך פֿאַרהאַקט, פֿאַרהוסט.

„הערש, וואָס שרײַבט ער ווײַטער?" – האָט זי זיך פּלוצעם געווענדט צו מיר.

איך בין געשטאַנען לעבן דעם ברייטן פֿענצטער אין וווינצימער און באַטראַכט דעם דרויסן, וואָס איז פֿאַרהוילן געוואָרן אין חושך.

„איך האָב דיר שוין געזאָגט" – האָב איך געענטפֿערט אָן חשק. – „ער שיט דאָרט מיט איבערגעקײַטע לאָזונגען. די ווערטער שטייען אויף דעם נידעריקסטן שטאַפּל. דזשעיקאָב־יעקבס עפּנטלעכע געשטאַלט איז די איינציקע זאַך, וואָס איז וויכטיק און זי דאַרף מען אויפֿהאַלטן מיט אַלע מעגלעכע מיטלען."

איך האָב פּלוצעם פֿײַנט באַקומען צו הערן די אייגענע שטים. זי האָט געקלונגען מער פֿאַרביסן, ווי איך וואָלט געוואָלט. די מאַמע האָט אַוועקגעלייגט דאָס בוך און מיך אָנגעקוקט מיט פֿאַרוווּנדערונג:

„יעקבֿ האָט דען אַן עפֿנטלעכע געשטאַלט?"

„אַנישט, פֿאַר וואָס דאַרף ער זיך דאַרן דעם קאָפּ אָנצושרײַבן אַזאַ בוך? און אפֿשר האָט עס אָנגעשריבן אַ שאָטנס־שרײַבער און יעקבֿ האָט אים געצאָלט דערפֿאַר? געלט רעגירט די וועלט."

„ניין, דאָס גלייב איך נישט!" – האָט זי כמעט געשריגן.

איך האָב געצויגן מיט די אַקסלען און אַרײַן צו זיך אין צימער. בעסער זיך שלאָגן מיטן קאָפּ אין דער וואַנט ווי פּרוּוון בײַטן אַ דעה בײַ דער מאַמען. איך בין געזעסן אויפֿן בעט און גענומען באַטראַכטן די ווענט. קורץ דערנאָך האָב איך דערפֿילט אַ שטיקעניש. דאָס אָטעמען איז אָנגעקומען שווער. עס איז מיר

געוואָרן ענג, ווי די פּיר ווענט וואָלטן געמאַכט יד־אַחת און זיי רוקן זיך צונויף צוביסלעך און דער צימער ווערט וואָס אַ מאָל קלענער. פּלוצעם איז מיך באַפֿאַלן אַ מסוכנע לעכצונג נאָך אַ ציגאַרעט. אָפֿיציעל האָב איך זיך אָפּגעוווינט פֿון רייכערן מיט אַ פּאָר יאָר צוריק, אָבער איך האָב נאָך אַלץ געזינדיקט דאָ און דאָרט, כּדי צו פֿאַרטרײַבן דעם לאַנגווײַל אָדער אָפּשטילן דעם געמיט. איך האָב אויפֿגעמאַכט די וואַליזע און אין איר גענישטערט שטיל, קיינער זאָל נישט דערהערן. מײַנע הענט האָבן געשוויצט. דאָס ציגאַרעט־פּעקל איז געלעגן אונטער אַ הײַפֿל צעקנייטשטע מלבושים. דאָס געפֿיל, אַז עמעצער קוקט זיך צו איז ווידער אויפֿגעשווומען. אַ שטענדיקער, שטרענגער צושויער האָט זיך פֿאַסמאַקעוועט מיט מײַנע שוואַכקייטן, אָפּגעלאַכט פֿון מײַנע אילוזיעס און באַמיִונגען, באַטראַכט מיך מיט ביטול, געזאָגט אָן אַ קול: „האָב געדולד, איך וואַרט לאַנג און שטראָף האַרב."

איך האָב געהאַט אַ פֿאָרגעפֿיל, אַז איך האָב פֿאַרגעסן דעם צינדער בשעתן אײַנפּאַקן די וואַליזע. איך וועל מוזן איצט „אַוועקשלעפּן" שוועבעלעך פֿון קיך, נו, יענע מעשׂה! האָב איך גערעדט צו זיך. איך האָב געווענדט דעם בליק אויף אַ זײַט. דער צינדער איז געשטאַנען אויפֿן קאַמאָד, גלײַך פֿאַר מײַנע אויגן. ווער האָט גאָטס דרכים!

איך האָב געוואָלט זיך אַרויסשאַרן בגנבֿה, אָבער די מאַמע האָט מיך געפּאַקט האַרט בײַ דער טיר, וואָס פֿירט אין גאָטס פֿרײַער וועלט.

„וווּהין גייסטו אין אַזאַ שפּעטער שעה?" – האָט זי געפֿרעגט, ווי עס וואָלט נישט אַריבער מער ווי צען יאָר זינט איך האָב פֿאַרלאָזט די היים.

„דאָ, אַרום. איך מוז דורכלופֿטערן די געהירן."

„ס'איז דאָך פּוסט אין דרויסן. ווער שטעקט אַרויס די נאָז ערבֿ־שבת? עס גייען אַרום נאָר אַראַבער, האַלט די אויגן אָפֿן!"

„איך וועל זיך נישט דערווײַטערן צו פֿיל", – האָב איך געזאָגט

און אַ קנויל האָט זיך מיר געשטעלט אין האַלדז. איך האָב האַסטיק אַן עפּן געטאָן די טיר.

די מאַמע האָט זיך נישט באַרויִקט אין גאַנצן:

„איך האָב ערגעץ געלייענט, אַז מערסטנטייל אַקצידענטן און אומגליקן געשעען אין דער היים אָדער אין דער נאָענטער סבֿיבֿה."

איך בין שוין געשטאַנען מיט איין פֿוס אין דרויסן.

„יאָ, נו, דאָס איז גאַנץ מעגלעך", – האָבן איך געזאָגט אויף הינטערוויַילעכץ. – „קינדער, למשל, זענען קליינע אַקצידענטן." – די מאַמע האָט געעפֿנט דאָס מויל עפּעס זאָגן, אָבער איידער זי האָט געהאַט די געלעגנהייט אַרויסרעדן אַ וואָרט, האָב איך פֿאַרמאַכט די טיר.

איך בין אַרויסגעגאַנגען פֿון אונדזער בנין. די שטאָט איז ווי געלעגן פֿאַרחלשט אין דער חמימה, וואָס איז נאָך אַלץ נישט אָפּגעטראָטן. די טרוקענע, מידברדיקע לופֿט איז געשטאַנען סטאַטעטשנע. דער הימל, שוואַרץ ווי סמאָלע, האָט זיך ווי אַנידערגעלייגט נעענטער צו דער ערד. די בנינים אַרום: שוואַרצע, לענגערע, פּירעקיקע שאַכטלעך, אָנגעשטאָפּט מיט מענטשן, האָבן זיך ווי געגומען באַוועגן אין דער גערדיכטער פֿינצטערניש. קרומע שאָטנס האָבן זיך געשאָקלט אַהין־און־אַהער הינטער די באַלויכטענע פֿענצטער. געציילטע אויטאָס זענען פֿאַרביַיגעפֿאָרן מיט גרויס איַילעניש אויף הערצל־גאַס, פֿאַרשטערנדיק די שבתדיקע שטילקייט מיט אָפּהילכיקע מאָטאָר־רעווענישן. איך האָב זיך דערוויַיטערט אַ ביסל פֿון דעם בנין. אַריַינגערוקט די יאַרמעלקע אין דער הינטערשטער הויזן־קעשענע, האָב איך פֿאַרקוועטשט דעם ציגאַרעט צווישן די ליפּן, אַ דריי געטאָן דאָס רעדעלע פֿון דעם צינדער און צוגערוקט דאָס ציטערנדיקע פֿלעמל צום ציגאַרעט־עק. אַ גוטן שבת, וועלט! דער עק האָט זיך אָנגעצונדן מיט אַ קנאַק און אַ קנויל ביטערע, בריִענדיקער רויך האָט אָנגעפֿולט מיַין גומען. איך האָב אַרויסגעבלאָזן אַ זיַיל רויך און ער האָט מיר אַ שטאָך געטאָן אין די אויגן.

פּלוצעם האָט זיך עמעצער הינטער מיר אָנגערופֿן: „קוקט אים אָן. הערש גרינבערג, בכבֿודו־ובעצמו, שטייט ערבֿ־שבת מיטן בלויזן קאָפּ און פֿאַררייכערט אַ ציגאַרעט, זייער שיין, בנאמנות!"

אַ הויכע, אײַנגעבויגענע געשטאַלט איז אַרויסגעשפּרונגען פֿון הינטער די קוסטעס. איך האָב געטאָן אַ צאַפּל. דער ציגאַרעט האָט זיך אַרויסגעגליטשט פֿון די פֿינגער, אָבער איך האָב באַוויזן אים אַ כאַפּ טאָן בײַם עק.

„מילא, כאָטש ס'איז חילול־שבת און בפֿרהסיא דערצו", – האָט דאָס קול פֿאַרצויגן די ווערטער מיט אַ וויינענדיקן ניגון. – „דאַרף מען אַיעדן ייִד דן זײַן לכּף־זכות". איך האָב אויסגעשאָסן אַ געלעכטער. דאָס קול האָט אים געמסרט: געווען איז דאָס שלמהלע, מײַן חבֿר און חבֿרותא פֿון די ישיבֿה־יאָרן.

זײַן אויסזען האָט זיך נישט שטאַרק געביטן: אַ דאַרע, אַ הויכער, מיט אײַנגעבויגענע אַקסלען און אַ פּאָר דינע אָרעמס. דער הויקער האָט זיך נישט צעוואַקסן און אויך זיך נישט אײַנגעשרומפּן. דער לענגלעכבער קאָפּ מיטן שמאָלן קין און ברייטן שטערן איז געלעגן אויף די אַקסלען, ווי אָן אַ האַלדז. די באָרד און די פּאות זענען פֿאַרשוווּנדן געוואָרן. אויף זײַן פֿאַרשוויצטער נאָז זענען קרום געהאָנגען, ווי דעמאָלט, צוריק מיט יאָרן, אַ פּאָר דיקע ברילן מיט אַ שוואַרץ, אַלטמאָדיש רעמל, ווי עס פֿלעגן די רביים טראָגן מיט פֿופֿציק יאָר צוריק.

„שלמהלע, משוגענער איינער", – האָב איך מיט אים אַ שטיף געטאָן. – „וואָס טוסטו דאָ? האָסט נישט געוווּסט, אַז נאָך אַראַבער גייען איצט אַרום? ערלעכע ייִדן שלאָפֿן מיטן ווײַב אָדער אָן דעם ווײַב."

ער האָט זיך צעשמייכלט: „כ'בין דען ערלעך בײַ דיר? איצט שליאָנדערן זיך אַרום אַזוינע פֿאַרזעענישן – גאָט זאָל אָפּהיטן. מאָל דיר אויס, זיי זענען נישט מסוגל זיך צופּאַסן צו די כּללים בײַ אַנשי־שלומנו."

איך האָב געטאָן נאָך אַ ציִ פֿון דעם ציגאַרעט און געזאָגט: „ביסט געווען ערלעך ס'לעצטע מאָל, ווען איך האָב דיך געזען, דאַכט

זיך, מיט אַן ערך צען יאָר צוריק. דעמאָלט ביסטו געווען אַ זײַדענער יונגער־מאַן, מיט אַ שיטער בערדל, ביידע פּאות צוריקגערוקט הינטער די אויערן, אַ צדיקל אין וואַטע. אַזאַ איינער, וואָס האָט, נעבעך, נאָך נישט פֿאַרזוכט פֿון עץ־הדעת, שאָקלט זיך פֿרום איבער דער גמרא, גיט אַ תּירוץ וועגן אַן איי וואָס איז געבוירן געוואָרן אום יום־טובֿ, רעדט מיט פֿײַער־פֿלאַם וועגן חבֿלי־משיח...״

„יאָ, זינט דעמאָלט זענען אַ סך וואַסערן אַראָפּגעפֿלאָסן דורך אַ סך טואַלעטן, דאָס אַלץ געהערט שוין צו די פֿאַרגעלטע בלעטער. דער פֿאָדעם האָט זיך איבערגעריסן בײַ דיר, אַז איך בין נאָך געווען אַ שנעקל.״

„יעדער האָט דורכגעמאַכט זינט דעמאָלט וואַרעמס און קאַלטס״, – האָב איך געזאָגט און מײַנע הענט האָבן גענומען זוכן נאָך אַ ציגאַרעט ווי אויף אייגענער אַחריות, כאָטש די ערשטע האָט זיך נישט אין גאַנצן אויסגערייכערט.

שלמהלע האָט גענומען דרייען אַ קנעפּל אויף מײַן שבתדיקן העמד.

„האָב נישט קיין מורא״, – האָבן זײַנע ליפּן זיך אויסגעבויגן אין אַ קרומלעכן שמייכל. – „כ׳וועל דיר אַלץ דערציילן, נאָר דו – אַנט־לויף נישט.״

„איך האָב נישט וווּהין צו אַנטלויפֿן״, – האָב איך געענטפֿערט און גענומען אַ לעצטן צי פֿון דעם האַלב פֿאַרלאָשענעם ציגאַרעט.

„נאָך דער ישיבֿה, האָט מען מיך נישט גענומען אויף מיליטערישער דינסט. די אייביקע מעשׂה – דער שיינער האָרב מײַנער... אויב איך וואָלט געהאַט אַ מאָל אַ חשק צו נעמען אַ ביקס אין דער האַנט אַרײַן און זיך שלאָגן מיט די שׂונאים, האָט אַ קליינע, דיקע זעלנערין געמאַכט צו אַלץ אַן עק; זי האָט זיך נישט געקווענקלט קיין סך און טראַך! אַ שטעמפּל געטאָן מיט דעם ׳פּראָפֿיל איין־און־צוואַנציק׳ און גיי זײַ שמשון־הגיבור הינטער דער מאַמעס פֿאַרטעך. איך האָב געוואָלט זיך שטעלן פֿרײַוויליק צו דער דינסט, נאָר די אַרמיי האָט

אַרויסגעוויזן ווייניק התלהבֿות. וואָס האָב איך שוין געקענט טאָן? האָב איך חתונה געהאַט. נישט געטראָפֿן גוט מיט דער אישה... איך האָב עס ערשט פֿאַרשטאַנען היפּש שפּעטלעך. אפֿשר צו שפּעט. פֿאַר דער חופּה האָט זי צוגעזאָגט גליקן אָן אַ סוף און נאָך דער חופּה – אַ גרויסער בראָך. עפּעס קלאַפּט נישט בײַ איר, ווי סע דאַרף צו זײַן. פֿאַר דעם, וואָס דאָס מיידעלע איז געבוירן געוואָרן, איז געווען נאָך צו דערלײַדן: טאָמער כ׳האָב זיך אַרויסגעכאַפּט מיט אַ קרום וואָרט, פֿלעגט זי זיך פֿאַרשליסן אין צימער און נישט אַרויסקריכן דערפֿון האַלבע טעג, אָבער נאָכן געבוירן האָט זי אין גאַנצן אויפֿגעהערט רעדן מיט מיר, ווי זי וואָלט מיר פֿאָרגעוואָרפֿן – הלמאַי האָב איך זי אַרײַנגעשלעפּט אין אַ פּאַסטקע. זי איז אַ מרה־שחורהניצע. זי זיצט גאַנצע טעג אין איר צימער און קוקט זיך אָן מיט טעלעוויזיע־מעשׂיות. זי קוויקט זיך מיט גויים, וואָס קריגן זיך און קושן זיך אין די פּיסקלעך, אָבער צו מיר איז זי סעקסועל קאַלט. אייגנטלעך, טענהט זי, אַז סעקס ברענגט זי אַרײַן אין אַ מרה־שחורה; די זויערע זאַפֿטן פֿון מאָגן קריכן איר אַרויף, אַז זי טוט נאָך אַ טראַכט וועגן ליגן אין בעט מיט אַ מאַן. איך האָב געטראַכט, אַז זי איז מיר נישט געטרײַ, לאָזט זיך אויס, אַז זי קוקט נישט אויף מענער און אויך נישט אויף פֿרויען. זי האָט פּשוט אַן אָפּגעשלאָגענעם אַפּעטיט. יאָ, דער גאַנצער עסק איז אַ קראַך און דאָך בלײַבן מיר צוזאַמען. מיר ביידע אַרבעטן נישט, זענען יאָרן לאַנג, „צווישן שטעלעס", ווי מע זאָגט הײַנט, און קענען זיך נישט פֿאַרגינען דעם פֿאַרגעניגן צו צאָלן דירה־געלט. גוט נאָר וואָס מיר האָבן באַוויזן צו מאַכן אַ מיידעלע, מיר זאָל זײַן פֿאַר איר."

שלמהלע האָט דאָס אַלץ דערציילט מיט אַ שמייכל אויף די ליפּן. זײַן קול איז געווען אַ לויטערס און ייִנגליש־האָפֿערדיק, ווי דאָס לעבן וואָלט באַשטאַנען פֿון אַ ריי וויצן און חכמהלעך. ער האָט געשוויגן אַ ווײַלע. דאָס שמייכל איז פֿאַרשוווּנדן געוואָרן, אָבער באַלד איז ער אויפֿגעקומען. די אויגן זײַנע האָבן געגלאַנצט הינטער די בריקן־שײַבעלעך.

„אָבער דאָס איז נאָך ווייניק“, – האָט ער געטאָן אַ לאַך און זײַן פּנים האָט זיך אויפֿגעלויכטן, צוליב אַ ליכטיקן קרײַזל, וואָס האָט זיך אָפּגעשטעלט אויף זײַן פּנים אַ רגע. דאָס געלע ליכט איז אַרויסגעקומען פֿון די פֿאָדערשטע לעמפּ בײַ אַ פֿאַרבײַפֿאָרנדיקן אויטאָ. – „איך בין זייער אַ קליינער צדיק און נאָך אָ קלענערער גבֿיר. געדענקסט, אַז מײַן משפּחה האָט פֿאַרמאָגט צוויי בנינים, נישט ווײַט פֿון דאַנען? כּל־זמן דער זיידע, זײַן זכות זאָל אונדז בײַשטיין, האָט געלעבט, האָט מײַן פֿעטער געהאַנדלט ערלעך. די ביידע זין האָבן זיך ברודעריש געטיילט אי מיט די הוצאָות, אי מיט דער הכנסה. אָבער נאָך דעם זיידנס פּטירה, האָט זיך אָנגעהויבן אַ גאַנצע חתונה. ער האָט געזאָלט, לכאורה, איבערלאָזן אַ צוואָה בײַ אַ ווײַטן קרובֿ, וואָס איז אויך אַן אַדוואָקאַט, נאָר די צוואָה איז ערגעץ פֿאַרשוווּנדן געוואָרן אָדער האָט קיינמאָל נישט עקזיסטירט. דער אַדוואָקאַט האָט נישט געוווּסט פֿון קיין חלום און קיין פּיתרון. דער זיידע האָט געהאַט אַ לאַנג־יאָריקן סעקרעטאַר, אַ פֿאַרלאָזלעכער לאַנדסמאַן. יענער האָט געוווּסט אַלע סודות, נאָר ער האָט גאָרנישט פֿאַרשריבן, אַלץ איז געווען בײַ אים אין קאָפּ. ער האָט אַלעמען געטאָן אַ גרויסע טובֿה און זיך אַריבערגעפּעקלט, צוזאַמען מיט אַלע זײַנע סודות און חשבונות, אויפֿן עולם־האמת קורץ נאָכן זיידן, און צוריקרופֿן פֿון דאָרט קען מען נישט סײַדן מע קומט צו אים אויף אַן אייביקן באַזוך.“

דער צווייטער ציגאַרעט האָט זיך אויסגעשעפּט. איך האָב אַוועקגעוואָרפֿן דעם טליִענדיקן עק. ער האָט געטאָן אַ קורצן פּלי אין דער לופֿטן, געטראָפֿן אויף דער ערד און זיך אַוועקגעקײַקלט צו אַ ווילד־צעוואַקסענעם קוסט. קליינע פֿײַער־שפּריצן האָבן זיך צעשפּרייט אַרום דעם דינעם שטאָם.

„און איצט געפֿינט זיך די משפּחה אין אַ יורידישן געווירבל“, – האָב איך געזאָגט בשעתן באַטראַכטן די פֿינצטערניש. – „יעדער פּרוּווט אײַנרײַסן אַלע וועלטן און וועט אַרויסקריכן דערפֿון הויל און נאַקעט. נאָר די אַדוואָקאַטן וועלן געניסן דערפֿון.“

שלמהלע האָט אויסגעזען פֿאַרחידושט.

„יאָ, געטראָפֿן", – האָט ער קורץ אָפּלאָדירט. – „איצט גייט אָן אַ פּראָצעס אין דעם שטאָטישן געריכט. מײַן טאַטע־מאַמע זענען שוין אַלט און קראַנק, איין שוועסטער וווינט אין קאַנאַדע מיט אַ גוי, די צווייטע – וויל פֿון גאָרנישט וויסן, האָב איך זיך אַליין, אײַנגעשפּאַנט אין וואָגן. בײַם אָנהייב האָט דער אַדוואָקאַט מיך פֿאַרזיכערט, אַז דער ענין איז נישט שטאַרק פֿאַרוויקלט, נאָר זינט דעמאָלט זענען אַוועק צוויי יאָר און ס'דערשלאָגט זיך נישט צו קיין ברעג. אַלע מאָל באַווײַזט זיך אַ נײַער פּאַפּיר אין פּאַנאַמע, קאַנאַדע, האָנדוראַס אָדער אַן אַנדער עק. מע דאַרף צאָלן דעם און יענעם. דער פּראָצעס האָט שיִער נישט אויפֿגעגעסן דעם גאַנצן פֿאַרמעגן, און אויב דאָס איז ווייניק, איצט וויל דער פֿעטער, דער רוצח, אָפּנעמען בײַ מיר די דירה, ווו איך ווױן מיטן ווײַב און מיידעלע. אויב ער וועט צונעמען בײַ מיר די דירה, בין איך אַ פֿאַרפֿאַלענער. מיר וועלן זיך פּראָסט און פּשוט וואַלגערן אויף די גאַסן מיט אַלע בעבעכעס. צו וואָס דאַרף ער דאָס געלט? זאָג מיר. ער איז שוין נישט געזונט. ער איז אַריבער די אַכציקער מיט עטלעכע יאָר צוריק. ער איז האַלב פֿאַרקאַלכט און דאָך, האָט ער אַ וועלפֿישן אַפּעטיט פֿאַר געלט. אים וועט דאָס געלט שוין נישט העלפֿן."

„ער דאַרף נישט דאָס געלט נאָר עס קרענקט אים דו זאָלסט לעבן אָן דאגות."

„אָט אַזוי!" – האָט זיך שלמהלע דערפֿרייט, אַ גלעט געטאָן דעם אָפּגעגאָלטן קין, זיך פֿאַרטראַכט אַ ווײַלע און געזאָגט: „און דאָך בלײַבט נאָך אַלץ די קשיא נישט פֿאַרענטפֿערט. איז, וואָס טוט מען? איך קען נישט אַרבעטן. איך האָב, אייגנטלעך, נישט קיין פֿאַך אין די הענט. איך האָב נישט געאַרבעט קיין איין טאָג אין לעבן. די מאַמע האָט תּמיד געציטערט איבער מיר. יעדע מלאָכה איז, לויט איר מיינונג, אַ סכּנת־נפֿשות. דאָס שטיקל ברויט האָב איך געצויגן פֿון פֿאַרדינגען יענע דירות. דאָס איז מײַן מלאָכה: זיצן מיט פֿאַרלייגטע הענט אין

׳ביוראָ׳, דעם שמאָלן צימער אונטן, און פֿאַרגלאָצן די אויגן אויפֿן סטעליע־ווענטילאַטאָר, וואָס דרייט זיך איבער מײַן קאָפּ... איך האָב געטראַכט צו קויפֿן אַ טאַקסי, אָבער מײַן רוקן טויג נישט פֿאַר אַזאַ אַרבעט. איך האָב לעצטנס געוואָלט ווערן אַ דזשיגאָלאָ, פֿאַרדינגען מײַן שמעקעלע פֿאַר אַ שיבוש. די קליענטין מעגן, פֿון מײַן זײַט, זײַן מיאוס ווי מלאך־המוות. איך האָב צוגעקלעפּט ל״ו אַפֿישן אויף די ווענט, נאָר קיין שום נקבֿה האָט זיך נישט אָפּגערופֿן. אויסהערנדיק מײַן פּלאַן, האָט מײַן ווײַב זיך שיִער נישט געשטיקט פֿאַר געלעכטער. האָב איך איר געגעבן צו פֿאַרשטיין, אַז מע דאַרף האָבן אַ ביסל אמונה, אָבער זי האָלט, אַז אויב אַפֿילו איך וועל צאָלן די נקבֿות, וועט זיך קיין איינע נישט אומקוקן. נאַרישקייטן! זאָלסט וויסן, אַז איך האָב זיך באַקענט מיט אַן אַלטיטשקער, אָבער מע קען נישט לעבן נאָר פֿון איין קליענטין. איצט בין איך געפֿאַלן אויף אַזאַ המצאה: איך וויל שאַפֿן אַ ׳סײַט׳ אויפֿן אינטערנעט, ווו פּאָרן וועלן זיך פּאָרן פֿאַר דער קאַמערע. דער עולם וועט קענען זיי שענקען ׳טיפּס׳, כּדי צו דערמוטיקן באַגיין אַלערליי ווילדע זאַכן און קרומקייטן.״

„וויל און שיין, און ווער וועט זיך באַטייליקן אין דײַן פּראָיעקט?״

„קודם־כּל איך. איך האָב שוין אָנגעהויבן זוכן אַקטריסעס און פֿאַרוואַנדלען דעם קליינעם ביוראָ אין אַ קינאָ־סטודיאָ. איך האָב שוין גערעדט מיט עמעצן וועגן דעם. ער פּראָדוצירט פֿילמען פֿאַרן פּרומען ציבור. נאָר איך דאַרף האָבן אויך...״ – שלמהלע האָט זיך אַ ביסל געקווענקלט, אָבער לסוף געפֿרעגט: „דו ביסט אַן אַדוואָקאַט, איאָ?״

„יאָ, לויטן פֿאַך בין איך אַן אַדוואָקאַט.״

„יאָ, איך האָב זיך אַמאָל צופֿעליק געטראָפֿן מיט דײַן טאַטן און ער האָט מיר מודיע געווען מיט גרויס פֿרייד, אַז דו ביסט אַ גאַנצער קנאַקער. זאָלסט וויסן, אַז איך נייטיק זיך פּונקט אין אַזאַ מענטש, ווי דו.״

איך בין געווען דערשטוינט צוליב שלמהלעס געפֿאַלנקייט, אָבער איך האָב זיך געזאָגט, אַז כּל־זמן ער שלעפּט מיך נישט מיט זיך אין תּהום אַרײַן, זאָל עס אים וויל באַקומען.

6

אַ שמועס מיט עטרה:

„איך פֿאַרשטיי, אַז דו נייטיקסט זיך זייער אין דער וואַקאַציע, אָבער האָסט כאָטש געמעגט אונדז אָנקלינגען פֿאַר שבת, ווינטשן אַ גוטן שבת. מיר לעבן נאָך, ד'ווייסט... האָסט אָנגענומען דאָרט, אין מידבר, אַ פֿול מויל וואַסער?"

„יאָ, געוויס. איך בין שולדיק. דעם אמת צו זאָגן, איז דאָס מיר גאָר אַרויסגעפֿלויגן פֿון קאָפּ. איך בין געווען אַזוי פֿאַרנומען, אַז איך האָב שיִער נישט פֿאַרגעסן, אַז שבת רוקט זיך אָן און איידער איך האָב באַוויזן זיך אומקוקן, איז שוין געווען גוט טונקל אין דרויסן."

„וואָס ביסטו אַזוי פֿאַרנומען אויף אַ וואַקאַציע אין מיטן מידבר? אויף אַ וואַקאַציע צעלייגט מען זיך, עסט מען זיך אָן און מע לעבט אַ שיינעם טאָג."

„פֿאַרשטייסטו מיך, דאָס איז אַן אינערלעכע פֿאַרנומענקייט אַזאַ. איך פּרוּוו אויך שרײַבן אַ ביסל."

„שרײַבסט אַ ביסל? באַלד וועל איך דיר געבן אַ גוטע טעמע פֿאַר אַ גאַנצן ראָמאַן: די לערערין אין קינדער־גאָרטן האָט מיר געזאָגט, אַז עפּעס איז נישט ווי עס דאַרף צו זײַן מיטן מיידעלע. פֿון פֿאַך איז זי נישט קיין דאָקטאָרשע, אָבער זי עצהט אַ דאָקטער אָדער אַ נייראָלאָג זאָל דאָס קינד באַטראַכטן. דאָס מיידעלע הערט זיך נישט צו און פֿאָלגט נישט די לערערין. דאַכט זיך, אַז פֿרײַטיק האָט זי אויפֿגעגעסן די חלה פֿאַר קבלת־שבת און האָט צעביסן די לערערין און צוויי אַנדערע מיידעלעך, וואָס האָבן זי גאָר נישט

גערייצט. דערווײַל קען מען דאָס, ווי עס נישט איז, פֿאַרגלעטן, אָבער די איבעריקע עלטערן הייבן אָן שטעלן פֿראַגעס."

„אַבי זיי אינטערעסירן זיך. דאָס איז אַ גרויסע זאַך!"

„דאָס איז נישט צום לאַכן. דו קלינגסט ביסט נישט אַזוי קאָמיש, ווי דיר דאַכט זיך."

„דאָ, דאָס הייסט, דאָרט, בײַ די עלטערן אין ירושלים אינ־טערעסירט מען זיך נישט מיטן איניקל, ווי עס וואָלט נישט עקזיסטירט. זינט דאָס לעצטע מאָל, ווען זי איז געווען בײַ זיי און האָט אַראָפּגעריסן דעם פֿאָרהאַנג אין וווינצימער, אָנגעגאָסן וואַסער אין זייער בעט, אַרויסגעריסן פֿונעם לײַכטער אַ ברענענדיק ליכט און עס אַרויסגעוואָרפֿן דורכן פֿענצטער ווערט די טעמע צו אָנגעווייטיקט אַרומצורעדן און מע דערמאָנט זי נישט מיט קיין וואָרט ניט."

„מחילה, דײַן טאַטע־מאַמע, די גלענצנדיקע באָבע־זיידע, גייען מיר וויניק אָן. איך וועל געפֿינען אַ פֿרײַע ריי, וועסט מוזן איבערשלאָגן דײַן ווילטאָג־רײַזע אויף אַ טאָג אָדער צוויי און פֿאַרזוכן אַ ביסל פֿון מײַן מרור."

„מיר ביידע קײַען איין מרור."

„און נאָך אַ זאַך, דײַן מאַמע האָט דערהאַלטן אַ גרויסן בוקעט מיט בלומען פֿון 'גאָלדמאַן און שותּפֿים'. פּרעכטיקע בלומען און אַ שיין וווּנטשקאַרטל. אויף דער הילע פֿון דעם וווּנטשקאַרטל שטייט 'רפֿואה שלמה'. וואָס איז איר?"

„זי איז געזונט־אײַזן. די סעקרעטאַרשע האָט מסתמא געגרײַזט סײַ מיטן נאָמען און סײַ מיטן אַדרעס."

„וואָס זאָל איך טאָן מיט די בלומען? איך זאָל איבערשיקן דעם בוקעט צו דײַן מאַמען, קיין ירושלים? מע קען שיקן מיט אַ טאַקסי. דאָס וועט, געוויס, קאָסטן אַ מאַיאָנטעק, אָבער..."

„מע דאַרף נישט! טו מיט זיי וואָס דו פֿאַרשטייסט."

7

שבת אין דער פֿרי. דער טאַטע האָט געשנאָרכעט הויך אין שלאָפֿצימער. טייל מאָל האָט ער אַרויסגעלאָזט אַ כאָרכל, ווי ער וואָלט זיך דערשטיקט מיט די אייגענע כראָפּענישן, אָבער אין קיך איז נישט דערגאַנגען קיין שאָרך. אויסגעצויגענע שאָטנס, ווי לעבעדיקע מענטשן, וואָלטן שטום געציטערט. פֿאַרשלאָפֿענע זון־שטראַלן זענען געקראָכן צווישן די קרומע צווײַגן פֿון דעם בוים, וואָס איז געשטאַנען פֿאַרן פֿענצטער אין קיך, דאַכט זיך, פֿון ששת־ימי־בראשית אָן און ווערט נישט גרעסער אָדער קלענער, נישט צעצווײַגטער, נישט גרינער און נישט נאַקעטער. די מילדע שטראַלן האָבן געצייכנט אויף דעם גלאַנצנדיקן צודעק פֿון דעם שבתדיקן סאַמאָוואַר אַ פּאָר קרומע ליכטיקע פּאַסן.

איך האָב אַרויסגעצויגן אַ קאַרטאָן־גלאָז פֿון דעם איין־מאָליקן גלעזער־טורעם, וואָס האָט זיך פֿון מײַן צוריר אַ וואַקל געטאָן און זיך אויסגעצויגן אויף דער פֿאַרפֿלעקטער מאַרמערנער פֿלאַך אין דער גאַנצער לענג.

פּלוצעם האָט זיך די טיר אין קאָרידאָר אויפֿגעעפֿנט און אַ מאַנסביל, אַ בן־תּורה, מיט אַ צעשויבערטער באָרד און פּאות האָט זיך באַוויזן אין קיך. ער האָט געהאַלטן אין דער רעכטער האַנט זײַן טלית־און־תּפֿילין און מיט דער לינקער האַנט געשלעפּט הינטער זיך אַ וויינענדיק יינגעלע. דער ייִד איז צוגעגאַנגען מיט זיכערע טריט צו אונדזער שבתדיקן סאַמאָוואַר, אָפּגעלאָזט די האַנט פֿון דעם כליפּענדיקן יינגל, דערנאָך, נישט אַרויסלאָזנדיק קיין וואָרט, גענומען

אַ קאַרטאָן־גלאָז און אַ קוועטש גערטאָן מיטן גראָבן פֿינגער אויפֿן קנעפּל פֿונעם סאַמאָוואַר. אַ דיניק שטרעמל איז אַראָפּגעפּלאָסן אין דער גלאָז. מיט אַ מאָל האָט דער ייִד אויפֿגעהויבן דעם בליק און באַמערקט, אַז איך שטיי האַרט לעבן אים מיט אַ ליידיקער גלאָז אין דער האַנט און מעסט אָפּ זײַנע באַוועגונגען.

„אָ, גוט שבת!“, – האָט ער זיך אָנגערופֿן אָן קיין שום חידוש, און אַ קורצווײַליקער שמייכל האָט זיך אָנגעצויגן אויף זײַן באַבערדלט פּנים. – „מאָל דיר אויס, אונדזער סאַמאָוואַר איז נעבעכן קאַליע געוואָרן און אָן אַ גלאָז קאַווע אין דער פֿרי בין איך אויס מענטש. אַז איך שטיי אויף, שפּיר איך תּמיד אַ בויערדיקן ווייטיק אָזאַ, דאָ“, – האָט ער אָנגעוויזן מיטן ראַנד פֿון דער ברײַענדיקער גלאָז פּונקט אין מיטן שטערן. – „מענטש, ס'איז נישט אויסצוהאַלטן, ווי אַ פֿויגל וואָלט מיר געפּיקט די געהירן. רעדן מיט מיר אַ וואָרט פֿאַר דעם, וואָס איך טרינק אויס צוויי טעפּלעך קאַווע איז ממש סכּנת־נפֿשות. קענסט זיך נאָכפֿרעגן בײַ מײַן פּלוניתטע. ביסט אַ נײַער שכן, האַ? קוקסט נישט אויס ווי אַ היגער. ביסט געקומען פֿון אויסלאַנד?“

„איך בין געוואַקסן דאָ“, – האָב איך געענטפֿערט קורץ און צוגעטרייסלט מיט דער ליידיקער גלאָז, ווי אַ בעטלער בעט אַ נדבֿה בײַ אַ לײַטישן בעל־הבית. דאָס ייִנגל האָט אויפֿגעהערט וויינען און גענומען מיך באַטראַכטן מיט אַ פּאָר גרויסע, ברוינע אויגן און אַן אָפֿענעם מויל.“

„נו, זייער שיין“, – האָט געזאָגט דער פֿאַריאָגטער ייִד, וואָס איז ווידער געשטאַנען בײַ דער טיר. ער האָט געוואָרפֿן דעם לעצטן בליק אויף היינטערווײַלעכץ און פֿאַרמאַכט די דרויסנדיקע טיר הינטער זיך און זײַן ייִנגל, אָן אַ „זײַ־געזונט“.

איך האָב זיך אומגעקערט אין צימער מיט דער ברײַענדיקער גלאָז קאַווע אין דער האַנט, פֿאַרמאַכט הינטער זיך די טיר. זיך אַוועקגעזעצט אויף דער בעט, האָב איך גענומען באַטראַכטן די ווענט, וועלכע זענען געוואָרן אין פֿאַרלויף פֿון יאָרן, ווי אַן אייגענער אבֿר.

איך האָב פֿאַרבראַכט אַזוי פֿיל צײַט צווישן אָט די פֿיר ווענט, אַז זיי זענען געוואָרן איך, און איך בין געוואָרן זיי. זאָל דאָס זײַן צום גוטן אָדער צום שלעכטן.

דער מאַמעס כריפּענישן זענען דערגאַנגען צו מיר ווי אַ טעמפּער אָפּקלאַנג. דער טאַטע האָט געהוסט אַ דויערדיק טרוקן הוסטעניש, זיך געקרעקט מיט דער אייגענער סלינע, אַרויסגעלאָזט אַ כאָרכל, אַ ברום און עס איז ווידער געוואָרן שטיל. דערנאָך האָב איך געהערט מײַן מאַמעס קוויטשיק־סקריפּענדיק קול פֿרעגן ווידער אַ מאָל און אָבער אַ מאָל, ווי פֿון שלאָף אַרויס: „וואָס איז דיר, וואָס? ס'איז דיר גוט איצט?" – לסוף האָט זי באַשטעטיקט: „דו האָסט נישט אײַנגענומען דײַנע וויטאַמינען דעריבער הוסטו אַזוי פֿיל."

קיין ענטפֿער איז נישט געקומען.

איך האָב זיך צוגערירט מיט די ליפּן צום ראַנד פֿון גלאָז און אַ הייסע פּאַרע האָט מיר אַ זעץ געטאָן אין דער נאָז און די אויגן.

אין אַ געוויסן מאָמענט האָב איך אײַנגעדרעמלט. ווי דורך אַ געדיכטעניש, האָט זיך דורכן רוים דורכגעריסן צו מײַנע אויערן מײַן נאָמען: „הערשל! הערשל!"

שלמהלע איז געשטאַנען אונטער מײַן פֿענצטער, אָנגעטאָן אין אַ ווײַס, צעקנייטש העמד, דער טלית האָט אַראָפּגעהאָנגען פֿון איין אַקסל, דער קאָפּ – עטוואָס פֿאַררוקט אויף צוריק און די אויגן צוגע־זשמורעט. צוויי קליינע זונען האָבן לעבעדיק אַרומגעטאַנצט אין די גלעזלעך פֿון זײַנע אַלטמאָדישע ברילן.

„הערשל!", – האָט ער ווידער אויסגעשריגן און דער האַלדז־קנאָפּ איז אַדורכגעלאָפֿן אַרויף און אַראָפּ איבער זײַן דאַרן האַלדז.

איך האָב זיך איבערגעבויגן איבערן פֿענצטער.

„שלמהלע, שרײַ נישט אַזוי הויך", – האָב איך זיך געסטאַרעט צו רעדן וואָס שטילער. –„וואָס איז מיט דיר? וואָס ברענט?"

„געטראָפֿן אין פּינטל!", – האָט ער גענומען רעדן שטילער. – „אָבער מע קען נישט אַרומרעדן אַזוינע זאַכן דורכן פֿענצטער."

„נו, קום אַרײַן.“

איך האָב אים אַרײַנגעלאָזט אין צימער שאַ־שטיל, קיינער זאָל נישט וויסן וועגן דעם אומדערוואַרטן גאַסט אויף אַ ווײַל, וואָס האָט דערשײַנט בײַ מיר אין מיטן שבת־קודש. שלמהלע האָט זיך אַוועקגעזעצט אויף מײַן בעט, אויסגעטאָן די שיך („אוי, זיי קוועטשן!“) און שווער אָפּגעאָטעמט. אַז ער איז געקומען צו זיך, האָט ער מיך באַדאַנקט און גענומען די גלאָז קאַווע, וואָס איז נאָך אַלץ געשטאַנען אויף דעם אַלטן שרײַבטיש און זיך אָפּגעקילט.

ער האָט געטאָן אַ זופּ און געזאָגט:

„אוי, פֿאַר וואָס בין איך געגאַנגען דאַוונען הײַנט? בעסער וואָלט איך זיך געלאָזט אַרויסרײַסן אַ צאָן. הער אויס, איך גיי אַרײַן צו ר׳ יוחנן און ווען דערזע איך? דו געדענקסט חיים דויטשן, יענעם קאַרגן הונט? ניין? ס׳מאַכט נישט אויס. ווי עס זאָל נישט זײַן, געוויינטלעך דאַוונט דער ממזר אין אַן אַנדער שיל, אָבער גראָד הײַנטיקן שבת האָט ער זיך באַוויזן בײַ ר׳ יוחננען. אַזאַ אָנשיקעניש!

„עס איז אַזאַ מעשׂה: איך האָב געבאָרגט בײַ אים מיט אַ שטיקל צײַט צוריק אַ פּאָר טויזנטער. נישט געהאַט קיין אַנדער ברירה. דער חלק איז געלעגן אויפֿן האַלדז. איך בין געבליבן הענגען אין דער לופֿטן, אָן אַן אויסגעריבענער פּרוטה, און געמוזט אָנקומען צו אים, מאָל דיר אויס, אַזאַ אומגליק! אין אַלץ איז שולדיק דער אַדוואָקאַט מײַנער. ער האָט זיך געשוווירן אַ פּאָר מאָל אַ הייליקע שבֿועה, בוכשטעבלעך בנקיטת־חפֿץ, אַז ער וועט אַרבעטן איבער מײַן פּראָצעס מיטן פֿעטער אומזיסט און קריגן בלויז אַ פֿעטן פּראָצענט, אַז דער פּראָצעס וועט זיך אויסלאָזן מיט גוטן. דאָס האָט ער געזאָגט דעמאָלט, אָבער שפּעטער האָט ער גענומען בורטשען און מורמלען, אַז ער אַליין טאַקע דאַרף נישט, חלילה, קיין געלט, נאָר ער האָט אַזוי פֿיל און אַזוי פֿיל הוצאָות... וואָס טוט מען מיט די הוצאות? די מעשׂה מיטן פּראָצעס ציט זיך אַ קאַפּעלע לענגער, ווי מע האָט פֿריִער געמיינט,

און מענטשן דאַרפֿן שוין זען אַ לעבעדיקן שקל פֿאַר די אויגן, האָב איך געמוזט באָרגן בײַ דעם דאָזיקן חיים דויטש.

„אַזוי איז ער אַ שיינער ייִד, אָבער אַ שווערער פֿאַרשוין. בנאמנות! מע קען נישט איבערקומען מיט דעם ייִד גלאַט מיט רייד. נישט געקוקט אויף זײַן לאַנגער באָרג און שאָקלען זיך בשעתן דאַווענען, איז ער אַ משוגענער הונט, אַ היציקער קאָפּ. עס קען קומען דערצו, אַז ער וועט דיר אָנשפּײַען אַ פֿול פּנים, זידלען, אַז ס'וועט דיר אַזש אויסרינען פֿון די אויערן, מאַכן דיך מיט בלאָטע גלײַך – און דאָס אַלץ פֿאַר אַן עדה ייִדן."

שלמהלע האָט אָפּגעאָטעמט אַ רגע. זײַן פּנים איז געוואָרן רויט. ער האָט צוגערוקט ווידער די גלאָז צום מויל, געטאָן אַ שלונג און גערעדט ווײַטער:

„ער האָט מיך גלײַך דערזען מיט זײַנע מערדערישע אויגן פֿון אַ רויבפֿויגל. איך האָב וויל געוווסט, אַז עס איז שוין אוממעגלעך זיך אַרויסדרייען פֿון דעם עסק. פֿאַרפֿאַלן! אַ פֿאַרשטערטער עונג־שבת גלײַך פֿון סאַמע אין דער פֿרי. ער האָט נישט געלאָזט לאַנג וואַרטן אויף זיך, באַלד נאָך שמונה־עשׂרה איז ער צוגעגאַנגען פֿול מיט ירגזון, און אַרײַנגעשעפּטשעט מיר אין אויער: 'נישט אום שבת גערעדט, נאָר איך האָב געהאַט אַ סך גדולה, אָבער מוצאי־שבת מוז דעם עסק ברענגען צו אַ תּכלית. מעג עס זײַן אויך מיט אַ שווה־כּסף.' – איך האָב אים געזאָגט: 'חיים, באַרויִק זיך, מיר זענען ביידע ייִדן און מיר קענען זיך שוין אַ טאָג אָדער צוויי!' – זאָגט ער, אַז פּונקט דעריבער שלאָפֿט ער נישט דורך די נעכט. מע טאָר נישט מאַכן געשעפֿטן מיט קיין ייִדן און בפֿרט נישט מיט מיר. ער וועט זען, דו הערסט? – מ'זאָל וויסן פּונקט סאַראַ פֿאַרשוין שלמה גאָלדמאַן איז – 'אַ גנבֿ!', – האָט ער צעשמירט שפּײַעכץ איבער מײַן גאַנצן אויער. האָסט געהערט אַ מאָל אַזאַ עזות? ער קומט צו צו אַ ייִד בשעת ער שטייט שבת פֿאַר ריבונו־של־עולם און ברענגט איבער די ליפּן אַזוינע ווערטער? ירידת־הדורות! נו, אָבער צאָלן מוז מען, ווײַל באַלד וועט זײַן שוין נאָך אַלעמען."

„שלמהלע, ד'ווייסט", – האָב איך אָנגעהויבן שטאַמלען. – „גראָד איצט האַלט איך אַ ביסל שמאָל מיט געלט. אַז ס'וועט זיך מאַכן אַן אַנדער געלעגנהייט – מיטן גרעסטן פּאַרגעניגן. דו מעגסט מיר גלייבן, אַז איך וועל נישט זײַן קיין פּיאַווקע, ווי חיים דויטש. איך פֿאַרשטיי, אַז דו האָסט דײַנע אייגענע שוועריקייטן, נאָר איצט איז עס אַ ביסל קאָמפּליצירט."

„עט, ברודערל", – האָט שלמהלע געמאַכט אַ מאַך אַוועק מיט דער האַנט. – „נישט דיך האָב איך געמיינט."

די מאַמע האָט געעפֿנט די טיר אויף אַ שפּאַרונע, אַרײַנגעקוקט אַ רגעלע, אַ קלאַפּ געטאָן אין דער טיר מיט איר דאַרן פֿויסט, און לסוף זי געעפֿנט אין גאַנצן.

„אַזאַ חשובֿער גאַסט! גוט שבת, שלמהלע!" – האָט זי זיך אָנגערופֿן. – „אַ טײַערער גאַסט."

„אַ גוט שבת, פֿרוי גרינבערג", – האָט שלמהלע געזופּט ווידער פֿון דער קאַלטער קאַווע.

„אַז דו האָסט שוין געעפֿנט די טיר, צו וואָס האָסטו זיך מטריח געווען אָנקלאַפּן אויך?"

„הערשל, פֿאַר וואָס וואַרפֿסטו אויף אַלץ אָן אַן אומחן?", האָט די מאַמע זיך געווענדט צו מיר. – „איך האָב נאָר געוואָלט וויסן, אויב דער גאַסט נייטיקט זיך אין עפּעס. וואָס איז דיר? אַלץ רופֿט בײַ דיר אַרויס אומצופֿרידנקייט. דו מעסט אַלץ אָן קרום." – און צו שלמהלען האָט זי געזאָגט: „הערשל איז דאָ, ווײַל ער האָט באַשלאָסן צו נעמען אַ וואַקאַציע פֿונעם לעבן, מאַכן אַן איבעררײַס. נאָר ער האָט פֿאַרגעסן, אַז גאָט איז קיינמאָל נישט אויף וואַקאַציע. תּמיד קוקט ער אַראָפּ צו אונדז: מעסט, וועגט, באַטראַכט. פֿון גאָט קען מען זיך נישט באַהאַלטן."

„אויף דער פּענסיע איז די מאַמע געוואָרן דבֿורה די נבֿיאה. זי האַלט גאָט בײַ דער באָרד. נו, זייער שיין!"

שלמהלע האָט זיך צעשמייכלט און, קוים דערשטיקנדיק אין זיך אַ געזונטן געלעכטער, האָט ער באַרויִקט די מאַמע: „פֿרוי גרינבערג,

איך פֿאַרזיכער אײַך, אַז אײַער הערשל איז אין גוטע הענט. איך וועל מאַכן פֿון אים אַ מענטש."

די מאַמע איז אַרויס פֿון צימער און שלמהלע האָט גענומען רעדן שטיל, פֿאַרטרוילעך:

„הערסט? דער פּלאַן איז אַזאַ. געדענקסטו מײַן געליבטע, די באָבעשי, איאָ? זי פֿאַרברענגט הײַנטיקן שבת בײַ איר טאָכטער און אייניקלעך אין נתניה. איר שטוב איז ליידיק, אָבער נישט אין גאַנצן ליידיק", – האָט שלמהלע געטאָן אַ ווונק. – „פֿאַרשטייסט מיך? זי האָט אַ שאַכטל צירונג, עפּעס אַ ירושה פֿון איר באָבען אָדער עלטער־באָבען, ווייסער? אַמאָליקע צירונג. מע קען באַקומען פֿאַר זיי אַ שיינעם פּרײַז."

„שלמהלע, דאָס איז אַ גנבֿה", –האָב איך געזאָגט און זיך געגעבן אַ הייב פֿון בעט.

שלמהלע האָט זיך דערשראָקן:

„אַ גנבֿה? חס־ושלום. איך האָב דאָך איר שליסל בײַ מיר. איך האָב זי, חס־ושלום, נישט געצווונגען איבערצוגעבן דעם שליסל. איך גיי אַרײַן און אַרויס פֿון איר דירה פֿראַנק־און־פֿרײַ."

„זאָל זײַן, אויב אַזוי איז דאָס אַ גזלה. שלמהלע, ס'איז נישט פֿאַר מיר אַזאַ זאַך. גיי אַהין געזונטערהייט און טו אָפּ וואָס דײַן האַרץ באַגערט, אָבער איך וויל נישט האָבן קיין חלק דערין."

„חלילה! כ'בין נישט קיין גזלן. אַ גזלן נעמט דאָך בגוואַלד. איך נעם אויף באָרג. אַ הלוואה אַזאַ, נישט מער. איך וואָלט איר אַלץ דערקלערט מיט שׂכל, אָבער, ליידער, זי איז נישטאָ. דער זייגער לויפֿט און המלאָכה מרובה. מאָרגן, אַמשפּעטסטן מוז איך האָבן פּעטשע־מעטשע, אַנישט וועט זײַן חושך. האָב נישט קיין מורא, ברודערל, איך שלעפּ דיר נישט אַרײַן אין קיין שום בלאָטע, וואָס פּלוצעם? איבערמאָרגן און אפֿשר אויך מאָרגן, וועל איך קריגן געלט אָפּקויפֿן דעם משכּן – און פּטור אַן עסק. כּשר־וישר."

„גוט, געבענטשט זאָלן זײַן די הענט וואָס נעמען. פֿאַר געזונטערהייט. צו וואָס דאַרפֿסטו מיך האָבן דאָרט?"

„אָט, איצט הייבסטו אָן צו רעדן! האָסט אויך אַ שטיקל ראָלע אין מײַן פּלאַן. די ראָלע פֿון אַ מבֿין. איך האָב נישט קיין אויג פֿאַר צירונג. בײַ מיר זעען אויס אַ שטיק געפֿאַרבט גלאָז און אַ טײַער דיאַמאַנט פּונקט דאָס זעלבע. אויב איך וועל מזנה זײַן נאָך מײַנע אויגן וועל איך משכּנען אַ צאַצקע. איך דאַרף נאָך אַ פּאָר אויגן."

שלמהלעס חבֿרטע, די באָבעשי, האָט געוווינט אין רחבֿיה אויף אוסישקין־גאַס. דאָס אומענדלעכע גיין אַהין, שנײַדן זיך אַ וועג דורך דעם געלן, פֿאַרבלענדנדיקן נאָכמיטיקן ליכט און דער מידבּרדיקער, טרוקענער היץ, איז געווען אַ נישט דאָיִקע אָפּקומעניש, ווי גאָט שטראָפֿט אונדז פֿאָרויס פֿאַר נאָך נישט באַגאַנגענע זינד. מיר האָבן קוים געשלעפּט אונדזערע שאָטנס מיט זיך איבער די פֿיבערדיקע טראָטואַרן און פּוסטע, שבתדיק־פֿאַרשלאָפֿענע גאַסן. מיר האָבן נישט גערעדט קיין סך. יעדער איז געווען פֿאַרטאָן אין די אייגענע מחשבֿות און קערפּערלעכע יסורים.

דער אַלטער, דרײַ שטאָקיקער בנין אויף אוסישקין־גאַס, ווו שלמהלעס חבֿרטע האָט געוווינט, האָט זיך צונויפֿגעקוועטשט צווישן צוויי הויכע, נײַ־אויפֿגעקומענע בנינים. ער האָט ווי געפֿירט אַ פֿאַר־שפּילטע מערכה פֿאַר אַן אייגענעם שטח און זיך בלית־ברירה באַנוגנט מיט אַ שמאָלן גערטנדל מיט טרוקענער, צעברעקלדיקער ערד און עטלעכע שטעכיקע קוסטעס און אויסגעטריקנטע דערנער, וואָס האָבן אַרומגעלעקט זײַנע ווענט פֿון אַלע זײַטן. שלמהלע האָט פֿלינק אַרויפֿגעקלעטערט איבער די טונקעלע טרעפּ צו דעם צווייטן שטאָק, אַ דריי געטאָן מיט די שליסלען אין דעם שלאָסלאָך, אָבער די טיר האָט זיך נישט געטאָן קיין ריר פֿון אָרט, געבליבן פֿאַרשלאָסן, ווי אויף צו להכעיס. ער האָט אָנגעהויבן שעלטן אונטער דער נאָז און האַסטיק דרייען די שליסלען אַהין און אַהער מיט שוויציקע הענט. עס האָט זיך דערהערט אַ שטילן קנאַק פֿון אינעווייניק און די טיר האָט זיך לסוף געגעבן אַן עפֿן.

מיר זענען ביידע אַרײַנגעפֿאַלן אין אַ האַלב פֿאַרטונקלטן וווינ־צימער. די לאָדנס זענען געווען אַראָפּגעלאָזט. עס איז געשטאַנען אין דער דירה אַ דערשטיקנדיקע היץ. בײַ אַ קליינעם ווענטילאַטאָר האָבן זיך די פֿליגלען פֿויל געדרייט מיט אַ הייזעריקן קרעבץ. עס האָט מיך אַרומגענומען דאָס אומהיימלעכע, גוט באַקאַנטע געפֿיל פֿון די קינדער־יאָרן, אַז עמעצער קוקט מיר נאָך, באַטראַכט מיט שטרענגקייט מײַנע מעשׂים. שלמהלע האָט זיך, פֿון דעסטוועגן, געפֿילט ווי בײַ זיך אין דער היים.

„הערש, וואָס ביסטו אַזוי פֿאַרקלעמט?", – האָט שלמהלע געזאָגט הויך און מיר געטאָן אַ קלאַפּ איבער דער פּלייצע. – „מעגסט זיך פֿילן דאָ, ווי בײַ זיך אין דער היים."

ער האָט אָנגעוויזן אויף דער שמאָלער קיך, ווו עס האָט געזשומעט אַ ווײַסער, פֿאַרצײַטיקער „אַמקור"־אײַזקאַסטן: „שעם דיך נישט, נעם, נעם דיר אַ טרונק, נעם עפּעס אין מויל אַרײַן. איך וועל דערווײַל געפֿינען דאָס שאַכטל מיט צירונג."

איבער אַ גרויסן, שווערן טעלעוויזאָר פֿון יענע, וואָס מ'פֿלעגט פֿאַרקויפֿן מיט דרײַסיק יאָר צוריק, זענען געהאָנגען צוויי באַרעמלטע פֿאָטאָגראַפֿיעס: פֿון דער לינקער שוואַרץ־ווײַסער פֿאָטאָגראַפֿיע האָט אַראָפּגעשמייכלט אַ יונגן פּאָרפֿאָלק: דער חתן, אַ יונגערמאַנטשיק מיט אַ קאָפּ שיטערע האָר, אָנגעטאָן אין אַ שווערן אָנצוג, האָט אַרויסגעקוועטשט פֿון זיך אַ ייִנגליש־פֿאַרשעמטן שמייכל. אויף דעם שמייכלענדיקן פּנים פֿון דער כּלה איז געלעגן אַ מיידלשע פֿאַרחלומטקייט און נאַיִווקייט. די צווייטע פֿאָטאָגראַפֿיע, דאָס מאָל מיט לעבעדיקע קאָלירן, איז געווען אַ פּאָרטרעט פֿון אַ פֿרוי, דאַכט זיך, די אַמאָליקע כּלה. זי האָט געהאַט איצט שופֿע גרויע, געדיכטע האָר, צונויפֿגענומען אין אַ הויכן גרעק. איבערן שטערן האָבן זיך אויסגעצויגן אַ טוץ קרומע ליניעס, געאַקערטע דורך דער צײַט און די אומפֿאַרמײַדלעכע פּלאָגנישן, וואָס דאָס לעבן שענקט איעדן איינעם, די באַקן, שוין צעקנייטשט און אײַנגעפֿאַלן. פֿון די קליינע שוואַרצע

אויגן האָט אַרויסגעקוקט אַ סאָרט מובֿולבלטער חידוש, ווי בײַ יענע, וואָס די דעמענציע האָט ערשט געלאָזט פֿון זיך וויסן.

„שלמהלע", – האָב איך געשעפּטשעט. – „יענע אויף די פֿאָטאָגראַפֿיעס, זי איז דײַן חבֿרטע, אַיאָ?"

שלמהלע האָט אַרויסגענומען אַ הילצערנעם שאַכטל פֿון אַ שאַפֿלאָדע, אַן עפֿן געטאָן דעם געשניצטן צודעק און גענומען נישטערן מיט אַ טראַסק אין דער אַלטמאָדישער צירונג.

„יאָ, וואָס איז?", – האָט ער גערעדט צו מיר און באַטראַכטן בשעת־מעשׂה אַ שווערע קייט. – „נו, יאָ. די צײַט שטייט נישט אויף איין אָרט. איך בין אויך נישט איבעריק שיין."

„און זי איז געזונט? אויף דער פֿאָטאָגראַפֿיע זעט זי אויס אַ ביסל צעמישט און עס איז מיר אײַנגעפֿאַלן, אַז אפֿשר..."

שלמהלע האָט אויפֿגעהערט באַטראַכטן די קייט, אויף אַ ווײַל אויפֿגעהויבן דעם קאָפּ און געקוקט אויף מיר.

„אַלץ אין איינעם איז נישטאָ בײַ קיינעם. געוויס, איז זי שוין נישט קיין מיידעלע. דאָ און דאָרט פֿליט איר עפּעס אַרויס פֿון קאָפּ. זי פֿאַרגעסט אַ ביסל, אָבער זי נעמט אײַן רפֿואות און וויטאַמינען און זיי אַרבעטן מעשׂים."

אַ זקניש, האַלב פֿאַרשלאָפֿן, פֿאַרזשאַווערט קול האָט זיך אַרויסגעקײַקלט פֿון אַן צווייטן צימער: „וואָס קומט דאָ פֿאָר? ווער איז דאָרט?"

שלמהלע האָט געכאַפּט גיך וואָס דאָ טוט זיך: ער האָט פֿלינק אַרײַנגעוואָרפֿן די שווערע קייט אין טלית־זעקל, אַ כאַפּ געטאָן אַ בראַסליעט און עס אַרײַנגעוואָרפֿן אויך, געמאַכט צוויי ברייטע טריט צו דער טיר און פֿאַרשוווּנדן געוואָרן אין אַ בראָכצאָל פֿון אַ סעקונדע.

מײַן קאָפּ האָט נישט געאַרבעט אַזוי גיך; ביז איך האָב זיך גוט אומגעקוקט, האָט זיך דערהערט פֿון דעם קאָרידאָר אַ שאָרכעניש פֿון שטעקשיך. אַ באַיאָרטע פֿרוי מיט אַ פֿאַרקנייטשטער צורה און אַ

שופּע גרויע, צעשויבערטע האָר, אָנגעטאָן אין אַ שטוביק כאַלאַט, האָט זיך באַוויזן אין ווינצימער. זי האָט מיך באַטראַכט מיט אַ פּאָר קליינע שוואַרצע אויגן. אירע ליפּן האָבן זיך געגעבן אַ ריר, כּדי עפּעס זאָגן, אָבער קיין קלאַנג האָט זיך נישט אַרויסבאַקומען בײַ איר.

„איך בין פֿון דער אינספּעקציע", – האָב איך אַרויסגעשטאַמלט, נישט האָבנדיק דעם מינדסטן אַנונג וואָס איך וועל ווײַטער זאָגן.

„שלמהלע?", האָט זי געפֿרעגט מיט אַ קווענקלעניש אין קול און געפּינטלט מיט די קליינע אויגן. – „שלמהלע?"

„ניין, אינספּעקציע!", – האָב איך געזאָגט הויך. – „אינספּעקציע פֿון די הײַזער!"

„וועלכע הײַזער?", – האָט זי ווידער אַ פּינטל געטאָן מיט די אויגן און געווענדט איר לינקן אויער צו מיר, ווי עס טוען יענע, וואָס האָבן אַ שוואַכן געהער.

מײַנע אײַנפֿאַלן האָבן זיך אויסגעשעפּט.

„פֿון די הײַזער", – האָב איך אַ מורמל געטאָן, צוגעגאַנגען מיט קליינע, קעצישע טריט צו דער טיר, זיך אַנטשולדיקט פֿאַר דער שטערונג אין סאַמע מיטן שבת און געדאַנקט פֿאַר איר צײַט.

איך האָב פֿאַרזיכטיק פֿאַרמאַכט די טיר און דערהערט ווידער ווי דאָס זקנישע קול פֿרעגן: „וועלכע הײַזער?". – איך בין אַראָפּגעלאָפֿן איבער די טונקעלע טרעפּ מיט איין אָטעם, כאָטש קיינער האָט מיך נישט נאָכגעיאָגט. די גאַס אונטן האָט מיך אויפֿגענומען אַ שטילע און אַ גלײַכגילטיקע, ווי דער מענטשלעכער מין וואָלט זי פֿאַרלאָזט. צוויי קעץ האָבן מיך אָנגעקוקט מיט חשד הינטער אַ טרוקענעם קוסט, פֿון וועלכן ס'האָבן אַרויסגעשטרעקט האַרטע, שטעכיקע צווײַגן. פֿון שלמהלען איז נישט געבליבן קיין שפּור. דער בנין איז נעלם געוואָרן הינטער בײדע נײַע, אויפֿגעקומענע מיאוסע בנינים. נאָך אַ ווײַל זענען מײַנע טריט געוואָרן לאַנגזאַמער. „זי פֿאַרגעסט אַ ביסל", – האָט אַ קול אין מיר איבערגעחזרט שלמהלעס ווערטער. גלײַך דערנאָך

האָט אַ בליץ געטאָן אין מײַן געדאַנק, ווי פֿון זיך אַליין, אַ כמעט־
פֿאַרגעסענער זאָג, מיט וועלכן די באָבע פֿלעגט זיך כּסדר באַניצן,
געוויינטלעך, בעת אַ שמועס וועגן געלט־ענינים: „פֿון אַ ביסל און נאָך
אַ ביסל ווערט אַ פֿולע שיסל.‟

8

איך האָב כמעט נישט צוגעמאַכט קיין אויג די גאַנצע נאַכט, כוואַליעס קורצע, משונהדיקע חלומות האָבן זיך אָט אַ שלאָג געטאָן אין מײַן מוח און אָט באַלד אָפּגעטראָטן, איבערלאָזנדיק נאָך זיך קאַלעמוטנעם שוים. איך האָב אײַנגעאָטעמט די פֿײַכטע לופֿט טיף אין זיך און דאָך האָט מיר אויסגעפֿעלט לופֿט. איך האָב, צום ערשטן מאָל אין לעבן, דערהערט דאָס דינינקע, עקשנותדיקע קוויטשעניש, וואָס קומט אַרויס פֿון דעם אַלטן סטעליע־ווענטילאַטאָר. די קוסטעס אין דרויסן האָבן ווי אויפֿגעלעבט אין די קליינע שעהען. זיי האָבן זיך באַוועגט אונטער דעם אָפֿענעם פֿענצטער ווי אַ כאָפּטע שיכּורים מיט פּלאָנטערדיקע פֿיס. דאָס גאַנצע לײַב האָט געקראַצט. אַן עדה בײַסיקע פֿליגן איז מיך באַפֿאַלן כּסדר. דאָס רובֿ חלומות האָבן אַ בליץ געטאָן אין מײַן האַלב פֿאַרשלאָפֿענעם מוח און זיך אויסגעלאָשן אין איין אויגנבליק. בלויז איין חלום איז געבליבן הענגען פֿאַר מײַנע אויגן נאָכן אויפֿכאַפּן זיך אין דער פֿרי און אויפֿמאַכן די אויגן: שלמהלע און זײַן צעשויבערטע זקנה, מיטן אָנגעקראָכמלטן כאַלאַטל און פֿאַרקנייטשטער צורה, האָבן זיך אַרײַנגעריסן אין מײַן צימער און געוומען נישטערן אין דער וואַליזע מיט אַ חיזשער גיריקייט. די הענט זייערע זענען געווען גרויסע ווי לאַפּעס בײַ אַ בער. איך בין געלעגן אויף דער בעט און מײַנע הענט און פֿיס האָבן זיך מיר אָפּגענומען. דאָס איינציקע, וואָס איך האָב געקענט טאָן, איז דערבליקן ביידע פֿלינקע גנבֿים בשעת זייערע קרומע פֿינגער מיט די שמוציקע נעגל גראָבן זיך אַײַן אין מײַנע חפֿצים און קליידער. מײַן האַרץ האָט געטאָן

אַ טיאָכקע. זיי האָבן נישט געוואָרפֿן קיין בליק אין מײַן זײַט. דאַכט זיך, אַז מײַן אָנוועזנהייט האָט זיי ווייניק געאַרט. אין אַ געוויסן מאָמענט האָבן זיי גענומען זיך קושן מיט אַ פּלוצעמדיקן ברען, מיט ברייט צעעפֿנטע מײַלער, ווי צוויי חיות־רעות. די לאַנגע, אַרויסגעשטעקטע צונגען האָבן זיך צונויפֿגעפּלאָכטן אין איין צאַפּלדיקן ווען. אין דער קומענדיקער רגע, אַז די תּאווה פֿאַרן לײַב איז אַנטרונען געוואָרן, האָבן זיי זיך אָפּגעטיילט איינער פֿון דעם צווייטן. די זקנה האָט עפּעס געזאָגט, נאָר איך האָב נישט געקענט אויפֿכאַפּן אירע רייד. שלמהלע האָט איר אַרײַנגעשעפּטשעט אין אויער: „בהמה איינע, וואָס האָסטו מורא? ער איז דאָך טויט!"

איך בין געבליבן ליגן מיט אָפֿענע אויגן. טאָגיקע גרויקייט איז אַרײַנגעקראָכן אין צימער דורכן אָפֿענעם פֿענצטער. איך האָב זיך צוגעהערט צו די פֿרימאָרגנדיקע קלאַנגען אין דער דירה. דער מאַמעס שטעקשיך האָבן זיך פֿויל געשאַרט לענג־אויס דעם קאָרידאָר. זי האָט אַ פּראַל געטאָן די טיר אין באָדצימער. די טיר האָט אַרויסגעלאָזט אַ צעצויגן, בייזלעך סקריפּעניש. דאָס וואַסער אין בית־הכּיסא האָט אַראָפּגעפּלאָסן מיט אַן אָפּהילכיקן כאָרכל. דער טאַטע האָט ערגעץ געהוסט טרוקענע הוסטן. די מאַמע האָט זיך אויסגעשנײַצט די נאָז מיט אַ הויכן בלאָז און איז אַרויס פֿון באָדצימער. די טיר אין קאָרידאָר האָט זיך געעפֿנט.

„גוט מאָרגן! גייסט נישט הײַנט צו דער אַרבעט?", – האָט געסקריפּעט און געציטערט דער מאַמעס שטים אין קאָרידאָר.

„איך גיי, איך גיי", – האָט געענטפֿערט דאָס אָנגעדרודלטע קול פֿון מײַן שוועסטער. מיט אַ בורטשע, – „נאָר איך בין אַהער געקומען, ווײַל, ווי דו ווייסט גאַנץ גוט, האַלטן מיר שמאָל מיט געלט. אוי, פֿײַוויש האָט, גאָט זאָל מיך נישט שטראָפֿן פֿאַר די רייד, צוויי לינקע הענט. זײַן קאָפּ טויג צו ביזנעס, ווי איך טויג צו זײַן אַ שיינהייט־קעניגין."

„מע טאָר אַזוי נישט רעדן!" – האָט דער מאַמעס שטים גענומען סקריפּען נאָך שטאַרקער. – „ער איז אַ בן־תּורה. ער זאַמלט זכותים.

אָן אים וואָלט דאָס גאַנצע פֿאָלק ישׂראל אונטערגעגאַנגען.״

„דערווײַל גיי איך אונטער.״

„רעד נישט אַזוי הויך. איך וויל נישט הערשל זאָל זיך דערוויסן, אַז איר האָט שוועריקייטן. ער איז געוואָרן לעצטנס, גאָט באַהיט, ערגער ווי אַן אַפּיקורס. אין אַלץ זוכט ער חסרונות. ער וועט זיך אָנכאַפּן אין דער מציאה און אָפּווישן מיט אונדז דעם פּאָל.״

„מאַמע, דאָס גאַנצע לעבן ביסטו געווען מיט הערשל צו נאָכגעביק, איצט איז שוין צו שפּעט. ער איז אַרויסגעקומען אַ ניט־טויגער. וועסט אים נישט איבערמאַכן. ער איז דערצו אויך באַזעסן מיט אַ משוגעת פֿאַר שרײַבן, און ס'וועט דאָ גאָרנישט העלפֿן. וואָס איז ער געבליבן בײַ אײַך?״

„נו, אַ מאַמע איז אַ שטערצל!״ – האָט די מאַמע אַרויסגעלאָזט די ווערטער מיט אַ צעצויגענעם קרעכץ. – „קום, קום אין קיך, טאָכטער, און נעם דיר וואָס דיר געפֿעלט.״

די ווייכע זוילן פֿון דער מאַמעס שטעקשיך און די האַרטע זוילן פֿון מײַן שוועסטערס שיך האָבן געטופּעט איבער דעם קאָרידאָר און נאָך אַ קורצן ווײַל איז דאָס טופּעניש פֿאַרשוווּנדן געוואָרן אין קיך.

איך בין אַראָפּגעקראָכן פֿון בעט און זיך אַוועקגעזעצט בײַם שרײַבטיש. איך וועל אויף צו להכעיס די פֿינצטערע מוחות אָנשרײַבן אַ נײַע דערציילונג, האָב איך זיך געזאָגט, נאָר אַ טשאַד האָט זיך מיר געשטעלט אין קאָפּ און די בידנע זאַצן, וועלכע איך האָב אַרויס־געקוועטשט פֿון זיך בגוואַלד, האָבן זיך נישט געקליבן אויף אַ לײַטישער סיפּור־המעשׂה. אַ ווײַסער בויגן פּאַפּיר איז ווײַטער געלעגן פֿאַר מיר און גערייצט מיך מיט זײַן ליידיקייט. ווײַזט אויס, אַז אין אַ געוויסן מאָמענט האָב איך זיך ווידער געלייגט אין בעט, ווײַל דאָס קלינגען פֿון דעם טעלעפֿאָן האָט מיך איבערגעוועקט. אַ פֿרעמדע, פֿרויִש קול האָט מיך אָנגערופֿן בײַ נאָמען: „הערשל?״

„יאָ, דאָס בין איך״, – האָט זיך פֿון מיר אַרויסגעריסן אַ טיף קול, ווי אַרויסגערעדט פֿון אַ פֿאַס.

„עס רעדט איריס פֿון 'יחד'־פֿאַרלאַג. איר האָט זיך פֿאַרשריבן אויף אונדזער שרײַב־וואַרשטאַט פֿאַר אָנהייבערס אין ראשון־לציון און עס פֿרייט מיך זייער אײַך אָנזאָגן, אַז עס האָט זיך באַפֿרײַט דאָרט אַן אָרט. דער פּרײַז איז איין טויזנט פֿינף הונדערט שקלים."

איך האָב אין גאַנצן פֿאַרגעסן, אַז כ'האָב זיך ווען עס איז פֿאַר־שריבן אויף אַזאַ וואַרשטאַט.

אין טעלעפֿאָן האָב איך געזאָגט:

„יאָ, אמת. איך האָב זיך טאַקע פֿאַרשריבן, אָבער איצט געפֿין איך זיך גראָד אין ירושלים. לײדער, וועל איך..."

„מיר האָבן אויך אַ וואַרשטאַט אין ירושלים, געפֿירט פֿון אַ באַוווּסטער שרײַבערין, רחל קאַהן. זי האָט בײַ אונדז אַרויסגעגעבן צוויי ביכער, וואָס האָבן באַקומען וואַרעמע אָפּרופֿן, און...", – דאָס יונגע, פֿרייַשע קול, וואָס איז אַרײַנגעפֿאָרן אין מײַנע רייד, איז געוואָרן שטיל אַ מינוט און דערנאָך געזאָגט: – „און די ערשטע לעקציע איז אומזיסט, פֿאַרשטייט זיך. מע דאַרף נישט צאָלן. מיר לייגן פֿאָר אויך אַ פֿולשטענדיקע באַגלייטונג, טריט בײַ טריט, בעת איר שרײַבט אַן אײַער ראָמאַן, אָבער דאָס איז שוין אַ באַזונדערע טעמע און פֿאָדערט אַ באַזונדערן אָפּצאָל."

איך האָב געוואָלט שוין זאָגן ניין, אָבער בשעתן דערהערן דעם „אומזיסט", האָט זיך מײַן צונג פֿאַרפּלאָנטערט און, ווי בײַ אַלעמען, האָב איך לסוף אַראָפּגעשלונגען דעם „ניין" און געהערט זיך זאָגן אַ קלאָרן – „יאָ".

דער שרײַב־קלאַס איז פֿאָרגעקומען אין אַ זײַטיקן צימער, בײַ דער ירושלימער הויפּט־ביבליאָטעק, אויף בצלאל־גאַס, לעבן דעם „זשעראַרד באַכאַר" קולטור־צענטער. דער מיטאָג איז אַריבער און בין־השמשות איז אַוועק מיט דער זון. אַז עס האָט געגומען בלויען אין די פֿענצטער, האָב איך צוגעוואַרט ביז ס'האָט זיך נישט דערהערט קיין שאָרך – סײַ אין קיך און סײַ אין קאָרידאָר, – און זיך אַרויסגעגנבֿעט פֿון צימער, צום ערשטן מאָל אין משך פֿון דעם טאָג. איך האָב גיך

פֿאַרלאָזט די דירה, די דערשטיקנדיקע, שטרענגע אַטמאָספֿער און זיך געלאָזט גיין אין צענטער שטאָט. איך בין געווען פֿעסט בײַ זיך: איך מוז פֿאַרווירקלעכן מײַן טײַוולאָנישן פּלאַן – ווערן, איין מאָל און פֿאַר אַלע מאָל, – אַ שרײַבער, גאָט באַהיט.

האַרט לעבן דעם קולטור־צענטער האָט זיך אַ לאַבנדיקער, רווישיקער עולם, וואָס איז באַשטאַנען דורכויס פֿון חרדישע מיידן, אָנגעטאָן אין מיאוסע שול־אוניפֿאָרמען, ברוינזנדיק אַרויסגעשטראָמט דורך דער טיר פֿון „זשעראַרד באַכאַר”־צענטער. די פֿרישע, ראָזע פּנימער, די בלישטשענדיקע אויגן, די נײַגעריקע, לוסטיקע בליקן, די לאַבנדיקע מײַלער מיט פּולבלעכע, רויטע ליפּן און ווײַסע ציין, אָן אַ פּגימהלע, די צײַטיקע, זאַפּטיקע, יונגע קערפּערס – אַלץ איז מיר דורכגעלאָפֿן פֿאַר מײַנע אויגן, ווי אין אַ חלום אויף דער וואָר. עס האָט נישט געקענט זײַן קיין ספֿק: די מיידן האַלטן טאַקע אין סאַמע בלי, און אין זייערע קעפּ טוט זיך חושך.

זיי זענען מסתּמא נאָר וואָס אַרויסגעגאַנגען פֿון נאָך אַ „פֿאָר־שטעלונג” פֿאַר פֿרומע פֿרויען, צדקתן. אַ שענדלעכע מאַכאַרײַקע מיט אַ הינקענדיקער סיפּור־המעשׂה, וואָס דערשווימט, אַ מאָל גיכער און אַ אַמאָל פּאַמעלעכער, צו דעם ציל: לערנען די ייִדישע טעכטער שׂכל, זאָגן זיי מוסר, באַטאָנען די וויכטיקייט פֿון עפּעס אַ מיצווה: השבת־אַבֿידה, מתּנת־אַבֿיונים אום פּורים, צדקה, באַשרײַבן ווי גרויס איז דער שׂכר פֿון אַ מיצווה און ווי ווויל (אוי, ווי ווויל!) איז יענע, וואָס כאַפּט אַרײַן נאָך און נאָך מיצוות, גייען אויף גאָטס דרכים אָן צו קוקן אויף לינקס אָדער אויף רעכטס.

מע דערקלערט דעם עולם, וואָס סײַווי טאָפּטשעט זיך אין דעם פֿינצטערניש, אָן אַ קאָפּ און אָן אַן אייגענער דעה, פֿאַר וואָס, אייגנטלעך, איז טאַקע זייער גוט צו טאָפּטשען זיך ווײַטער אין פֿינצטערניש, אָן אַ קאָפּ; און סע וועט זײַן נאָך בעסער צו טאָפּטשען זיך אַזוי אויך מאָרגן און איבערמאָרגן. דער עיקר – נישט טראַכטן, זיך נישט נאָכפֿרעגן. בת־ישׂראל! גאָט האָט דיך באַזאָרגט מיט שׂכל?

אַ לויב זײַן ליבן נאָמען. אַן עבֿרה נישט ניצן די מעלות, מיט וועלכע דו ביסט געבענטשט געוואָרן, כּדי צו שפּאָרן נאָך אַ שקל, זיך באַגיין מיטן מאַן בלויז מיט גוטן, אויפֿצי‌ִען קליינע סמאַרקאַטשן, קריגן זאַכן בחינם, אַרומלויפֿן אַ פֿאַרסאַפּעטע צווישן די גמילת־חסדים. ווער ווייסט, אפֿשר וועסטו זיך קוויקן מיט אַ מציאהלע? הייב נישט אויף דעם קאָפּ. עס איז נישט כּדאַי.

איך בין דורכגעשוווּמען קעגן דעם מיידלשן שטראָם, אויסגעמיטן די דערשטוינטע בליקן – ווי קומט אַהער אַ מאַנסביל? – און אַרײַנגעגאַנגען אין בנין. איך האָב גענומען זוכן דעם שרײַב־קלאַס. די קוואָקערײַען, פֿריילעכע קוויטשערײַען און דינע קולכלעך זענען אַלץ טעמפּער געוואָרן און לסוף פֿאַרשוווּנדן. איצט בין איך געגאַנגען אין אַ פֿינצטערן קאָרידאָר און געהערט בלויז דעם אייגענעם אָטעם אַרויספֿײַפֿן דורך די נאָזלעכער און דאָס האַרטע טופּעניש פֿון די אייגענע, גראָבע זוילן. דער קאָרידאָר איז געווען פֿאַרהוילן אין אַ געדיכט פֿינצטערניש. נאָר אַ דאַנק די ווײַסע, שײַנענדיקע ליכט־פֿירעקן, קרומלעך אויסגעשמירט, האַלב אויפֿן דיל און האַלב אויף דער וואַנט, האָב איך אָנגעוווירן דעם חוש פֿאַר ריכטונג. אַ שטאַרקע ליכטיקייט האָט זיך אַרײַנגעריסן אין דעם טונקעלן חלל, דורך אַ פּאָר ברייטע פֿענצטער. איך האָב געפּרוּווט די קליאַמקעס בײַ עטלעכע טירן, אָבער זיי זענען געווען פֿאַרשלאָסן. איך האָב שוין געהאַט בדעה צו פֿאַרקערעווען דעם דישל, אָבער ערשט דעמאָלט זענען דערגאַנגען צו מיר הויכע, האָפּערדיקע רייד און אַ הירזשענדיק־דונערדיקער געלעכטער. אַ דינער ליכטיקער פּאַס האָט זיך אויסגעצויגן דיאַגאָנאַל אויפֿן דיל – אַ באַשיידענער סימן פֿון מענטשלעכער עקזיסטענץ, וואָס האָט זיך, מיט אַ מאָל, אויסגעפּיקט פֿון דעם האַרבן וויסטעניש אין דעם קאָרידאָר.

איך האָב לײַכט אַ שטופּ געטאָן די טיר, נישט ווילנדיק אויפֿוועקן קיין באַזונדערן אינטערעס.

„אַ גאַסט! שלום־עליכם!" – האָט זיך דערהערט אַ טיפּע, פּרוויִשע שטים. – „שעם דיך נישט, קום אַריַין, אַ גאַסט אין שטעטלי!"

ביַי אַ לענגלעכן טיש איז געזעסן אַ מנין פּרויען. די האָר זייערע, אָפּגעפּאַרבט אין אַלע סאָרטן קאָליר – פֿון גילדן־בלאָנד צו פּעך־שוואַרצן. לויטן אויסזען זענען זיי אַלע געווען האַרט פֿאַר דער פּענסיע אָדער מיט אַ סמיטשיק אַריבער. דאַכט זיך, פּראָפּעסיאָנעלע באָבעס, ביַי וועלכע עס האָט זיך מיט אַ מאָל נאָך יאָרן פֿון גיַיסטיקער און קערפּערלעכער פּאַרוועלקונג, צעבליט דער חשק צו זינדיקן מיט דער פּעדער.

דער לענגלעכער טיש, צוגעדעקט מיט אַ וויַיסן, שיַינענדיקן טישטעך, האָט זיך שיִער נישט אונטערגעבראָכן אונטער דעם לאַסט פֿון כּיבוד: אויף איין טעלער איז אויפֿגעוואַקסן אַ בערגל מיט מערן און אוגערקעס, צעשניטן אויף לענגלעכע פּאַסן, עטלעכע פֿרישע רעטעכלעך האָבן זיך צוגעטוליעט צו דעם בערגל, ווי שאָף בעתן פּאַשען זיך. אויף אַ צווייטן טעלער זענען געלעגן פּעפּערלעך פֿון אַלערליי קאָלירן. אין אַן אַנדער טיף טעלערל זענען אַרומגעשוווּמען קליינע, זאַפּטיקע „שערי"־פּאָמידאָרן. דערצו זענען געלעגן און געשטאַנען אויפֿן טיש: ריפּטלעך ברויט, אַלערליי קעזן, קיכעלעך פֿון אַלע סאָרטן און צוויי קוכנס, וואָס זענען שוין, לויט אַלע סימנים, געווען געהאַט באַפּאַלן געוואָרן פֿון דער אויסגעהונגערטער כאָפּטע.

די פֿרוי, וואָס האָט זיך געווענדט צו מיר פֿריִער, האָט מיך איצט פֿאַרבעטן צום טיש מיט אַ ברייטן זשעסט. זי האָט געטראָגן אַ לויזע שוואַרצע קלייד, וואָס האָט זיך ווי אויסגעגאָסן איבער איר דיקלעכן ליַיב. איר פּנים איז געווען אַ לענגלעכס מיט אַ הויכן פֿאַרשוויצטן שטערן, דיקע ליפּן פֿאַרצויגן מיט טיף־רויטער פּאָמאַדע. זי האָט געהאַט עפּעס אַ רויטלעכן אויסשיט אויף דער לינקער באַק. אַ פּאָר ברילן מיט אַ העל־רויט רעמל, אונטער וועלכן ס'האָבן אַרויסגעקוקט אויף מיר צוויי שוואַרצע, אַרויסגעבאַלטע אויגן. די ברילן האָבן זיך קוים געהאַלטן אויף איר איַינגעבויגענער נאָז. אירע האָר זענען געווען

גערדיכטע, שײַנענדיקע און שוואַרצע, ווי די פֿעדער בײַ אַ קראָ. אויפֿן האַלדז האָט זיך לײַכט געהוידעט אַ דיקע גאָלדענע קייט און אַ מעדאַליאָן, אויף וועלכן ס'האָבן זיך געלאָזט לייענען פֿיר אותיות: דלד, ריש, עין, קוף – „דרעק".

די דיקע פֿרוי האָט אויסגעשיט אַ פּלוצעמדיקן, הויכן געלעכטער, אַז אירע האָר האָבן זיך אַזש אַ טרייסל געטאָן:

„איך האָף, אַז דו קענסט נישט אָפּרײַסן דעם בליק פֿונעם מעדאַליאָן מיט דעם שם־הוויה, דו זאָלסט נישט באַטראַכטן, חלילה, מײַנע ציצן."

איצט בין איך געוואָרן, אַז אירע הויכע בריסט גליטשן זיך שיִער נישט אַרויס פֿון דעם שוואַרצן קלייד.

„ניין, ניין, חס־ושלום", – האָב איך אַרויסגעשטאַמלט אַ דער־שטוינטער פֿון דעם אומגעריכטן אָנפֿאַל.

„ס'מאַכט נישט אויס. סײַווי זענען זיי לראותם בלבד. נו, אויב דו ביסט מסכּים, אַז גאָט איז אַ שאָוויניסטישער חזיר, ביסטו אָן אָנגע־לייגטער גאַסט בײַ אונדז."

„יאָ, פֿאַר וואָס נישט? זאָל ער זײַן אַ חזיר און אַ שאָוויניסט, ווען אַרט עס? איך האָב ווייניק חשק צו זײַן אַ מליץ־יושר."

„זעצט אײַך!" – האָט באַפֿוילן די דיקע פֿרוי און ווידער געמאַכט אַ ברייטן זשעסט, ווי זי וואָלט געפּראָוועט רעביסטווע.

„דאָ איז דער שרײַב־קלאַס, אַיאָ?" – האָב איך זיך נאָכגעפֿרעגט מיט אַ קווענקלעניש.

די איבעריקע פֿרויען האָבן זיך געשושקעט צווישן זיך און געלאַכט אין די פֿויסטן.

„איך ווייס, אַז דאָ, בײַ אונדז, האָט עס גיכער אַ פּנים פֿון אַ קאָך־לעקציע אָדער אַ פֿרעס־וואַרשטאַט, אָדער אַ באַל פֿאַר רעזיגנירטע איבערוואָגיקע פּרינצעסינס, אָבער איך וועל מוזן אײַך אַנטוישן און מודיע זײַן, אַז יאָ – דאָ קומט פֿאָר דער שרײַב־קלאַס. איך הייס רחל, און די אַנדערע הייסן, ווי זיי זאָלן נישט הייסן. יעדע האָט אַ צונאָמען:

חבֿרטע. אײַך קען מען אָנרופֿן חבֿרטע אָדער חבֿר, וואָס איז אײַך מער צום האַרצן? שווין!" – האָט זי געמאַכט אַ מאַך מיט דער האַנט. – „פֿאַרנעמט אײַך שוין אַ פּלאַץ, ביטע. פֿאַרמאַכט דעם פּיסק, אַ דאַנק! שפּיצט אָן די אויערן און דעם בלײַער."

איך האָב פֿאַרנומען אַ בענקל בײַם עק־טיש.

„און איצט...", – האָט די דיקע פֿרוי, רחל, געפֿירט איר דורכ־דרינגלעכן בליק איבער אַלע אירע תּלמידות. – „איצט וועט חבֿרטע מרים פֿאָרלייענען איר שטיקל, נישט מער ווי זעקס הונדערט ווערטער, איבער וועלכן זי האָט געהאָרעוועט אַ גאַנצע וואָך. חבֿרטע מרים, איר האָט דאָס וואָרט."

חבֿרטע מרים האָט געהאַט אַ פֿאַרפּיקסירטע אומצופֿרידענע מינע. זי האָט געזאָגט מיט אַ פֿאָנפֿע:

„פֿערציק יאָר בין איך געווען אַ סעקרעטאַרשע און קיינער האָט נישט געקענט אַרויסרעדן קיין שלעכט וואָרט וועגן מיר, ווײַל בײַ מיר געזאָגט איז געטאָן."

זי האָט גענומען אין די הענט דעם בויגן פּאַפּיר, וואָס איז געלעגן פֿאַר איר, און עס צוגעטראָגן צו דער נאָז, אַ כאָרכל געטאָן צו רייניקן דעם האַלדז און גענומען פֿאָרלייענען מיט אַ מסוכּן־טרוקענעם ניגון:

„מרים, אַן אָנגעזועענע און טאַלאַנטירטע אַדוואָקאַטין, אָדער ווי מע פֿלעגט זי רופֿן אין דער היים, אַז זי איז געווען אַ קליין מיידעלע, מירעלע, האָט אָנגעהויבן דעם גורלדיקן טאָג מיט איר אַבסאָלוט נייטיקן טעפּעלע קאַווע. זי האָט אַרײַנגעאָטעמט אין זיך די שטילקייט, בעת דאָס גאַנצע הויזגעזינד איז נאָך געשמאַק געשלאָפֿן. זי האָט אַרומגעכאַפּט דאָס וואַרעמע טעפּעלע און עס האָט זיך איר געדאַכט, אַז די וואַרעמקייט האָט אַרומגעוויקלט איר גאַנצן קערפּער. זי האָט זיך איבערגעגעבן צו דעם ביסל שטילקייט פֿאַר דעם וואָס דאָס משוגעת, וואָס ווערט אָנגערופֿן „מירימס שטייגער", וועט זיך לאָזן אין וועג אַרײַן, פֿאַר דעם וואָס דאָס לעבן־געווירבל וועט זי אַוועקטראָגן

און פֿאָדערן בײַ איר אַרויסצובאַקומען פֿון זיך דעם סאַמע מאַקסימום. מער האָב איך נישט געשריבן...״

עס איז געוואָרן שטיל. די הענט, וועלכע זענען שוין אויסגעשטרעקט געוואָרן צו נעמען אַ שטיקל אוגערקע, צופּן אַ ביסל פֿון דעם קוכן, צוטראָגן אַ קיכעלע אין מויל אַרײַן, זענען געבליבן הענגען אין דער לופֿטן און דערנאָך צוריקגעצויגן געוואָרן. די מײַלער, וואָס האָבן ביז אַהער געקײַט אויף ביידע באַקן, האָבן אויפֿגעהערט אַרבעטן – דער לעצטער ביס איז שטעקן געבליבן אין האַלדז.

„אַ דאַנק, חבֿרטע מרים. דאָס איז געווען, ווי מע זאָגט, קורץ און שאַרף״, – האָט רחל געפּסקנט און אָפּגעווישט די ברילן־שײַבעלעך. – „עס איז מיר בפֿירוש געפֿעלן די שפּאַנונג, וואָס דו האָסט געשאַפֿן און אַזוי קונציק און אייגנאַרטיק אַרויסגעבראַכט. די שפּאַנונג צווישן דער היימישער שטילקייט און דעם דרויסנדיקן האַרמידער, אַ פּועל־יוצא פֿון אַ שטרענגן, מאָנענדיקן לעבנס־שטייגער. איר האָט באַמערקט, ווי די וואַרעמקייט שפּילט דאָ די הויפּטראָלע?״

„יאָ...״, – האָט חבֿרטע מרים געענטפֿערט אַ ביסל אַ פֿאַרלוירענע. – „באָטש, רחלע, אַז איך האָב דאָס אָנגעשריבן איז מיר גאָר נישט אײַנגעפֿאַלן אַזו...״

„ס'דאַרף נישט אײַנפֿאַלן. חס־ושלום זאָל דיר עפּעס אײַנפֿאַלן אָדער אָפּפֿאַלן״, – האָט רחל אויפֿגעהויבן אַ ביסל די ברילן און באַטראַכט די ריינע שײַבעלעך. נאָכדעם האָט זי אַ קלאַפּ געטאָן איבערן טיש און געזאָגט מיט פּלוצעמדיקער אויפֿגעבראַכטקייט:

„מע דאַרף גאָר נישט טראַכטן! נאָר שרײַבן. שרײַבן אויטאָמאַטיש. ווי עס לאָזט זיך... זאָל אַלץ אַרויסשטראָמען פֿון אונדזער אונטערבאַוווסטזײַן און זיך נישט אַרײַנמישן. מיר קענען נאָר קאַליע מאַכן.״

די חבֿרטעס האָבן זיך איבערגעקוקט עטוואָס פֿאַרשעמטע און בײַ רחל האָט זיך באַוויזן אַ שמייכלט:

„וואָס שווײַגט איר, האַ? נו, חבֿרטעס, זײַט נישט אָנגעבלאָזן. מע מעג זיך ווידער נעמען צו דער אַכילה.״

אַלע צוריקגעצויגענע הענט האָבן זיך ווידער, ווי אויף אייגענעם אַחריות, אויסגעשטרעקט צו די מאכלים, די אויגן האָבן זיך ברייט צעעפֿנט און די מײַלער האָבן געקײַט מיט אימפּעט, ווי אויף אויפֿפּאַסן סעודה.

„שוין", – האָט רחל אויפֿגעהויבן די רעכטע האַנט. – „ווער לייענט פֿאָר איצט?"

„איך וועל לייענען", – האָט זיך אָנגערופֿן מיט אַ טיף, האַלב־מענעריש קול, אַ לײַביקע פֿרוי מיט אַ קופּע ראָלירטע האָר, אָפּגעפֿאַרבט אויף העל־בלאָנד, צוויי דיקע אָרעמס באַהאָנגען מיט בראַסלעטן און הענט מיט דיקע פֿינגער, אויף וועלכע עס זענען אָנגעטאָן רינגען, אין וועלכע עס האָבן געפֿינקלט אַזעלכע גרויסע דיאַמאַנטן, וואָס זיי האָבן געמוזט זײַן פֿאַלש.

„חבֿרטע דינה, איר האָט דאָס וואָרט!"

חבֿרטע דינה האָט אַרויסגעשלעפּט פֿון ערגעץ אַ פּאָר ברילן מיט אַ באַזילבערט רעמל, זיי אָנגעטאָן און אָנגעהויבן פֿאָרלייענען מיט אַ קול, וואָס האָט געציטערט פֿאַר גערירטקייט:

„מיראַבעל, אַ געוועזענע שיינהייט־קעניגין, איז אויפֿגעשטאַנען מיט אַ שנעל־קלאַפּנדיק האַרץ. דער גרויסער טאָג איז געקומען. הײַנט וועט פֿאָרקומען די גרויסאַרטיקע דערעפֿענונג פֿון איר קונסט־אויסשטעלונגען און אַ סך געסט ווערן דערוואַרט..."

דערנאָך, אַנשטאָט אַ המשך, איז געקומען אַ שטילקייט. עס האָט זיך אַרויסגעוויזן, אַז קיין המשך איז נישט בנימצא. חבֿרטע דינה האָט נישט געקענט זיך דערטראַכטן אויף אַ לענגערער סיפּור־המעשׂה.

רחל האָט געשאָקלט מיטן קאָפּ אויף ניין:

„חבֿרטע דינה! איר זענט אונדז שולדיק אַ סוף! זײַט אַזוי גוט, דערפֿירט די מעשׂה ערגעץ־ווּו, קלעפּט צו אַ סוף, למען־השם. און איר זענט אונדז שולדיק אויך אַ קוכן. זײַט אַזוי גוט און פֿאַרשרײַבט עס אײַך. איצט לאָמיר זען, אויב אונדזער גאַסט האָט געבראַכט אין זײַן טאָרבעלע עפּעס אַ יש", – האָט זיך רחל געווענדט צו מיר.

„איך וועל אײַך מוזן אַנטוישן. מײַן טאָרבעלע איז לחלוטין ליידיק, אָבער איך האָב געבראַכט מיט זיך עפּעס אין דער קעשענע", – האָב איך געזאָגט און אַרויסגעקראָגן פֿון דער הויזן־קעשענע דאָס שטיקל פּאַפּיר, אויף וועלכן איך האָב אָנגעשריבן די דערציילונג מיט דער גיריקער פֿרוי, וואָס האָט געוווינט, צוזאַמען מיט אירע ברידער, דעם ליידיקן שטח אין פּתח־תּיקווה. – „גאַנץ צופֿעליק האָב איך עפּעס אָנגעשמירט בײַ דער אַרבעט", – האָב איך דערקלערט דעם עולם. – „מיר איז דאָס שטיקל גאָר געפֿעלן און האָפֿנטלעך, וועט עס אײַך אויך זײַן צום האַרצן."

רחל האָט ווידער אויפֿגעהויבן די רעכטע האַנט:

„חבֿר, ווי זאָלט איר נישט הייסן, איר זענט האַרציק פֿאַרבעטן נעמען דאָס וואָרט."

איך האָב פֿאָרגעלייענט די דערציילונג און באַמערקט בשעת־מעשׂה ווי אַ כמאַרעלע ציט זיך אָן איבער די פּנימער פֿון די צוהערערינס. זיי האָבן גענומען מיך באַוואַרפֿן מיט אומצופֿרידענע און צומאָל פֿײַנטלעכע בליקן. די אַטמאָספֿער איז געוואָרן אַלץ אָנגעלאָדענער ביז חבֿרטע דינה האָט זיך נישט געקענט אײַנהאַלטן מער.

„וואָס איז דאָס פֿאַר אַ מאַכאַרײַקע?", – האָט זי זיך קוויטשיק אָנגערופֿן. – „עס טריפֿט דערפֿון מיט פֿרויען־האַס. פֿאַר וואָס גראָד די פֿרוי איז אַזאַ קלאַפּטע און נישט קיין מאַנסביל? נעם אַ ברודער און זאָל ער זײַן דער רשע. פֿרויען זענען דען שלעכט?"

„די דערציילונג האָט פּאַסירט אין דער אמתן. וואָס האָב איך געזאָלט טאָן? צוקלעפּן יענער מכשפֿה אַ וווּרשטעלע אונטן, כּדי צופֿרידנשטעלן דעם עולם?", – האָב איך אָפּגעענטפֿערט און זיך גלײַך געכאַפּט, אַז איך האָב מיאוס געגרײַזט, נאָר עס איז געווען צו שפּעט צוריקצוציִען די ווערטער. עס האָט אויסגעבראָכן אַ מהומה. אַלע פּרינצעסינס האָבן גענומען רעדן און שרײַען צוזאַמען, ווי איין מענטש. דער צימער האָט זיך אָנגעפֿולט מיט קוויטשענדיקע קולות און אומצופֿרידענע בורטשערײַען.

רחל האָט זיך אויפֿגעהויבן פֿון איר בענקל און עס איז אַ פֿאַל געטאָן אויפֿן רוקן:

„שאַ שאַ, חבֿרטעס, איר וועט מיר דערשרעקן דעם בחור. וואָס איז מיט אײַך? איר האָט שוין, נעבעך, שוים איבער די ליפּן. תּיכּף וואָלט איר זיך גענומען אים צעממיתן, צערײַסן אויף שטיק־שטיקער. אוי געוואַלד! איר זענט אים באַפֿאַלן ווי אַ כאָפּטע בייזע קאַטשקעס. לאָזט אים צו רו, חבֿרטעס! פֿון מײַנעט וועגן, וואָס גייט עס מיר אָן, אַז די מרשעת האָט אַ יום־טובֿ איין וואָך אַ חודש? און אַז ער וויל האַסן פֿרויען – זאָל עס אים ווויל באַקומען. וואָס איז דאָס אײַער באָבעס עסק?"

9

די לעקציע האָט זיך פֿאַרענדיקט. רחל, די שמירענרינס־רעביצין, אָדער רחלע, ווי געוויסע, מער אָנגעזעענע חבֿרטעס האָבן זיך דערלויבט זיך צו ווענדן צו איר, האָט צונויפֿגענומען אירע פּאַפּירן און געזאָגט הויך, מיט תּקיעות און שבֿרים: „היימאַרבעט! היימאַרבעט! שאַ! מײַנע טײַערע הינער, געערטע גענדז, פֿאַרגעסט נישט! די וואָך וויל איך, איר זאָלט זיך נעמען צו דער מלאָכה מיט קאָפּ, מיט ייִשובֿ־הדעת. לאָזט געמאַכט די קעניגינס, פּרינצעסנס, ביזנעס־פּרויען און אַלע איבעריקע אָנשיקענישן און שיינהייטן. מיר נייטיקן זיך אומבאַדינגט אין מער אינספּיראַציע! לויטערע אינספּיראַציע. חבֿרטעס, טוט מיר אַ טובֿה, קריכט נישט אין אלף־השישי אַרײַן, פֿאָרט נישט אַהין, ווו דער שוואַרצער פֿעפֿער וואַקסט, קוקט זיך אַרום, צו אַלדי שוואַרצע יאָר! ביז אַהער האָבן מיר יוצא געווען בלויז מיט שרײַבן, אַבי שרײַבן און קראַצן אַ שטיקל פּאַפּיר. דאָס איז געווען טאַקע אויסערגעוויינטלעך און וווּנדערבאַר – בראַוואָ אײַך! אָבער איצט דאַרף מען זיך, סוף כּל סוף, דערשלאָגן צו אַ ביסל תּכלית."

אומצופֿרידענע מרוקענישן און וואָרטשענישן האָבן אָנגעפֿילט דעם קלאַסצימער. אַ פּאָר חבֿרטעס האָבן עפּעס געמורמלט אונטער דער נאָז, אַרויסגעפּאָנפּעט פֿון זיך אומקלאָרע רייד און אַ זויערע מינע האָט זיך געשפּרייט איבער זייערע צורות, ווי רינגלעך איבער שטיל וואַסער נאָכדעם, ווען עמעצער וואַרפֿט אַרײַן אַ שטיינדל. איין חבֿרטע האָט זיך געשטעלט אויף די פֿיס און זיך געווענדט צו דער גבֿורה אַליין: „וואָס? איך האָב געאַרבעט זייער שווער איבער מײַנע

דערציילונגען. הייסט עס, אַז דאָס וואָס מיר האָבן אָנגעשריבן ביז הײַנט, טויג אויף כּפּרות? ווי איז דאָס מעגלעך?"

רחלע האָט זי צוגערופֿן צו זיך. די חבֿרטע האָט זיך שווער אַריבערגעקײַקלט דעם קורצן מהלך ביז דער רעבעצין. די רעבעצין האָט אָנגעטאָן אַ סודותדיקע מינע אויפֿן פּנים, אַרײַנגעשעפּטשעט עפּעס דער חבֿרטע אין אויער. דאָס כמאַרעלע, וואָס האָט פֿאַרשאָטנט, ביז אַהער דאָס ברייטע פֿאַרשוויצטע פּנים פֿון יענער חבֿרטע, האָט זיך אָפּגערוקט, איז זיך צעגאַנגען און זי האָט זיך אומגעקערט צו איר בענקל מיט לײַכטע אונטערטאַנצנדיקע טריט. ברייטע פֿיס, מיט קרומע פֿינגער און לאַקירטע נעגל, האָבן גענומען וואַרפֿן זיך אונטערן טיש, ווי פֿיש אויף דער יבשה. אַלע חבֿרטעס זענען געווען ווי באַזעסן פֿון אַ זוכעניש־פֿיבער, געקוקט אַרום זיך און אונטן, פּרווונדיק צו געפֿינען די אויסגעטאָנענע סאַנדאַלן.

„אוי! איך האָב פֿאַרלוירן מײַן לינקן סאַנדאַל!" – האָט זיך אָנגערופֿן חבֿרטע מרים מיט פֿאַרצווייפֿלונג און זיך געקרימט ווי אַ קליין מיידעלע.

אַ סאַנדאַל, אַ רויטער, אַן אַלטער און אַן אויסגעקרימטער פֿון צו פֿיל טראָגן אים, האָט זיך באַוויזן אין דער רעכטער האַנט פֿון אַ חבֿרטע, וואָס איז געזעסן בײַם צווייטן עק טיש.

„אָט איז ער!" – האָט חבֿרטע מרים געפּאַטשט מיט די הענט, און דער סאַנדאַל, געפֿירט פֿון איין חבֿרטע צו דער צווייטער, איז אַריבערגעקומען צו איר.

עטלעכע חבֿרטעס, גליקלעכע און באַסאַנדאַלטע, האָבן זיך אויפֿגעהויבן און זיך צוגעשאַרט צו רחלען, זיך פֿאַרהאַלטן אַ ווײַל לעבן דער רביצין און גערעדט צו איר מיט רירעוודיקערהייט וועגן די מאַמעס, קינדער און אייניקלעך.

איך האָב פֿאַרלאָזט דעם ליכטיקן צימער און אָנגעטאַפּט דעם וועג אינעם פֿינצטערן קאָרידאָר. אַ שאַרפֿע, קורצע, הייזעריקע קוויטשערײַ פֿון אַ קאַץ האָט זיך פֿון ערגעץ דערטראָגן צו מיר און

באלד האָט א קאַץ, ווײַזט אויס די, וואָס האָט געליטן די מפלה אין א
געשלעג, איז מיר איבערגעלאָפֿן דעם וועג.

קילבלעבכע ווינטן האָבן געבלאָזן מיט א פֿײַפֿעניש איבער
דער בצלאל־גאַס. ס'איז געווען אומגעוויינטלער שטיל. געצײַלטע
פֿאַרבײַגייערס האָבן זיך דורכגעשמוגלט שטילערהייט דורך דעם
בײַנאַכטיקן נעפל, געבראַכט אַהער מיט די ווינטן. בלאָנדזשענדיקע
אויטאָס האָבן זיך געגליטשט שטילערהייט איבער דעם אַלטן אַספֿאַלט
און פֿאַרשוווּנדן געוואָרן הינטער די בנינים.

איך בין פֿאַרבײַגעגאַנגען „נאַקטורנאַ", וועגן כ'האָב דערהערט
דאָס גיכע קלאַפֿן פֿון זוילן אויפֿן טראָטואַר. עמעצער, הינטער מיר,
איז געלאָפֿן אָפֿט אָטעמדיק, און פלוצעם אָנגערופֿן מײַן נאָמען. דאָס
איז געווען רחל, די לײַביקע רעבעצין. זי האָט זיך אָפֿגעשטעלט א רגע
אָפּצוכאַפֿן דעם אָטעם און די ווערטער זענען אַרויסגעקומען פֿון איר
מויל, ווי פֿײגל אַרויסגעפֿלויגן פֿון אַן אָפֿענער שטײַג:

„וואַרט, וואַרט! דו זעסט אויס פֿאַרחידושט, האַ?" – זי האָט
גענומען אָטעמען טיפֿער און געזאָגט ווײַטער: „יאָ, האָסט מיך געפּאַקט,
האָסט וואָרשײַנלעך אַנטפּלעקט מײַן סוד: איך עקזיסטיר אויכעט,
אויסער די ראַמען פֿון דעם שרײַב־קלאַס. איך האָב געוואָלט כאָפֿן
מיט דיר א שמועס, אָבער דו ביסט אַנטלאָפֿן, ווי עמעצער וואָלט דיך
נאָכגעיאָגט. איך וויל זיך איבערוואָרפֿן מיט דיר מיט א וואָרט, כאָטש
איך וויס נישט, פֿון וואָס אָנהייבן. אייגנטלעך, האָב איך א סך וואָס צו
זאָגן. זאָלסט וויסן, אַז די דערציילונג מיט דער אַלטער קלאַפֿטע און
דעם שטיקל ליידיקן פּלאַץ אין פתח־תקווה איז געווען חנעוועדיק.
דאָס הייסט, קונציק געשריבן, אָבער האַרב און גראָב ווי דאָס לעבן,
וואָס קאַבט זיך אַרום אונדז, און די מענטשן מיט וועמען מיר האָבן
צו טאָן טאָג אײַן טאָג אויס. אַוודאי, דאַרף מען זי נאָך שלײַפֿן און
אפֿשר בײַטן בײַטן דעם סוף, אָבער זי איז דאָך א שטיקל יש. הײַנטיקע
צײַטן, וועגן עס צעהוליעט זיך די גײַסטיקע ליידיקייט און כאַפּט אַרום
אַלץ און אַלעמען, איז דאָס שוין א גרויסע זאַך, כמעט א דערגרייכונג.

יעדנפֿאַלס, אַזאַ פּנים האָבן מיר, ווי יענע מכשפֿה. מיר זענען גיריקע ברואים. ס'רינט בײַ אונדז די סלינע אומאויפֿהערלעך און איך ווייס נישט, אויב דאָס איז צום וויינען אָדער צום לאַכן. קום, לאָמיר פֿאַרקערעווען אויף קינג דזשאָרדזש, זי איז נישט מיאוסער ווי די איבעריקע ירושלימער גאַסן. איך האָב געמיינט, אַז דו ביסט אַוועק אַ ברוגזער צוליב דעם אידיאָטישן אָנפֿאַל פֿון די לאַנגווײַליקע חבֿרטעס. נעם נישט די לעבערלעכע אַטאַקע צום האַרצן. זיי גראַגערן, שיטן מיט רייד און אַלץ איז אין דער וועלט אַרײַן, ווי אַ סאָרט פֿאַרווײַלונג אָדער צײַט־פֿאַרטרײַב, אַבי עפּעס זאָגן, אַרויסזאָגן אַ דעה. עס איז לחלוטין נישט וויכטיק, אויב די דעה איז אַן אייגענע, טאָמער מע האָט זי פֿאַרשטאַנען און צעקײַט אָדער די חבֿרטעס האָבן זי גאָר געבאָרגט בײַ אַ העלדין אין עפּעס אַן אידיאָטישן פֿילם.

„אַ מאָל פֿירן זיי זיך ווי קליינע מיידלעך; זיי חזרן איבער די רייד, וואָס זיי האָבן געהערט אין דער טעלעוויזיע. אַ מאָל טאַקע וואָרט בײַ וואָרט. און אַז איך זאָג זיי, אַז אַזאַ אָדער יענער פּערסאָנאַזש האָט זיך אויסגעדריקט פּונקט מיט די זעלבע ווערטער, עפּענען זיי אַ פּאָר אויגן און קוקן מיך אָן, ווי איך וואָלט ערשט אַראָפּגעפֿאַלן פֿון הימל. איך קריג געלט, כּדי זיך צוהערן און איבערלייענען זייערע חכמהלעך, האָב איך נישט קיין ברירה. עסן מוז מען, איך ווייס דאָס גאַנץ גוט. צוריק גערעדט, טו איך דער וועלט אַ גרויסע טובֿה. דער קלאַס הייסט טאַקע שרײַב־קלאַס, אָבער איך באַצי זיך צו דעם, דער עיקר, ווי אַן אופֿן צו פֿאַרצוימען זייער ווילדע גראַפֿאָמאַנישקייט. אָפּשטילן זייער אומאויסשעפּלעכן דאָרשט פֿאַרן זעלבסט־אויסדרוק אָן צו שאַפֿן גרעסערע פּראָבלעמען. שטעל דיר פֿאָר, אַז עס וואָלט זיי אײַנגעפֿאַלן, חלילה, אַרויסגעבן אַ בוך? קודם־כּל, וואָלטן זיי אויסגעגעבן שווערע טויזנטער, ווי אַ צושטײַער צו די הוצאָות פֿון דעם פֿאַרלאַג. דער פֿאַרלאַג וואָלט געמוזט זיי צושטעלן אַ רעדאַקטאָרין, נעבעך, זי זאָל פּרוּוון אָפּראַטעווען פֿון זייער כּתבֿ־יד דאָס, וואָס עס לאָזט זיך ראַטעווען, און דאָך וועט זיך, לסוף, באַקומען אַן אָפּגעקאָכט מאכל.

„אַ מאָל קריג איך אויך אַזאַ שטיקל אַרבעט. דעמאָלט זינק איך אײַן נײַן אײלן אין אַ אומזיניקער, צערודערטער וואָקכאַנאַליע, אַ ווילד געווירבל פֿון ווערטער, וואָס קלעפּן זיך נישט אײנס צום צווייטן. מע פּירט צונויף אַ וואַנט מיט אַ וואַנט. נישט איין מאָל האָב איך זיך געמוטשעט מיט אַזאַ בוך און געפּרוווט געפֿינען אַ נאָדל אין אַ וואָגן היי, אָבער די צײַט האָט מיך געלערנט, אַז אַ מאָל דאַרף מען אויפֿגעבן; נישטאָ קיין נאָדל, נישטאָ קיין היי און נישטאָ קיין וואָגן; אַלץ וואָס איז דאָ, איז אַ זינלאָזע פּלאַפּלערײַ, אָנגעשמירט אויף צו פּיל בויגנס פּאַפּיר, וואָס האָט נישט קיין עק.

„דו מיינסט, אַז די חבֿרטעס לייענען ביכער? אַ נעכטיקער טאָג! זיי זענען זיך נישט מטריח אַן עפּן צו טאָג אַ בוך, פֿון אַ בלעטער טאָן אַ פּאָר זײַטלעך איז שוין אָפּגערעדט. דאָס איז שוין אַן אָפּקומעניש. די נעמען פֿון די גרעסטע שרײַבערס פֿון דעם צוואַנציקסטן יאָרהונדערט זענען זיי לחלוטין אומבאַקאַנט. שטעל דיר פֿאָר: איך האָב אַמאָל דערמאָנט דעם נאָמען ווירדזשיניאַ וואָלף, האָבן זיי געמיינט ס'איז גאָר אַ קלייט פֿאַר פּרוויזשן אונטערוועש. יאָ, פֿון 'וויקטאָריאַ סיקרעט' ביז 'ווירדזשיניאַ וואָלף' איז פֿאָלג מיר אַ גאַנג. זייער וויסן גרענעצט מיט פּאָלנער עם־הארצות. אין וואָס באַשטייט זייער אינטעלעקטואַל לעבן? זיי שיקן איינע דער צווייטער פֿאָטאָגראַפֿיעס פֿון די אייניקלעך און די מאכלים, וואָס זיי קאָכן אויף שבת. נאַ, דיר אַ גראָשן פֿאַר זייער פֿעמיניזם און ברייטע האָריזאָנטן. און די מענער זייערע זענען אפֿשר נאָך גרעסערע עם־הארצים. זיי זענען גאָר נישט דערגאַנגען צום שטאַפּל, ווו אַ מענטש האָט פּרעטענזיעס צו זיך. זיי טאָפּטשען זיך פֿון ששת־ימי־בראשית אָן, אין אַ גדיכטער געמויזעכץ פֿון הוילן טיפּשות, מיקלומפּערשטן מבֿינות, אומגעלומפּערטער פּראָסטקייט, גראָבקייט און וואָלגאַרישקייט.

„זיי האָבן די מאה, אָבער, ליידער, נישט די דעה. זאָלסט וויסן, אַז דאָס איז נישט קיין אויסנאָם און קיין צופֿאַל. נעם, למשל, מײַן פֿעטער: אָט, דאָס איז אַ שיינע מעשה. אין 1990, אַז מיר

זענען, ווי מע זאָגט, געזעסן אויף די וואַליזעס און אויסגעקוקט אויף דער גליקלעכער מינוט, ווען מיר וועלן פֿאַרלאָזן דאָס סאָוועטישע היימלאַנד און עולה זײַן קיין ישׂראל, האָבן מײַן פֿעטער און זײַן כּשר ווײַב, די אוקראַיִנערין, אָנגעגעבן אַ בקשה אַרויסצופֿאָרן דווקא קיין דײַטשלאַנד. יענער אייבערשטער כּוח, וואָס פֿירט אונדז, האָט אַ פֿײַנעם געשמאַק פֿאַר דראַמעס: עס האָט זיך אַזוי געטראָפֿן, אַז דעם זעלבן טאָג ווען מיר זענען געפֿלויגן קיין ישׂראל, איז מײַן פֿעטער אַוועקגעפֿלויגן מיטן ווײַב קיין בערלין. בעתן געזעגענען זיך אינעם פֿליפֿעלד, האָט מײַן טאַטע נישט געקענט אָנקוקן זײַן פּרצוף: ס'טײַטש?! מיר, ייִדן, האָבן דאָך אַ מדינה, אַן אייגענעם ווינקל אויף דעם פֿאַרקאַקטן, פֿאַרשאָלטענעם פּלאַנעט, און סוף כּל סוף דערלויבט אונדז די מאַכט אַוועקפֿאָרן אַהין, טוט דער איינציקער ברודער זײַנער אַ שפּײַ אויף דעם, נעמט זיך און פֿאָרט צו יענע רוצחים? מיר האָט זיך עס אויך נישט געלעגט אויפֿן שׂכל, ווײַל צו יענער צײַט בין איך אויך געוואָרן אַ פֿאַרברענטע ציוניסטקע. אָבער דער פֿעטער – ער האָט זיך ווייניק געמאַכט דערפֿון. ער איז נישט געווען קיין סענטימענטאַלער מענטש. ער האָט זיך געלערנט אויף אַ בוי־אינזשעניר נישט אויף אַ דיכטער. קורץ, ס'איז געוואָרן אַ גרויסער ברוגז צווישן די ברידער.

„דאָ, אין ישׂראל, פֿלעגט פֿאָרקומען בײַ אונדז אין שטוב אַזאַ חודשלעכע צערעמאָניע: די באָבע פֿלעגט אָנטאָן די לייען־ברילן מיט די צעקראַצטע שײַבעלעך און לייענען הויך, וויפֿל אירע אַלטע לונגען האָבן נאָר דערלאָזט, די בריוו, וואָס דער פֿעטער פֿלעגט איר שיקן פֿון בערלין. ווײַזט אויס, אַז עס איז אים נישט געגאַנגען זייער גוט. די נײַעס זענען נישט געווען קיין פֿויגלדיקע. ער האָט זיך טאַקע דעראָבערט אויף אַ נישקשהדיקן פּאָסטן, אָבער עפּעס האָט דאָרט נישט געקלאַפּט. איך געדענק נישט קיין פּרטים, בלויז דאָס האַלב צעבראָכענע קול פֿון דער באָבען בשעתן פֿאָרלייענען אָט די בריוו מיט די פֿרעמדע מאַרקעס אויפֿן קאָנווערט.

„נאָך אַ יאָר־צוויי זענען זיי ביידע, ער און די כּשרע אוקריַינערין, זיך אַריבערגעפּעקלט קיין אַמעריקע; און דאָרט, אין אַמעריקע, האָבן זיי געדונגען אַ דירה אין בריַיטאָן־ביטש, „ליטל אָדעס, און געמאַכט אַ לעבן. די באָבע פֿלעגט פֿאַרלייענען די בריוו, ווען דאָס גאַנצע הויזגעזינד איז געזעסן אַרום דעם טיש אין קיך און געגעסן וועטשערע אפֿשר צו פֿאַרזיכערן, אַז דער ביסן וועט בליַיבן שטעקן דעם טאַטן אין האַלדז, נאָר דער טאַטע פֿלעגט שטענדיק זופּן דעם באָרשט מיט אַ זויערער מינע. אויף יעדן בריוו – אַלץ איינס וואָס עס איז געווען דערין געשריבן, – האָט ער געהאַט איין ענטפֿער: 'וואָס צעשמירסטו די קאַשע איבערן טעלער? ס'קומט אים נישט, דעם שׂונא פֿון פֿאָלק, אַזאַ כּבֿוד!' צומאָל פֿלעגט ער צוגעבן: 'מ'טאָר נישט לייענען זיַינע בריוו מיט גרויס פּאַראַד!' די באָבע האָט זיך אָנגענומען פֿאַר איר קינד, אָבער רעדן מיט דעם טאַטן איז ווי צו רעדן צו דער וואַנט – אַ שׂונא פֿון פֿאָלק פֿאַרבליַיבט אַ שׂונא פֿון פֿאָלק און קיין שום זאַך וועט אים שוין נישט ריין־וואַשן.

„בשעת דער טאַטע פֿלעגט שיטן אויף זיַין ברודער פּעך און שוועבל, געדענק איך זיך און די שוועסטער שושקען זיך וועגן דעם פֿעטער, וואָס מיר האָבן אים קוים געדענקט, אַלערליי אויסגעטראַכטע מעשׂיות. מיר פֿלעגן דערציילט איינע דער אַנדערער, אַז ער פֿאַרמאָגט דאָרט, אין ניו־יאָרק, אַ ריזיקע שטוב, מיט משרתים, אַ שווים־באַסיין, אַ לימוזין און אַ שאָפֿער. ווי אַנדערש האָבן מיר געקענט אַנטלויפֿן פֿון אונדזער קליינטשיקער דירה אין קרית־יובֿל? דער גאַנצער אַרום איז געווען ווי אָפּגעבליאַקעוועט, פֿאַרגרויט און איז געוואָרן וואָס אַ מאָל מער לאַנגוויַיליק און שמאָלקעפּיק.

„דער טאַטע האָט געהאַלטן, אַז אין ירושלים דאַרף אַ ייִד זיַין אַ ייִד, אָן חכמות. ער האָט געלאָזט זיך וואַקסן אַ באָרד, זיך אַרומגעטראָגן אין שטוב מיט אַ קאַפּל אויפֿן קאָפּ, געוואָרפֿן אַן אומחן אויף אַלע טריפֿות אין איַיזקאַסטן און איז געוואָרן אַ נאַש־בראַט מיט ריבונו־של־עולם. אין אַ שיינעם טאָג קומט אָן אַ בריוו פֿון דעם

פּעטער, ווי ער לאָזט אונדז וויסן, אַז ער האָט זיך אָפּגעזאָגט פֿון דער אַרבעט אין דער ניו־יאָרקער באַן און געעפֿנט אַ נײַ געשעפֿט מיט אַ שותּף, וואָס האָט טיפֿע קעשענעס. ער האָט באַצײַטנס פֿאַרשריבן אַ פּאַטענט אויף זײַן נאָמען: אַ ראָזוועוער האָז, וואָס וויברירט, ציטערט. פֿאַרשטייסטו מיך? די באָבע האָט איבערגעלייענט די פֿרישע נײַעס און נישט געקענט בשום־אופֿן דערגיין דעם שׂכל: ווער זשע וויל קויפֿן אַ וויברירנדיק, ציטערנדיק העזעלע? ווּעמען טויג אַזאַ זאַך? ׳די וועלט איז משוגע געוואָרן!׳, האָט זי לסוף באַשטעטיקט נאָך אַ לענגער קלערעניש. דאַכט זיך, אַז דאָס געשעפֿט איז געגאַנגען זייער גוט און בײַם פּעטער איז שוין דורכגעלאָפֿן אַ מחשבֿה אײַנקויפֿן אַן אייגענע דירה. איבעריק צו זאָגן, אַז בײַ אונדז איז מען אָפּגעקומען מיט גראָשנס און מ׳האָט געציטערט, אַז דער בעל־הבית זאָל חס־ושלום נישט פֿאַרהעכערן דאָס דירה־געלט.

„דערהערט אַזעלכע ווערטער איז דער טאַטע געוואָרן פֿול מיט רציחה אויף יענעם ׳אַמעריקאַנער שאַרלאַטאַן׳ און זײַנע שמוציקע בריוו. איך געדענק דאָס, ווי עס וואָלט געשען ערשט נעכטן: דער טאַטע איז געזעסן בײַם טיש אין קיך, אָנגעטאָן אין אַ גרוי געוואָרענעם לײַבל, וואָס איז געווען דורכגעווייקט מיט שווייס. ער האָט אַ קלאַפּ געטאָן מיט זײַן שווערן פֿויסט איבערן טיש, אַז די גלעזער האָבן זיך אַזש געגעבן אַ וואַקל און דער קאַפּל אויפֿן קאָפּ האָט אונטערגעטאַנצט. די ווערטער זענען אַרויסגעקומען פֿון אים, ווי אַ פֿאַרצווייפֿלטער געקריי פֿון אַ האָן: ׳אָט די פֿאַלשע נײַעס זענען אַ סאַבאָטאַזש קעגן מיר! שוין, ווײַטער טאָר קיינער נישט דערמאָנען דעם נאָמען פֿון יענעם געמיינעם שאַרלאַטאַן!׳

„פֿון יענעם טאָג אָן איז געווען אַבסאָלוט פֿאַרווערט דער באָבען לייענען אונדז די בריוו, וואָס זי פֿלעגט דערהאַלטן פֿון איר זון. דאָס הייסט, אַז זי האָט זיי אונדז, מיר און דער שוועסטער, יאָ פֿאָרגעלייענט ווײַטער, אַז דער טאַטע איז נישט געווען אין דער היים. אַזוי אַרום האָבן מיר זיך דערוווּסט, אַז מיר האָבן אַ שוועסטערקינד אין ניו־יאָרק,

דער פּעטער האָט געקויפֿט אַ פֿײַנע דירה אין מענהעטן – „מענגעטאַן“, ווי די באָבע פֿלעגט עס אַרויסלייענען. דער פּעטער האָט געמאַכט שווערע מיליאָנען פֿון זײַנע וויברירנדיקע „צאַצקעס“; מע האָט געעפֿנט אַ פֿאַבריק אין דער בראָנקס, ווו מע האָט פֿאַבריקירט העזעלעך אַ גאַנצן מעת־לעת, זיבן טעג אַ וואָך. די העזעלעך האָט מען שוין געקאָנט קריגן מיט אַלערליי פֿאַרבן: רויט, פֿיאָלעט, ווײַס, געל, גרין. דער פּעטער איז אָבער נישט געזעסן מיט פֿאַרלייגטע הענט. ער האָט געמאַכט סקיצעס פֿאַר וויברירנדיקע טשערעפּאַכעס, פֿייגל, פּיקסלעך, וועווריקעס. די חיהלעך האָבן זיך פֿאַרקויפֿט זייער גוט. דאַכט זיך, אַז עס איז געווען ממש אַן אויסכאַפּעניש אויף זיי, באַזונדערס צווישן די ניו־יאָרקער פֿרויען. שפּעטער האָבן יענע וויברירנדיקע צאַצקעס עולה געווען קיין ארץ־ישׂראל און אויכעט דאָ האָבן זיי באַקומען אַ שם. איך האָב זיך אײַנגעקויפֿט אַזאַ וויבראַטאָר אין מלחמה – אַ פֿײַנע זאַך, בנאמנות! איך ווייס נישט אָבער ווי אַזוי די ידיעה, אַז איך האָב אַן אייגענעם העזעלע, איז דערגאַנגען צום טאַטן. נו, יענע מעשׂה! ס'האָט זיך געטאָן חושך בײַ אונדז. מײַן טאַטן, דעם צדיק, איז נימאס געוואָרן פֿון ירושלים־של־מעלה, האָט ער געמוזט האָבן אַ דעה אויך אין ירושלים־של־מטה.

„ביידע ברידער, יעדער אויף זײַן אופֿן האָבן געמיינט, אַז דער גאַנצער אמת ליגט בײַ זיי אין בוזעם־קעשענע; נאָר דער פּעטער, זאָל ער עס מיר מוחל זײַן, איז געווען אַ נאַר מיט אַ קאַר און מײַן טאַטע – אַ נאַר אָן אַ קאַר...

„אָט, באַלד קומען מיר אָן צו מײַן דירה. די פֿיס האָבן אונדז געטראָגן ווי אויף אייגענעם באַראָט, האַ? זאָרג דיך נישט. איך וועל דיך נישט צווינגען אַרויפֿקומען.“

מיר האָבן זיך אָפּגעשטעלט אויף דעם שמאָלן טראָטואַר, לעבן אַ נידעריקן פּלויט, הינטער וועלכער עס זענען געוואַקסן קורצע, ווילד־צעצווײַגטע קוסטעס. זייערע איבערגעפּלאָנטענע צווײַגן, באַוואַקסן מיט אַ סך קליינע, שטעכיקע בלעטלעך, האָבן זיך ווי אויסגעשטרעקט צו אונדז מיט שטומער דערוואַרטונג.

רחל האָט געשטערט אין איר גרויסן, שוואַרצן טאַש: „ווו זענען מײַנע שליסלען, צו אַלדי שוואַרצע יאָר? הערש הייסטו, איאָ? זאָלסט וויסן, אַז דו ביסט אַ צוהערעניש, אַראָפּגעשיקט פֿון הימל."

זי האָט אויפֿגעהויבן דעם קאָפּ און מיך אָנגעקוקט מיט אַ פּאָר פּינטלדיקע, מילד געוואָרענע אויגן. איר האַנט האָט אויפֿגעהערט זוכן אין טאַש און אויף איר אויסגעשעפּט פּנים האָט זיך אָנגעצויגן אַ דינער, עטוואָס פֿאַרשעמטער שמייכל. „אָבער נאָר איצט כאַפּ איך זיך, אַז דו האָסט מיר גאָרנישט דערציילט וועגן זיך. זײַ מיר מוחל, וואָס איך בין געווען אַזוי פֿאַרטאָן אינעם דערציילן און רעדן וועגן זיך, אַזש כ'האָב גאָר פֿאַרגעסן אין די סאַמע גרונטלעכער כללים פֿון העפֿלעכקייט. אויך עמעצערע, וואָס גייט דיר אין דער לינקער פּיאַטע, מוזסטו זיך נאָכפֿרעגן וועגן אים כאָטש אויף יוצא זײַן."

„ווּעסט לאַכן, אָבער מײַן לעבן איז אומדערטרעגלעך לאַנגווײַליק. איך פֿרעג זיך אַליין: וואָס אייגנטלעך האָב איך געטאָן אַלע יאָרן? מיט וועלכע כוחות האָב איך זיך דערשלעפּט ביז מײַנע פֿינף און דרײַסיק און זיך נישט אַרײַנגעשאָסן אַ קויל אין קאָפּ אונטערוועגנס? איך וואָלט דאָס געטאָן בלויז צוליב לאַנגווײַל – פּראָסט און פּשוט... אפֿשר לעב איך נאָך אַלץ צוליב מײַנע קנאַפּע מיליטערישע פֿעיִקייטן, אַ רעזולטאַט פֿון אַ דרײַ־יאָריקן פֿאַרוועגנעם מיליטערישן דינסט אין „שנעלער" און אויך מײַנע לינקע הענט. מײַן טאַטע האָט זיך געריסן די האָר פֿון קאָפּ, ווען איך האָב באַקומען פּראָפֿיל פֿיר און זעכציק, צוליב מײַן צווייפֿלהאַפֿטיקן פּלאַטפֿוס און אַמאָליקער אַסטמע, ער האָט געוואָלט, איך זאָל זײַן שמשון־הגיבור, ווי מײַן עלטערער ברודער, יעקבֿ, אַרומלויפֿן איבער די פּוסטע, צוגעזאָגטע בערגלעך, ווו יעקבֿ אָבֿינו האָט געפּאַשעט די שאָף, און אַנשטאָט דעם האָב איך פֿאַרבראַכט דרײַ יאָר פֿון אַרומגיין פּוסט־און־פּאַס אין דער מיליטערישער באַזע. מײַן הויפּט־באַשעפֿטיקונג איז באַשטאַנען אין פּלאַנירן, ווי אַזוי צו קריגן נאָך און נאָך קראַנקייט־טעג. אַ מעשׂה פֿאַר זיך."

„און וואָס ווײַטער?" – רחל האָט געפֿונען די שליסלען און איצט

האָט זי פֿאַרלייגט די הענט אויפֿן ריזיקן בוזעם און מיך אָנגעמאָסטן מיט אַ זײַטיקן בליק. איך האָב דערפֿילט ווי דער דאָזיקער בליק מאַכט מיך וואָס אַ מאָל קלענער, אײַנגעשרומפּענער. דערמיט האָט זיך אָנגעהויבן און פֿאַרענדיקט מײַן ווידערשטאַנד. ווײַטער האָב איך שטודירט אין אוניווערסיטעט צו ווערן אַן אַדוואָקאַט בישׂראל, חתונה געהאַט מיט אַ פֿרוי, צו וועמען איך האָב געהאַט, פֿון אָנהייב אָן, געמישטע געפֿילן. אָבער דעמאָלט האָט דער קערפּער פֿאַרנומען דעם אויבנאָן. דער שׂכל און דאָס האַרץ האָבן אָנגענומען אַ מאָדנע שווײַגעניש."

„אָט אַזוי, האָסטו אַ ווײַב, הייסט עס?" – האָט זי כיכיקעט און איר לײַביקער קערפּער, אָנגעטאָן אין שוואַרצע קליידער, איז ווי באַ־האַפֿטן געוואָרן מיט דער נאַכט און לאַנגע שאָטנס פֿון דיביימער, וואָס זענען געקראָכן צו אונדז.

„יאָ, אַזוי שטייט געשריבן אין מײַן ביולעטין. איך קען דאָס נישט לייקענען. איך האָב אַ ווײַב און אַ קליין מיידעלע פֿאַר אַ צוגאָב. אַ שיינער פּאַק, האַ? זאָלסט נאָר וויסן, אַז יענער הערש, וואָס טראָגט מײַן נאָמען און דרייט זיך אַרום מיט מײַנע פּאַפּירן איז מיר אַ פּאָלנער פֿרעמדער. און דעריבער..."

„שוין", – האָבן רחלס פֿינגער גענומען זיך שפּילן מיט די שליסלען. – „ס'איז שוין שפּעט. עס מוז תּמיד ווערן שפּעט. דאָס איז אַ נאַטור־געזעץ."

איך האָב זיך געהערט זאָגן: „ווען זעען מיר זיך ווידער?"

„ווען? דו האָסט דאָך מײַן טעלעפֿאָן־נומער. קלינג מיר אָן, ווען דו האָסט אַ פֿרײַע מינוט. שאַ, ווייסטו וואָס? איך אַרבעט אין אַ קליינעם קאַפֿע, נישט ווײַט פֿון דאַנען, אויף עזה־גאַס; אויף אַזאַ ליטעראַרישער טעטיקייט האָב איך אָנגעטראָפֿן לעצטנס, כאַפּ זיך אַרײַן, וועלן מיר האָבן אַ שמועסל איבער אַ טעפּעלע קאַווע. דער בעל־הבית וועט אונדז מסתּמא באַוואָרפֿן מיט בייזע בליקן, ווײַל מע נייטיקט זיך דאָרט שטענדיק אין אַ פּאָר הענט – זאָל ער זיך הענגען."

„אָפּגערעדט!"

„כאַפּ נישט! איך בין נישט אַזאַ מרשעת, וואָס נעמט צו בײַ אַ פֿרוי איר מאַן, חס־ושלום, דאָס וועט קיינמאָל נישט געשען, אויף מײַן וואָרט, נאָר עפּעס שטעקט אין דיר, צום באַדויערן. דו גייסט אויך מיט דער טשערעדע, אָבער דו דרייסט כאָטש דעם קאָפּ צוריק פֿון צײַט צו צײַט. דאָס איז אַ ריזיקער קאָמפּלימענט."

„געוויס."

„נאָר דאָס לעבן איז אַזוי נודנע און קורץ, ווי אַ פֿאַרץ שבת נאָכן טשאָלנט. וואָס טויגן אַלע חשבונות? באַלד וועלן מיר ביידע ליגן אין דער ערד און אָנשרײַבן דאָרט אונדזערע מײַסטערווערק, וואָס קיינער וועט זיי נישט לייענען. דאָס טרעפֿן זיך האָט נישט קיין שׂכל, איך ווייס, ווײַל קיין שום המשך וועט נישט זײַן."

„נישט דער שׂכל און נישט דער המשך זאָגן נישט צו קיין גרויסע גליקן. מעגסט מיר גלייבן אויפֿן וואָרט. אַ מאָל דאַכט זיך מיר, אַז דאָס זאָרגלאָזע זופּן פֿון אַ טעפּעלע קאַווע איז די גרעסטע דערגרייכונג פֿון אונדזער צײַט. דאָס איבעריקע, וואָס קומט פֿאָר מיט אונדז און אַרום אונדז, האָט נישט ווערט קיין אויסגעבלאָזן איי."

10

רחל האָט אַ קוועטש געטאָן אויף אַן אָנזעעוודיק קנעפּל און דאָס ליכט בײַ די טרעפּ האָט זיך אָנגעצונדן. זי האָט מיר צו וויסן געטאָן, אַז בשום־אופֿן וועט זי מיך נישט פֿאַרבעטן אַרויף, געגעבן אַ ווונק, זיך צעלאַכט אַ קאַפּעלע צו הויך און די ווענט אַרום האָבן געלאַכט מיט איר. דערנאָך האָט זי מיר צוגעקלעפּט אַ נאַסן קוש צו דער לינקער באַק און איז אַרויפֿגעגאַנגען אויף די טרעפּ. איך האָב געוואַרט אונטן אַ רגע, אַליין נישט פֿאַרשטייענדיק, אויף וואָס אייגנט־לעך איך קוק אַרויס. דאָס ליכט האָט זיך תּיכּף פֿאַרלאָשן און דאָס פּלוצעם געוואָרענע פֿינצטערניש האָט מיך אַרויסגעטריבן ווידער אין גאַס אַרײַן. איך האָב פֿאַרקערעוועט אויף לינקס און זיך געלאָזט גיין אויף עזה־גאַס.

אויף פֿראַנקרײַך־פּלאַץ דאָרט, ווו עס פֿאַרענדיקט זיך עזה־גאַס, אויף דעם שמאָלן טראָטואַר, לענג־אויס דעם פּלויט פֿון „טעראַ סאַנטאַ", איז פֿאָרגעקומען אַ שטילע דעמאָנסטראַציע: אַ גרופּע דעמאָנסטראַנטן, דער עיקר, אַלטע־לײַט מיט פֿאַרזאָרגטע פּנימער, מיט שילדן אין די הענט, אָנגעטאָן אין שוואַרצע העמדער, אויף וועלכע ס'איז געשטאַנען דאָס וואָרט „ניין" מיט רויטע אותיות, האָט אויסגערופֿן לאָזונגען קעגן דער רעגירונג און דעם פּרעמיער־מיניסטער, וועמען זיי האָבן באַשולדיקט אין קאָרופּציע. די אויסרופֿן, דאַכט זיך, אַ קול־קורא מיט ווייניק צוהערערס, האָבן נישט דערוועקט קיין גרויס אינטערעס בײַ די געציילטע ירושלימער פֿאַרבײַגייערס. יעדער איז זיך געגאַנגען זײַן וועג, פֿאַרזונקען אין די אייגענע מחשבֿות

און נישט געפֿונען פֿאַר נייטיק איבערצורײַסן דעם פֿאָדעם לטובֿת פֿרעמדע צרות. בלויז געציילטע פֿאַרבײַגייערס האָבן געשענקט די דעמאָנסטראַנטן קורצע, פֿרעגנדיקע בליקן און זיך דערווײַטערט, געבנדיק דערבײַ אַ צי מיט די אַקסלען. עס האָט אויסגעזען, אַז דער עסק וועט נישט באַקומען קיין פֿליגלען.

פֿאַררוקט אַ קאַפּעלע אויף אַ זײַט דאָרט, ווו עס איז אַ מאָל געווען אַ ליידיקער שטח אין מיטן, איז געשטאַנען אַ טוץ יונגע פֿרויען מיט פֿאַרביקע שילדן אין די הענט. עטלעכע פֿון זיי האָבן אַוועקגעלייגט די שילדן אין אַ זײַט און זיך אַוועקגעזעצט אויפֿן ראַנד פֿון דעם פֿאַרפּוצטן פֿאָנטאַן – אַ קאָפּיע פֿון אַ געוויסן פּאַריזער פֿאָנטאַן. ער איז געשטאַנען, ווי ער וואָלט געווען אַ פֿאַרוואָגלטע וואַזע, אַראָפּגעבראַכט פֿון דער אַלטער היים; אַ חפֿץ, וואָס גייט אַריבער בירושה שוין עטלעכע דורות, און בלײַבט נאָך אַלץ אַן אייביק־פֿרעמדער צו דעם תּכליתדיקן, פֿאַרגרעבטן ישׂראלדיקן אַרום, ווו אַן אומבאַחנטע ניצלעכקייט פֿאַרנעמט דעם אויבנאָן.

אַ קליינוווקסיקער מאַנצביל מיט אַ ברייטן, ווײַסן קאַפּל אויפֿן קאָפּ, אַ האָריקן קאַרק ברייט און האַרט ווי בײַ אַן אָקס, און אַ פּאָר צו־גרויסע הענט איז פּלוצעם צוגעגאַנגען מיט אַ בהלה צו דער גרופּע יונגע פֿרויען און געפּרווט אַרויסרײַסן בײַ אַ מיידל, וואָס האָט בשום־אופֿן נישט אויסגעזען עלטער פֿון זעכצן יאָר, דעם שילד, ווו עס איז געשטאַנען מיט שיינע, רונדיקע אותיות אָנגעשריבן: „קאָרופּציע – דער סוף פֿון דער מדינה." דער גרעאַנגל, וואָס האָט געזאָלט זײַן לכאורה איינזײַטיק, האָט געדויערט אַ ביסל מער ווי איך האָב זיך געריכט און מענטשן זענען צוגעגאַנגען און זיך אַרײַנגעמישט. דער מאַנצביל מיטן האָריקן קאַרק האָט גענומען שרײַען און טופּען מיט די פֿיס.

עס ליגט נישט אין מײַן טבֿע זיך אַרײַנצומישן אין מחלוקתן אויף דער גאַס. געוויינטלעך, איז מיר בילכער, אַז מענטשן זאָלן זיך בײַסן בײַ די נעזער און לאָזן מײַן אייגענע נאָז צו רו, אָבער נאָך אַ פּאָר טריט האָב איך זיך אויסגעדרייט צום קליינוווקסיקן מאַנצביל, וואָס האָט זיך

נאָך אַלץ געראַנגלט מיט די דעמאָנסטראַנטן, און גענומען זינגען העכער ווי איך האָב געוואָלט: „כי לא ינום ולא ישן שומר ישׂראל.“

דער האָריקער מאַנצביל האָט ענדלעך געליטן אַ מפּלה אין זײַן מערכה מיט די דעמאָנסטראַנטן. ער האָט אָפּגעלאָזט דעם שילד מיט דער „קאָרופּציע“ און געקראָגן פֿאַר אַ צוגאָב אויך אַ פּאָר שטור־פּענישן און זידלערײַען. ער האָט מיך אָנגעקוקט מיט אַ זײַטיקן בליק, פֿול מיט האַס ווי אַן אויפֿגערייצטער הונט.

„וואָס האַקסטו דאָרט, האַ? עמעצער האָט דען געבעטן בײַ דיר אַן עצה?“ – האָט ער זיך געווענדט צו מיר אַ דערצאָרנטער.

„חס־ושלום! כ'האָב גאָרנישט געמיינט זאָגן“, – האָב איך געפּרוּווט אָפּשטילן דעם צאָרן בײַ דעם בייזן הונט. – „ס'איז נאָר אַ בת־קול. אַ פּראָסט בת־קול איז אַרויסגעקומען פֿון מײַן קול אָן דער מינדסטער כּוונה צו באַרירן אײַער כּבֿוד. איך בין, דאַרפֿט איר וויסן, אַ משוגענער, לא עליכם, און איך קען דאָס אויך באַווײַזן. אָט, דאָ האָב איך די נייטיקע פּאַפּירן און זיי וועלן באַשטעטיקן מײַן אַלגעמיינע, אומאָפּפֿרעגלעכע אומפֿעיִקייט און דאָס הוילע משוגעת.“

דער מענטש מיטן ברייטן, האָריקן קאַרק, וואָס האָט געבײַלט די פֿויסטן און איז מסתּמא שוין געווען גרייט מיך קורע־כּדג זײַן איז מיט אַ מאָל פֿאַרפֿרוירן געוואָרן, ווי אַ וואַקסענע פֿיגור. די גרויסע הענט זענען אים אַ פֿאַל אַראָפּ געטאָן און די אויגן זײַנע זענען אים שיִער נישט אַרויסגעקראָכן פֿון קאָפּ פֿאַר אַ לײַטישן שרעק. דאָס וואָרט „משוגע“ האָט אָפּגעשלאָגן זײַן אַפּעטיט פֿאַר אַ געשלעג. ער האָט זיך געקווענקלט אַ רגע און לסוף אַ שפּײַ געטאָן אויף דער ערד און איז אַוועק אָן אַ „זײַ געזונט“. איך האָב אים האַרציק געדאַנקט פֿאַרן ברייטהאַרציקן אויסרייניקן די שטויביקע ירושלימער גאַסן, אָבער ער האָט זיך שוין דערווײַטערט און מײַנע לויב־ווערטער זענען, ליידער, נישט דערגאַנגען צו אים.

איך בין אַוועק פֿון די דעמאָנסטראַנטן און געגאַנגען אויף קינג־דזשאָרדזש מיט אַ דערהויבענער שטימונג. כ'האָב זיך דערמאָנט

אין משה רבינוס זאָג: „ויפוצן משנאיך וינוסו אויביך." דער ייִדישער שלעגער מיט דער גראָבקייט פֿון אַ יוון, איז אַוועק, אָבער איך האָב געוווּסט, אַז ער וועט זיך אומקערן. ס'האָט זיך מיר געדאַכט, אַז איך האָב אים געזען אַ פּאָר מאָל אין צענטער שטאָט און אפֿשר האָבן אַלע יוונים טאַקע איין פּנים?

די דערהויבענע שטימונג איז אין גיכן נעלם געוואָרן. דאָס האַרץ האָט געגומען שלאָגן גיך, די פֿיס האָבן זיך קוים געריקט ווײַטער, אַ מאָדנע שוואַכקייט איז זיי באַפֿאַלן. „אַ האַרץ אַטאַק, האַ? אַזוי זעט אויס דער סוף", – האָט דער היפּאָכאָנדער געגומען רעדן אין מיר. איך האָב אײַנגעאָטעמט טיף די נאַכטיקע לופֿט און נאָך אַ פּאָר מינוט איז מיר געוואָרן אַ ביסל בעסער. „דאָס זענען די פֿאַרשאָלטענע אַנגסטן און נישט מער", – האָב איך געזאָגט צו זיך אויף אַ קול. – „באַלד וועט די כוואַליע אַריבער. באַלד. אַבי דער קאָפּ זאָל בלײַבן איבערן וואַסער."

עס האָט מיר געשווינדלט פֿאַר די אויגן, אָבער איך בין געגאַנגען ווײַטער, געזוכט די אויטאָבוס־סטאַנציע. איך האָב זיך דערמאָנט אין רחלס ווערטער. זי האָט גערעדט האַרבע רייד. עס האָט זיך מיר געוואָלט זײַן אַ מליץ־יושר, פֿאַרטיידיקן די פּוסטע גראַפֿאָמאַניע, וואָס האָט אויפֿגעהויבן איר פּוסטן קאָפּ אין איר שרײַב־קלאַס, געפֿינען אַ זכות אויף זייער און אונדזער בידנעם לעבן. מתרץ זײַן די גײַסטיקע צעפֿאַלונג און קליינלעכקייט, אין וועלכער מיר טאָפּטשען זיך, באַווײַזן מיט אותיות ומופֿתים, אַז דער מצבֿ איז נישט אַזוי שלעכט, אָבער ווי האָב איך געקענט דאָס טאָן און בלײַבן אויפֿריכטיק, כאָטש מיט זיך אַליין? איך האָב דאַן ערשט דערזען מיט די אייגענע אויגן די פֿאַרקערפּערונג פֿון אַלע אירע טענות. דער קליינוווקסיקער יאָלד מיטן האָריקן קאַרק האָט נישט קיין פֿאַרענטפֿערונג. כּדי צו לייקענען אירע רייד, דאַרף מען זײַן אָדער אַ רשע אָדער אַ בלינדער פֿון דעם אייגענעם ווילן.

אין איינעם מיטן כּעס איז ווידער אויפֿגעשווומען אין מיר, ממש ווי אַ פּאַוולאָװ־רעאַקציע, די פֿראַגע, וועלכע איך שלעפּ מיט זיך,

דאַכט זיך, פֿון תּמיד אָן: וואָס איז דער שׂכל פֿון אַלץ, וואָס ס'קומט פֿאַר אַרום מיר? ווער איז גאָט און וואָס איז גאָט, און וואָס וויל ער אייגנטלעך פֿון אונדז, זײַנע קליינע ברואים? דער שׂכל דיקטירט איין מחשבֿה־גאַנג: עס איז נישטאָ קיין גאָט און דעריבער לייגט זיך נישט אויפֿן שׂכל צו האָבן טענות צו אים. מיר זענען דאָ אויפֿן אייגענעם באַראַט, נישטאָ בײַ וועמען צו בעטן אַן עצה. מיר וועלן אָנקומען אַהין, ווו עס דערפֿירן אונדז אונדזערע באַגרענעצטע מחשבֿות. און דאָך, עמעצער בושעוועט נאָך אַלץ אין מיר און טוט אַ פֿרעג: טאַקע? עס איז נישטאָ עפּעס העכערס? נישטאָ קיין בידנער אָנשפּאַר? אַלץ אַרום איז אַ הוילע גאָרנישט, וואָס באַגלייט אונדז פֿון וויגל ביז אין קבֿר אַרײַן? ס'מוז דאָך זײַן עפּעס העכערס און בעסערס! און אפֿשר איז גאָט גלאַט אונדזער אָפּשפּיגלונג, ווי אָפּשטויסנדיק און גרוילעך זי זאָל נישט זײַן? דער אייבערשטער, כאָטש ווי אַ הוילער באַגריף, איז מסתּמא אַ מיטל־יאָריקער מאַנצביל מיט קליינע השׂגות, מיט קליינע טונקעלע אויגן, ווי בײַ אַ רויבפֿויגל, וואָס באַטראַכטן דעם אַרום מיט חשד און בייזקייט. ער באַוועגט זיך בעריש־שווער. עס הענגט פֿון אים אַראָפּ אַן אָנגעשפּיצטער בויך, ווי בײַ אַ טראָגעדיקער פֿרוי אין די הויכע חדשים. חסרונות האָט ער אַ פֿולע שיסל און אויכעט געוויסע מעלות. נאָר די געצײלטע מעלות שטײַגן איבער אַלע זײַנע חסרונות און וואַרפֿן אים איבער אַזאַ געדיכטן שאָטן, אַז די פֿעלערן ווערן גאָר פֿאַרשוווּנדן. ער איז זיכער, אַז אַלץ פֿאַרשטייט ער בעסער און גיכער פֿון אַלעמען און דערבײַ באַגייט ער מיאוסע גרײַזן (דער חורבן, למשל), צו וועלכע ער באַציט זיך לײַכטזיניק.

אפֿשר איז גאָר אַ פּלאַן, אַזוי האָב איך געטראַכט צו זיך, אָנ־ שרײַבן אַ מאָל וועגן גאָטס עוואָלוציע. דער אײַנפֿאַל אַליין איז, פֿאַרשטייט זיך, נישט איבעריק אייגנאַרטיק. עס לייגט זיך אויפֿן שׂכל, אַז דורי־דורות געלערנטע האָבן נישט געזשאַלעוועט קיין טינט בעתן באַהאַנדלען די דאָזיקע טעמע. נאָר אין מײַן פֿאַל וועל איך נישט דאַרפֿן צוקומען צו ביכער אָדער פֿאָרן אין ביבליאָטעקן. איך וועל

שרײַבן נאָר וועגן וואָס עס טוט זיך צווישן די אויערן, וועגן דער אַנטוויקלונג פֿון גאָט אין דעם מענטש גופֿא.

ווי אַ קליין קינד האָט גאָט אויסגעזען אין מײַנע אויגן, ווי מײַן פֿאָטער: ער האָט געהאַט אַ מעסיקע באָרד, נישט קיין לאַנגע און צעשויבערטע, אָבער אויכעט נישט קיין קורצע, קליינע פּאות, פֿאַררוקט הינטער די אויערן, אַ יאַרמעלקע אויפֿן קאָפּ און אויף די פֿיס – אַ פּאָר אַלטמאָדישע סאַנדאַלן. אָבער אַז ער האָט אַן עפֿן געטאָן דאָס מויל זענען גאָר אַרויסגעקומען דער מאַמעס רייד. אַלץ פֿלעגט ער זאָגן פּונקט מיט אירע ווערטער נאָר מיט אַ טיפֿער, מאַנצבילשער שטים.

שפּעטער, אין קינדערגאָרטן, האָט זיך דער לערערין אײַנגעגעבן מיך אײַנרעדן, אַז גאָט איז אַ דערבאַרעמדיקער און אַלץ וואָס ער טוט, טוט ער לטובֿה. דעמאָלט איז גאָט מגולגל געוואָרן אין אַ סאָרט יִדישן „סאַנטאַ קלאַוס", אַ גוטמוטיקער זיידע מיט אַ מערקווערדיק בײַכל בײַ וועמען, להיפּוך צום טאַטן, שטייט אַ גוט וואָרט העכער ווי אַ פּאַטש. אַ פּאָר יאָר שפּעטער האָט יענער באַרעמהאַרציקער גאָט גענומען צו זיך די לערערין נאָך אַ שרעקלעכן אויטאָ־צוזאַמענשטויס.

אין די שול־יאָרן און שפּעטער, אין דער ישיבֿה, האָט דער באַשעפֿער אָנגעווירן זײַן געשטאַלט פֿון אַ בשׂר־ודם און איז מגולגל געוואָרן אין אַ מער צעטושטן ווײַטן וועזן, אַ נעפּל, פֿון וועלכן ס'האָט געשאָטן מיט אָנצאָליקע קאַפּריזן. יענער פֿאַרהוילטער ווען, אַ ווײַטער קרובֿ, וועמענס פֿאָטאָגראַפֿיע איך האָב קיינמאָל נישט געזען און זיך דערוווּסט וועגן אים און זײַנע מעשׂים מכּלי־שני און ־שלישי, האָט געהאַט אַ קנאַפּע נגיעה צו די גאָר ממשותדיקע פּלאָנטענישן, פּראָבלעמען, ראַנגלענישן, מפּלות און פֿריידן, וואָס זענען מיר אַנטקעגנגעקומען מיטן פֿאַרלויף פֿון יאָרן. די דערבאַרעמדיקייט, די האַרציקייט און אַפֿילו די אַבסאָלוטע מאָראַלישקייט, וואָס ער פֿלעגט פֿריִער פֿריידיקן – אַלץ האָט זיך אויסגעוועפּט. פֿאַרבליבן זענען בלויז

זײַנע געבאָטן און געזעצן, וואָס האָבן מיך ווײַטער געפּײַניקט און געפּלאָגט, פֿאַרצוימט פֿון סאַמע אויפֿשטיין ביזן לייגן זיך שלאָפֿן.

אַזוי אַרום, למעשׂה, זענען מיר געוואָרן אויס מחותּנים. איך האָב אים געדאַרפֿט האָבן ווי אַ לאָך אין קאָפּ. אַז נישט עטרה מיט איר שרעקלעכער עקשנות און מײַן קינדערישער מורא פֿון דער מאַמעס מויל און טרערן, וואָלט זיך די יאַרמעלקע נישט פֿאַרהאַלטן אַזוי לאַנג אין קעשענע און אויפֿן קאָפּ. גוט, האָב איך געטראַכט, און וואָס איז דער סוף פֿון דער דערציילונג. שרײַבן גלאַט אַזוי וועגן גאָטס עוואָלוציע בײַ איין מענטש טויג נישט. קיינער וועט עס נישט וועלן לייענען. איך אויך נישט. און אפֿשר וועט דער סוף זײַן ווי בײַ משה רבינו? ער איז געשטאַנען אויפֿן באַרג נבֿו, גאָט האָט אים געוויזן דאָס צוגעזאָגטע לאַנד און אים אַרויסגעשטעלט אַ פֿײַג. אַ ווונדערלעכער סוף! אַזאַ אָפּהילכיקער פּאַטש נאָר גאָט איז מסוגל אויף אַזאַ זאַך. מע דאַרף נאָר טראַכטן ווי צו פֿירן אַהין.

דער טעלעפֿאָן האָט וויברירט אין מײַן הויזן־קעשענע. דאָס איז געווען עטרה. אַ קנויל זויערקייט האָט זיך מיר געשטעלט אין האַלדז, אַז איך האָב דערהערט איר קול. זי האָט גערעדט שאַ־שטיל און גיך, אײַנגעשלונגען האַלבע ווערטער. דער עיקרדיקער ענין איז געווען די אויסגעגאַרטע ריי צום פּסיכיאַטער. איך האָב איבערגעחזרט מײַן אייביקע דרשה, געזאָגט, אַז זי פּטרט צײַט און געלט אומזיסט און אומנישט. אמת, דאָס מיידעלע איז אַ ביסל מאָדנע, אָבער זי איז נאָך קליין. זי וועט וואַקסן און אַלע אירע הײַנטיקע משוגעתן וועלן זײַן ווי אַוועק מיטן ווינט. איך האָב ווויל געוווּסט, אַז איך רעד אין דער וועלט אַרײַן, אָבער איך שפּיל די ראָלע פֿון דעם רויִקן טאַטן שוין אַ לענגערע צײַט, אַז ס'ווערט שוין כּמעט אוממעגלעך אויסטאָן די לאַבנדיקע מאַסקע. עטרה האָט מיך געלאָזט וויסן, אַז מיר זענען באַגליקט געוואָרן. עס האָט זיך צופֿעליק באַפֿרײַט אַ ריי טאַקע אָט דעם פֿרײַטיק אין דער פֿרי. אַנישט וואָלטן מיר געמוזט וואַרטן אַ פּאָר גוטע חדשים עמעצער זאָל אַ קוק טאָן אויפֿן מיידל. דאָס פֿאַרגעניגן

וועט אונדז אָפּקאָסטן אַ מאַיאָנטעק, אָבער סײַ ווי שטעלן אַלע צו די זעלבע צוגעפּעפּערטע פּרײַזן.

דער שמועס האָט זיך פֿאַרענדיקט. איך האָב זיך אָפּגעשטעלט בײַ אַן אויטאָבוס־סטאַנציע און געוואַרט אויף אַן אויטאָבוס, וואָס פֿאָרט ביז שׂדרות הרצל. נו, פֿריִער האָט גאָט אַרויסגעשטעלט משהן אַ פּײַג און פֿרײַטיק וועט ער מיר ווײַזן „מײַן" פּײַג, האָט אַ קול געגומען רעדן אין מיר ווידער. יאָ, אַ שטיקל השגחה־פּרטית. נישטאָ וואָס צו רעדן, יעדן וועט מען שפּײַען אין קאַשע. ס'וואָלט דען דעם רבונו־של־עולם אָפּגעקאָסט אַ שטיקל געזונט דאָס מיידעלע זאָל זײַן גלאַט אַ מיידעלע? אַ לאַבנדיקס און אַ פֿריילעכס? ער האָט געמוזט זיך צוטשעפּען צו איר יונג לעבן? גוט, אָבער אַזעלכע מחשבֿות טויגן נישט. עס וועט איר נישט ווערן בעסער טאָמער איך וועל פֿירן מײַנע אָנגעווייטיקטע חשבונות מיטן טאַטע־פֿאָטער ביז אין אלף־השישי אַרײַן.

דער אויטאָבוס האָט זיך אָפּגעשטעלט און איך בין אַרײַנגעגאַנגען. די לענגלעכע לאָמפּן האָבן ברוטאַל באַלויכטן דעם סאַלאָן, געוואָרפֿן מעכטיקע זײַלן ליכט אויפֿן ים מידע פּנימער און נישט שיינע גופֿים. מײַן בליק האָט געכאַפּט דעם בליק פֿון אַ בלאַסער און מידער חרדישער פֿרוי. אויפֿן קאָפּ האָט זי געטראָגן אַ מיאוס שײַטל, וואָס האָט אויסגעזען ווי אַ צעשויבערט נעסטעלע. זי האָט נישט אָפּגעריסן פֿון מיר דעם בליק, מיך אָפּגעמאָסטן מיט רויטלעכע, האַלב־פֿאַרמאַכטע אויגן. אפֿשר מאַכט זי מיר אייגלעך, די בעל־תּאוווהניצע? איז מיר דורכגעלאָפֿן אַ רעיון. ווער ווייסט, אפֿשר אַרבעט נאָך אַלץ בײַ מיר דאָס, וואָס די אַמעריקאַנער רופֿן „מאָדזשאָ"? די חרדישע פֿרוי מיטן נעסטעלע אויפֿן קאָפּ איז נישט געווען ביכולת צו דערוועקן אין מיר קיין שום תּאווה, אָבער דער געדאַנק אַליין, אַז איך קען נאָך אַלץ צוציִען פֿרויען איז מיר גראָד יאָ געפֿעלן געוואָרן און צוגעגעבן אַ יוגנטלעכן אימפּעט, אַ פֿונק האָפֿענונג. האָפֿענונג אויף וואָס? אַ האַרבע קשיא.

אַז איך האָב זיך אַ ביסל אַרײַנגעטראַכט אין דעם ענין, זײַענדיק אַרומגערינגלט מיט דופּטיקע גופֿים, לויזע פּיס און הענט, פֿאַרטשאַדעטע קעפּ נאָכן אַרומלויפֿן אַ גאַנצן טאָג נאָך אַ שטיקל ברויט, בין איך געקומען צום אויספּיר, אַז בלויז עטרה, די אײַנגעשפּאַנטע מוטער, פֿאַרזעט מײַן צוצי־קראַפּט. מאָדנע, נאָר עס פֿאַלט איר גאָר נישט אײַן, אַז איך וואָלט געקענט פֿאָרן אויף דער מיקלאָמפּערשטער וואַקאַציע אין מצפּה־רמון מיט אַ געליבטער אָדער גאָר שאַפֿן מיר איינע אָדער עטלעבע אין האָטעל. ווער לאָזט דען אַ מאַן פֿאָרן אַליין אויף אָפּרו? עטרה שלינגט אַלץ אײַן. זי איז בשום־אופֿן נישט קיין נאַראָנע, אָבער עס פֿעלט איר לוסט. דאָס איז די עיקר־זאַך. נישט אומזיסט איז אונדזער תּשמישי־מיטה געוואָרן אַן אָפּקומעניש. עס ציט זי נישט צו מיר און דעריבער קומט איר נישט אויפֿן געדאַנק, אַז אַן אַנדער פֿרוי קען אַמאָל האָבן פֿאַרלאַנג צו מיר. מילא, ווײַזט אויס, אַז איך שטויס זי אָפּ נאָך שטאַרקער ווי זי – מיך, האָב איך געטראַכט צו זיך אַ טרויעריקע מחשבֿה און ירושלים, אײַנגעטאָן נײַן איילן אין חשכות, איז פֿאַרבײַגעלאָפֿן אויף צוריק דורך די שויבן.

11

איך בין נישט געשלאָפֿן די גאַנצע נאַכט. געלעגן מיט פֿאַרמאַכטע אויגן אָבער נישט געקענט, אין קיין שום פֿאַל, פֿועלן בײַ זיך אַרײַנפֿאַלן אין אַ טיפֿן שלאָף. עס האָבן מיך געמאַטערט אומזיניקע מחשבֿות, ווי פֿײַערווערק: זיי זענען אויפֿגעקומען און זיך תּיכּף אויסגעלאָשן, נישט איבערלאָזנדיק נאָך זיך קיין שפּור. דער בויך איז געווען האַרט ווי אַ פּויק, זויערע זאַפּטן פֿון מאָגן זענען מיר אַרויפֿגעקומען צום האַלדז און אַ נישט־היגער געשטאַנק האָט אָנגעפּילט דאָס מויל. איך האָב געדעכנט – ס'איז גאַנץ מעגלעך, אַז דאָס איז דער ראַק אין מײַן לעבער אָדער מאָגן, אָדער גאָר אין קאָפּ לאָזט פֿון זיך וויסן אַצינד. מסתּמא האָבן זיך די טומאָרן אָנגעכאַפּט שוין אין מער ווי איין אבֿר און דאָס וואָס איך דערפֿיל איצט איז דער אָנהייב פֿונעם סוף. איינצײַטיק האָב איך דערפֿילט אַ שטאַרקן פֿאַרלאַנג אָנקלינגען צו ליזע און זיך געשעמט, צוליב די אייגענע משוגעתן און פּחדנות. עס האָט גענומען בלויען אין פֿענצטער און דעמאָלט בין איך, ווײַזט אויס, סוף כּל סוף אַנטשלאָפֿן געוואָרן. ווען איך האָב ווידער געעפֿנט די אויגן, האָט דער העל־בלויזער הימל געשײַנט אין דרויסן מיט אַ זומערדיקער גבֿורה.

עס איז שוין געווען שפּעט אין טאָג אַרײַן. איך בין געלעגן אומבאַוועגלעך און דורך דעם אויסטשוכעניש־טשאַד האָט אין מײַן מוח אַרײַנגעדרונגען אַ נאָגעניש נאָך אַ שלונג הייסער קאַווע. איך האָב זיך געשטעלט אויף די פֿיס און געעפֿנט די טיר. עס האָט זיך נישט געהערט קיין שאָרך אין קאָרידאָר. איך האָב געהאָפּט, אַז עס

וועט זיך מיר אײַנגעבן זיך אָנגיסן קאַווע און זיך אַרײַנשאַרן ווידער אין צימער אָן דעם זען עמעצנס פּנים. דער ווונטש איז נישט מקוים געוואָרן: די מאַמע איז געשטאַנען פּונקט אינמיטן דער קיך און זיך געפּאָרעט מיט אַ גאָפּל אין דעם אינגעווייד פֿון אַן אָפּגעברענטן טאָפּ. דערהערט מײַנע טריט, האָט זי זיך אויסגעדרייט צו מיר און מיך אָפּגעמאָסטן מיט אַ זײַטיקן בליק.

עס האָט אַרויסגעדופֿט פֿון איר אַ האַרבער גערוך פֿון פֿריש אָפּגעפּאַרבטע האָר. די האָר, וואָס האָבן אַרויסגעשטעקט פֿון אונטער דעם אָפּגעבליאַקעוועטן קאָפּ־טיכל, האָבן אויסגעזען פּעך־שוואַרץ און שײַנענדיק ווי מע וואָלט זיי דערצו נאָך אָנגעשמירט מיט וואַקס. זי האָט אַוועקגערוקט דעם טאָפּ, אַוועקגעלייגט דעם גאָפּל, זיך גיך אָפּגעווישט די הענט מיט אַ קויטיקן האַנטעך, געלייגט די הענט אויף די היפּטן און גענומען מיר אַרײַנזאָגן מוסר אויף איר ווויל באַקאַנטן שטייגער:

„אַ גאַסט אין שטעטל! גוט מאָרגן. ביסט געשלאָפֿן גוט? יאָ, אַוודאי ביסטו געשלאָפֿן גוט. פֿאַר וואָס זאָלסט נישט שלאָפֿן גוט? קוקט אים אָן! אַזאַ פֿריש פּנימל, מיט ראָזע בעקעלעך און שײַנענדיקע אויגן! איך, ס'וועט דיר נישט שאַטן צו וויסן דעם אמת, האָב נישט צוגעמאַכט קיין אויג די גאַנצע נאַכט. ווּהין ביסטו פֿאַרפֿאַלן געוואָרן נעכטן? ביסט צוריק שטאַרק שפּעט. איך בין שיִער נישט אַראָפּ פֿון זינען פֿאַר זאָרג. איך האָב שוין געוואָלט אויפֿשטיין פֿון בעט און אָנקלינגען אין משטרה. און דײַן טאַטע הוסט די גאַנצע צײַט. ער איז געוואָרן אַ שמאַטע, רירט זיך קוים. דאָס אַלץ נעמט זיך דערפֿון, וואָס ער איז נישט אויסגעהיטן מיטן ביסן, נעמט אַלץ אין מויל אַרײַן ממש ווי אַ קליין קינד. אויכעט עסנוואַרג, וואָס איז ווי סם פֿאַר אים. ער נעמט נישט אײַן וויטאַמינען, ווי איך האָב אים געהייסן טאָן נישט איין מאָל. אוי! דער מענטש איז אַ גזלן! ער הרגעט זיך אָפּ מיט אייגענע הענט און וויל פֿון גאָרנישט וויסן. און אַז איך קלינג יענקעלע אין אַמעריקע, איז ער תּמיד פֿאַרנומען – 'ביזי, ביזי...', – אַלץ דערציילט ער בקיצור,

ווי ער וואָלט אַרויסגעלייענט די ווערטער פֿון אַ טעלעגראַמע. און זײַנע קינדער? זיי קענען נאָר ענגליש. זיי גייען צו טאַקע צום טרײַבל און וואַרפֿן אַרײַן אַ וואָרט, אָבער מער ווי 'האַו אַר יו?' – קען איך נישט פֿאַרשטיין..."

די מאַמע האָט פּלוצעם איבערגעריסן די קינה, זיך פֿאַרטראַכט אַ ווײַל און נאָכדעם האָט זי אַן עפּן געטאָן דעם אײַזקאַסטן, אַרויס־גענומען אַ זעקל, דערלאַנגט עס מיר און זיך פֿאַרקרימט בשעת־מעשׂה, ווי זי וואָלט אָנגערירט אַ שרץ.

„טו מיר אַ פּערזענלעכע טובֿה, איך בעט דיך, נעם דאָס צו פּײַווישן אין דעם טעלעפֿאָנען־געשעפֿט", – האָט די מאַמע געזאָגט, זיך אָפּגעקערט פֿון מיר, געכאַפּט אַ טעלער, וואָס איז געלעגן אין אָפּגאָס, און גענומען אים זייפֿן און רײַבן מיט בייזקייט. ווײַטער האָט זי גערעדט, אויסגעדרייט מיטן פּנים צום קראַנט. איר קול איז ווי אַרויסגעקומען פֿון דעם רוקן.

„מײַנע אַלטע פֿיס דינען מיר נישט ווי פֿריִער. טיילמאָל ווערן זיי אַזוי אָפּגעשוואַכט, אַז עס ווערט מיר שווער אַרויפֿגיין די פּאָר טרעפּ ביז אונדזער טיר. איך וואָלט געגאַנגען צו דאָקטוירים, ווען כ'וואָלט געקענט פּועלן בײַ זיך צו האָבן צו זיי מער ווי אַ שמצל צוטרוי. און ווער האָט צײַט? איך טו אַלץ אין שטוב. אָן מיר וואָלט דער גאַנצער עסק אונטערגעגאַנגען. מיינסט נאָר דו האָסט צרות?", – האָט איר רוקן גערעדט צו מיר. – „דו האָסט נישט קיין צרות. אָט, טראָג איך דיר צו די בשׂורה־טובֿה מיט ביידע הענט. דו קענסט נישט רעכט דעם טעם פֿון אמתע געבראָטענע צרות. קענסט זיך דאָך פֿאַרגינען צו ווערן עפּעס אַ שרײַבער, מישטיינס געזאָגט. אַנדערע האָבן אמתע צרות. איך האָב דיר נישט געוואָלט דערציילן פֿריִער, ווײַל דו מאַכסט פֿון אַלץ אַ צימעס, יעדעס שטיינדל אין וועג איז בײַ דיר אַ באַוויז, אַז עס נישטאָ קיין גאָט, חס־ושלום. מיר אַלע טאָפּטשען זיך אין פֿינצטערניש און דו ביסט דער חכם. דו מעגסט איצט וויסן, אַז חוזהלע און פּײַוויש האַלטן שמאָל מיט געלט. זי האָרעוועט אין שיל און ער – אין געשעפֿט,

און דאָך שטײַגן די הוצאָות תּמיד איבער די הכנסות. פֿײַוויש איז אַ בן־תּורה. אַן איידעלער מענטש. ער איז נישט גענוג פֿאַרגרעבט און אויסגעריבן פֿאַר די שאַרלאַטאַנען און עם־הארצים, וואָס גיבן זיך אָפּ מיט די טעלעפֿאָנען און דעם הכשר פֿון די רבנים. ער וואָלט געווען אַ גליקלעכער מענטש, ווען מע וואָלט אים נישט געדרייט דעם קאָפּ מיט די אַלע משוגעתן, מיט דער יאָגעניש נאָך געלט און געלאָזט אים צורו לייענען אַ בלאַט גמרא און דאָך, מענטשן האָבן מאָגנס און מע קען נישט לעבן מיט אַ ליידיקן מאָגן. דאָס איז אַ פֿאַקט. שיק איך זיי עסן, וויפֿל נאָר איך קען. נו, און אויב דאָס איז נישט גענוג, האָט חוהלע באַקומען אַזאַ געשווילעכץ אויפֿן פּנים, האָסט דאָס שוין מסתּמא באַמערקט אַליין. פֿרעג איך זי: פֿון וואַנען נעמט זיך צו דיר אַזאַ געשווילעכץ, חוהלע? ביסט, חלילה, נישט געזונט. גיב לשון. איך בין אַ מאַמע און אַ מאַמע קען אַלץ אויסשטיין. מאַכט זי צו מיר: 'מאַמע, דו פֿאַרשטייסט גאָרנישט.' – האָסט געהערט אַ מאָל אַזאַ לשון? נו, אָבער אַ מאַמע קען אַלץ אויסשטיין. זי האָט מיר דערציילט, אַז עפּעס קלאַפּט נישט דאָרט, און זיי גייען צו דאָקטוירים צו זען, וואָס איז דער ענין, פֿאַר וואָס קענען זיי נישט האָבן קיין קינדער און זי האָט אָנגעהויבן קריגן אײַנשפּריצונגען. פֿון וואַנען נעמט זיך צו אונדז אַזאַ אָנשיקעניש, האַ? איך האָב גלײַך פֿאַרשטאַנען, אַז די פּראָבלעם האָט נישט קיין שום נגיעה צו איר. מע האָט נישט געוווּסט אין אונדזער משפּחה פֿון אַזוינע פּראָבלעמען, ברוך־השם. אַלע פֿרויען האָבן געבוירן געזונטע קינדער, און איך האָב קיינמאָל נישט געהערט, אַז אַ מומע אָדער אַפֿילו אַ ווײַטע קרובֿה זאָל האָבן עפּעס אַ שוועריקייט דערמיט. ס'האָט געמוזט זײַן פֿון זײַן צד. חוהלע האָט מיך געלאָזט וויסן, אַז טאַקע עפּעס בײַ אים טויג נישט. האָב איך געזאָגט, אַז מילא, זאָל ער זיך לאָזן קורירן. פֿאַר וואָס זײַן ענין און דאָס געשווילעכץ אויפֿן פּנים זאָלן זײַן מחותּנים? האָט זי מיר געגעבן צו פֿאַרשטיין, אַז ס'אַלץ איינס, ווו דער הונט ליגט באַגראָבן, תּמיד מוז די פֿרוי לאָזן זיך מאַכן די אײַנשפּריצונגען מיט די האָרמאָנען. דאָס איינציקע

וואָס איז דערוויַיל אַרויסגעקומען דערפֿון, איז איר געשוואָלן פּנים, אַ רחמנות אָנצוקוקן. נו, אָבער אַז גאָט זאָגט ניין, בלייַבן אַלע דאָקטוירים אָפּהענטיק. אוי, אַ צרה אויף מייַן קאָפּ!"

איך האָב אַרייַנגעקוקט אינעם זעקל. אינווייניק האָבן געררוט אַ קרומע אוגערקע, אַן עפּל און אַ זעמל – דער מאַמענס מעשׂר פֿאַר פּיַיוויסש מאָגן.

12

איך האָב געפֿונען „פֿון לכּל" אַן איבעריקע שוועריקייטן. אויף דער וויטרינע איז געווען צוגעקלאַפּט אַן אַפֿיש, אַ „הכשר" פֿון „וועד הרבנים לעניני תקשורת". אינעווייניק איז פּײַוויש געזעסן מיט אַ פֿאַרשלאָפֿענעם פּרצוף לעבן אַ קליינעם באַדינונג־טישל, איבער וועלכן עס איז געלעגן „פּרי מגדים – תערובֿת" מיטן רוקן אַרויס. הינטער אים זענען געהאָנגען משונה־ווילדע כּשרע טעלעפֿאָנען, וואָס מע פֿאַרקויפֿט נאָר אין די „היימישע" קוואַרטאַלן און שטעט. פּײַוויש האָט געשאָקלט צו מיר מיטן קאָפּ, אַ סימן, אַז ער האָט מיר דערזען, זיך אַ רײַב געטאָן די אויגן; אַ צעצויגענער גענעץ פֿון לאַנגווײַל האָט זיך אַרויסגעריסן. ער האָט זיך אָנגערופֿן מיט אַ שמייכל: „ישועת השם כּהרף עין!"

איך האָב אים דערלאַנגט דאָס זעקל. ער האָט אַרויסגענומען דעם עפּל און די פּרי איז פֿאַרשוווּנדן געוואָרן טאַקע כּהרף־עין. נאָכדעם האָט ער גענומען כראָמטשען די אוגערקע און די בולקע האָט ער פֿאַרניכטעט בלויז מיט אַ פּאָר לײַטישע ביסנס. דאָס עסן האָט אים געמונטערט און ער איז געוואָרן באַריידעוודיק.

„ס'אַ טויטער טאָג הײַנט. איך כאַפּ פֿליגן פֿון נײַן אַזייגער צופֿרי. מילא, מיר גייט עס ווייניק אָן. איך בין נאָר אַן אָנגעשטעלטער. דאָס איז דער קאָפּוויטיק פֿונעם בעל־הבית. איך האָב מײַנע אייגענע שמערצן, ברויך איך נישט באַרגן אויף יענעמס צרות. אַבי ער צאָלט מיר דאָס געלט און שוין. כ'האָב געמיינט די תּעודה וועט מיט עפּעס העלפֿן נאָר ס'האָט זיך אויסגעלאָזט אַ בוידעם."

„וועלכע תּעודה?", – האָב איך זיך געמאַכט תּמעוואַטע. – „יענע פֿון וועד הרבנים? אַז די אַפּאַראַטן זענען כּשר. צו וואָס דאַרפֿסטו נאָך אַ היתּר?"

פֿײַוויש האָט זיך געטאָן אַ מעכטיקן קראַץ הינטער דעם אָנ־זעעוודיקן בערדל און זײַנע פּאות האָבן זיך לעבעדיק צעשאָקלט בשעת־מעשׂה.

„עט, אָן אַ תּעודה קענסט גאָרנישט טאָן הײַנט! מ'וועט איינס־און־צוויי אַרײַנלייגן דאָס געשעפֿט אין חרם. קיינער וועט נישט אַרײַנשמעקן דאָ אָן די תּעודה. ס'אַ נײַע זאַך. מיט אַ פּאָר חדשים צוריק זענען אַרײַן אַהער עטלעכע יידן און געזאָגט, אַז ס'איז דאָ אַ ספֿק, אויב די מכשירים, וואָס מיר פֿאַרקויפֿן, זענען כּשר. האָב איך זיי אײַנגעלאַדן זיי זאָלן אַליין אַ קוק טאָן און זאָגן, אויב עס איז דאָ אַ פּאָן אָן אַ הכשר אויף אַ רפֿואה. אונדז האָב'מיר נישט אַזאַ טריפֿענע סחורה אין סטאָק. אָבער זיי האָבן זיך נישט גערירט פֿון אָרט: די אייגענע אויגן קענען דאָך פֿאַרפֿירן, האָבן זיי געטענהט, און בכלל עס איז נישטאָ וואָס צו רעדן. מע קען זיך נישט באַגיין אָן אַזאַ תּעודה! מילא, מיר גייט עס וויייניק אָן. לאָז זײַן אַ תּעודה אַזאַ. וואָס אַרט עס מיך? ס'איז דאָ אַ בעל־הבית, זאָל ער זיך דאַרן דעם קאָפּ מיט זיי. די תּעודה אַליין קאָסט דרײַ טויזנט שקל אַ חודש און מיר איז גוט. מיט איר אין וויטרינע פֿאַרקויף איך מיט אַ שטילן קאָפּ. בילייוו מי, ס'איז ווערט יעדער שקל."

אַ חסיד מיט אַ צעפֿלאַמט פּנים, אַ רויטער פֿלאַטערדיקער באָרד און צוויי בלויע, אַרויסגעבאַלטע אויגן האָט אַרײַנגעשטעקט זײַן קאָפּ דורך דער אָפֿענער טיר.

„צצצ... חיים גאָלדשמידט, ער וווינט אין דעם בנין?"

„קיינמאָל נישט געהערט פֿון אַזאַ מענטש", – האָט פֿײַוויש נישט אויפֿגעהויבן דעם בליק.

דער חסיד איז נישט אָפּגעטראָטן: „חיים גאָלדשמידט מוז וווינען אין דעם בנין. מע האָט מיר פֿאַרשריבן אַ צעטל."

פֿײַוויש האָט געצויגן מיט די אַקסלען און דאָס צעפּלאַמטע פּנים פֿון דעם חסיד איז פֿאַרשווּנדן געוואָרן, ווי קיינמאָל גאָרנישט. פֿײַוויש האָט אײַנגעזונקען אין אַ טיפֿן שווײַגן און באַטראַכט די אייגענע נעגל.

„עט", – האָט ער פּלוצעם געמאַכט גערעדט צו זיך. – „אַזאַ טויטער טאָג, בנאמנות! אַ שאָד פּטרן די צײַט אין געשעפּט, בעסער לייענען אַ בלאַט גמרא."

ער האָט געטאָן אַ צאַפּל, ווי זיך איבערגעוועקט און געזאָגט: „קומסט צו ר'יוחנן? ס'איז דאָ דאָרט אַ געשמאַקע חבֿרותא."

איך האָב געטאָן איין טריט צוריק. דער אַפּיקורס האָט גערעדט אין מיר: ווי אַזוי קריכט מען אַרויס פֿון דער בלאָטע. האַ? איך האָב געזאָגט: „אפֿשר אַן אַנדערש מאָל, פֿײַוויש. איך לערן נאָר ביחידות. איך האָב אַ קאָפּ אַזאַ, וואָס טראַכט אַנדערש און אָדער איך בלײַב הינטערשטעליק, אָדער איך לויף ווײַטער בעת אַנדערע צעקײַען נאָך די סוגיא..."

פֿײַוויש האָט געטאָן אַ מאַך מיט דער האַנט: „האַ, ס'מאַכט נישט אויס. קיינער וועט דיך נישט יאָגן. לאָמיך נאָר פֿאַרמאַכן דאָ."

אויפֿן וועג אין שיל האָט פֿײַוויש ווידער באַקומען לשון. די ווערטער זענען אַרויסגעפֿלויגן פֿון זײַן מויל בליץ־שנעל, ווי פֿייגלעך, וועלכע מע האָט נאָר וואָס באַפֿרײַט פֿון אַ שטײַג און זיי צעפֿליִען זיך הענדעם־פּענדעם אונטער דעם פֿרײַען הימל. ער האָט געשפּאַנט לעבן מיר מיט אימפּעט, באַוועגנדיק דערבײַ דעם גאַנצן קערפּער, געוואָרפֿן די הענט אַהין־און־אַהער. תּיכּף וואָלט ער אַליין אַ דריי געטאָן אין דער לופֿטן. מײַן קאָפּ איז געוואָרן וואָס אַ מאָל שווערער, די מחשבֿות האָבן זיך שיִער נישט צעשמאָלצן צוליב דער ירושלימער חמימה, וואָס האָט אונדז מסוכן געפּלאָגט אויפֿן וועג אין יענער נאָך־מיטאָג שעה. פֿײַוויש האָט נישט געזשאַלעוועט קיין רייד:

„ד'ווייסט, ר'יוחנן לעבט שוין נישט. ער זאָל זיך מיִען פֿאַר אונדז ביידן און פֿאַרן גאַנץ פֿאָלק ישׂראל און פֿאַר מדינת־ישׂראל. ער

איז ניפּטר געוואָרן מיט אַ פּאָר יאָר צוריק", – האָט פּײַוויש שווער אָפּגעאָטעמט. פֿון צײַט צו צײַט פֿלעגט ער זיך אָפּשטעלן, אָפּציִען דעם פֿײַפֿנדיקן אָטעם און אַ וויש טאָן מיטן אַרבל דעם פֿאַרשוויצטן שטערן. – „אַ שאָד, וואָס איך בין נישט געווען אויף זײַן לוויה. איך האָב דעמאָלט גאָר געקוועטשט אַ באַנק אין מאָנסי און נישט געוווּסט, בעוונותי־הרבים, אַז עס לעבט צווישן יִדן אַזאַ גרויסער צדיק. טאַקע אַ שאָד. איך האָב געהערט זאָגן, אַז ער איז געווען איינער פֿון די ל"ו צדיקים, נאָר מיר, פּשוטע בשׂר־ודמס, זענען נישט ביכולת צו פֿאַרשטיין דאָס חשיבֿות, וואָס מע פֿירט אויבן. מ'זאָגט, אַז דער סוף איז נישט געווען איבעריק שיין: דער קאָפּ האָט שוין, לא־עלינו, נישט געאַרבעט. נישט יעדער איז זוכה צו געזעגענען זיך מיטן עולם־השקר אָן ווייען. פֿאַראַן אַזעלכע צדיקים, וואָס מוזן אָפּקומען אויך פֿאַר יענעם און האָבן אַן עליה בלויז, אַז די נשמה איז ציכטיק און לויטער. מע זאָגט, אַז ווען דער אייבערשטער וויל עמעצן טאָן אַ טובֿה אויף דער עלטער, נעמט ער צו בײַ אים דעם שׂכל, חס־ושלום. איך האָב דאָס אין ערגעץ נישט געלייענט, נאָר לײַט זאָגן אַזוי. נו, קיין שטראָף פֿאַר די זינד איז דאָס, חלילה, אַוודאי נישט געווען. מילא, אַזוי איז, דאַכט זיך, לײַכטער. מע האָט געדונגען פֿאַר אים אַ גוי, אַ רומענער, ער זאָל אים באַדינען, פֿירן אַהין און אַהער מיטן רעדער־שטול. די לעצטע צײַט פֿלעגט ער, נעבעך, דער עיקר, אַרײַן און אַרויס פֿון שפּיטעלער, נאָר אַז ס'האָט זיך געמאַכט אַזוי ער זאָל דערשײַנען אין בית־מדרש, זענען מענטשן דאָך צוגעגאַנגען צו אים, געדרוקט די האַנט, געבעטן אַ ברכה. ער האָט זיי אָנגעקוקט און נאָר געשמייכלט. נו, אַזוי האָט מען גוזר געווען. מע פֿירט אונדז. דער מענטש איז אַ מאָל שוואַכער ווי אַ פֿליג. סײַ ווי קען מען גאָרנישט טוישן איז שוין בעסער צו זײַן בשׂימחה. נאָך זײַן פּטירה האָט זײַן יונגער זון, ר' בער איבערגענומען די שיל."

אונדזערע שאָטנס, ביידע מאָדנע־אויסגעצויגענע, מיט לאַנגע פֿיס ווי קוליעס, שמאָלע ברוסטקאַסטנס, הענט דינע ווי שוועבעלעך

אָדער קיסמים, פּיצינקע קעפּ האָבן געפּלאַטערט און אונטערגעטאַנצט איבער דעם ברזשענדיקן טראָטואַר ווי צוויי מזיקים.

„אוי, פֿרעגט נישט, בעסער, וואָס עס האָט זיך אָפּגעטאָן, אַז בעריש האָט איבערגענומען די שיל״, – האָט פֿײַוויש אַרויסגעלאָזט די ווערטער מיט אַ פּײַפּעניש און אַ צישעניש. איבער זײַן פּנים האָט זיך צעשפּרייט אַ רויטקייט, וואָס האָט אויסגעזען ווי אַן אויסשיט. – „עס האָט אויסגעבראָכן אַן אמתע ברידער־קריג צווישן אים און זײַן ברודער, ר׳ יצחקל. אַ ביטער מחלוקת! וואָס איז אמת, דער ברודער, ר׳ יצחק, כאָטש ער איז ייִנגער פֿון ר׳ בעריש, האָט ער אַ קאָפּ – אויף אַלע ייִדן געזאָגט געוואָרן. דער קאָפּ אַרבעט בײַ אים, קיין עין־הרע, פֿיר און צוואַנציק שעה אַ מעת־לעת, זעקס טעג אַ וואָך. ליידער, אַלע מחשבֿות זײַנע זענען, בעוונותינו, נאָר פֿון זײַן טובֿה וועגן און לטובֿת כּלל־ישׂראל. ער האָט געהאַט אומגעהײַערע גרויסע פּלענער פֿאַר דער שיל. ער האָט געוואָלט איבערקערן וועלטן. ער האָט געבראַכט מיט זיך זײַנע מענטשן. זײַנע חסידים, מישטיינס געזאָגט, אַ מנין צעטומלטע יונגע־לײַט, וואָס זענען פֿאַרטאָן מיט לײַב און לעבן אין זײַן עבֿודה־זרה און חכמה, וואָס קומט נישט מיט יראה. ער איז אַ מענטש, וואָס טויג פֿאַר אַ געשעפֿט נישט פֿאַר אַ רבֿ. יעדנפֿאַלס, סמיכה האָט ער יאָ באַקומען, כאָטש אַזוי זאָגט מען. ס׳וועט נישט זײַן קיין חידוש, אויב דאָס איז אויך אַ שקר, ווי די אַנדערע שקרים און פֿאַלשע קלאַנגען, וואָס זײַנע חבֿרה פֿאַרשפּרייטן אויף יעדן טריט און שריט. לסוף האָט זיך די מאַמע זייערע אַרײַנגעמישט אין דעם מחלוקת און שוין עס איז געווען אַ ויחלקו: ר׳ בעריש האָט באַקומען די שיל און זײַן ברודער האָט מען צוגעוואָרפֿן אַ פֿעט ביינדל. ער האָט באַקומען אַ שילעכל ערגעץ אין פּסגת־זאבֿ, צווישן די וועלף. נו, אַבי ער פֿאַרדינט דאָס שטיקל ברויט פֿון דער עירייה, אָדער דער רוח ווייסט פֿון וואַנען, און לאָזט אונדז צורו.״

„מחלוקתן צווישן ייִדן זענען טאַקע די געשמאַקסטע אויף דער גאַנצער וועלט״, – האָב איך געזאָגט האַלב צו זיך האַלב פֿײַווישן.

פֿײַוויש האָט נישט געהאַט קיין מענה־לשון אויף דעם און אַ שטיקל וועג אין שיל זענען מיר געגאַנגען שווײַגנדיק. יעדער איז געווען פֿאַרטאָן אין די אייגענע מחשבֿות. נאָך אַ ווײַל האָט זיך בײַ פֿײַווישן ווידער אויפֿגעבונדן די צונג און ער האָט גענומען רעדן פּונקט ווי פֿריִער:

„יאָ, ווי דו האָסט געזען מיט די אייגענע אויגן, איז הײַנט געווען אַ טויטער טאָג אין געשעפֿט. דעם גאַנצן אינדערפֿרי האָט מען נישט געזען קיין קונה פֿאַר די אויגן און אַז עמעצער האָט שוין יאָ אַרײַנגעשטעקט די נאָז אין סטאָר, האָט ער געשיט מיט שאלות איבער די פּאָונס, זיך געקרימט, אַז ער האָט דערהערט די פּרײַזן, זיך געדונגען איבער פּרוטות און נאָכדעם וואָס ער האָט גוט אויסגעצויגן בײַ דער נשמה, איז ער אַוועק מיט ליידיקע הענט. די אונטערשטע שורה איז געבליבן די אייגענע – נישטאָ קיין פּרנסה. קרן־השפֿע איז צעבראָכן. אַמאָל פֿרעג איך זיך מיך טאַקע „עד־מתי?" – אָבער אַ ייִד טאָר זיך נישט מיאש זײַן. נו, און אפֿשר זענען די שוואַכע געשעפֿטן גלאַט אַ סימן", – האָט פֿײַוויש געזאָגט פֿאַרטראַכט, – „אפֿשר איז שוין צײַט אָפּלאָזן די הבֿלים פֿון עולם־הזה – ס'איז דאָך נאָר אַ טרקלין – און זיך נעמען צו אַ געשמאַקן בלאַט גמרא און וואָס קען שוין זײַן געשמאַקער ווי לערנען אַ בלאַט גמרא בײַ ר' בערישן? ס'אַ מתיקות – נישטאָ זיסער אויף דער גאַנצער וועלט. תּורה איז די בעסטע סחורה", – האָט פֿײַוויש אונטערגעצויגן דעם לעצטן סך־הכּל און געטאָן אַ רוק אויף צוריק דאָס היטל, וואָס האָט זיך אַלעמאָל אַראָפּגעגליטשט אויף אַ זײַט.

מיט אַ מאָל זענען מיר געבליבן שטיין. איך האָב דערזען פֿאַר זיך די גוט־באַקאַנטע הילצערנע טירן מיט די מיאוסע וויטראַלן. פֿײַוויש האָט אַ פֿראַל געטאָן די הילצערנע טירן און אַ פֿײַכטע קאַלטקייט האָט אונדז אַ בלאָז געטאָן אין די פּנימער. עס האָט געהערשט אינווייניק אַ דורכדרינגלעכע קעלט ווי ווינטערצײַט. איבער אונדזערע קעפּ איז געשטאַנען אַ ריזיקער קאַסטן, אַן אַלטער „מזגן", וואָס האָט געהאַלטן אין איין ברומען און אַרויסבלאָזן אין דעם דושנעם רוים אַ

פֿרירנדיקע קרירה. די נישט איבעריק גרויסע שיל איז געווען האַלב־טונקל. נאָר דער אָרון־קודש האָט זיך געבאָדן אין פֿאַרבלענדנדיקן ווײַסן ליכט. אויף דעם בלויען, סאַמעטענעם פּרוכת, וואָס האָט זיך אויסגעקריצט אין מײַן זכּרון זינט די קינדער־יאָרן, זענען נאָך אַלץ געשטאַנען אויף די הינטערשטע פֿיס די צוויי לייבן מיט באַזילבערטע גריוועס, אַרויסגעשטעקטע רויטע צונגען און אויסגעשטרעקט די לאַפּעס צו די לוחות, בײַ וועלכע ס'איז געשטאַנען בלויז דער אָנהייב פֿון יעדן געבאָט: „אַנוכי ה׳, לא יהיה, לא תשא, זכור, כבד, לא, לא, לא, לא, לא." ניין און ניין. צו מאַכן אַ לאַנגע מעשׂה קורץ: אַלץ איז פֿאַרוועראַט. אַ שיינער סך־הכּל פֿון ייִדישקייט.

אַ קליינער, ברייטביינערדיקער, באַברילטער ייִד מיט אַ שטאַרצנדיק בײַכל, האָט געשפּרײַזט אַהין־און־אַהער מיט תּקיפֿות און אומרו, ווי אַ פֿאַרשפּאַרטער לייב, צווישן די ליידיקע רייען מיט בענק. ער האָט געהאַט אַ יונג, כּמעט קינדיש פּנים, מיט פּולבלעכע באַקן, פֿון וועלכע ס'האָט געשפּראָצט אַ שיטערע, העל־ברוינע באָרד, וואָס איז געוואָרן געדיכטער און אָנגעווירן דעם קאָליר אונטער דעם קין, און ער האָט זי געהאַלטן אין איין צופּן. ער האָט געהאַט אַ פּאָר בלויע אויגן, וואָס האָבן געבלישטשעט הינטער די שײַבעלעך פֿון די ברילן מיטן דיקן רעמל און געקוקט אויפֿן אַרום מיט אַ נײַגעריקן, פֿאַרשנדיקן בליק. אויפֿן קאָפּ זענען בײַ אים אונטערגעשפּרונגען ברוינע לאָקן, אויף וועלכע ס'האָט זיך אויסגעשיט נישט ווייניק גרוי און ווײַס. איבער זיי איז געזעסן אַ שוואַרצע, סאַמעטענע יאַרמעלקע. ער, דאַכט זיך ר׳ בעריש, לויטן תּקיפֿות פֿון זײַן הילוך, האָט צוגעפּעסטיקט אַ קליינעם מאָביל־טעלעפֿאָן צום רעכטן אויער און זיך אײַנגעטענהט הויך, אויף אַן אָפּהילכיקן באַס מיט עמעצן. פּלוצעם האָט זיך דער ייִד אָפּגעשטעלט אַ רגע, זײַן בלויער שניפּס, געשטריקעוועט מיט גילדענע און זילבערנע פּאַסן, האָט זיך געטאָן אַ וואַקל און איז געבליבן הענגען אויף אַ זײַט.

„חבֿרה! ר׳ פֿײַוויש! ברוכים־הבאים!", – האָט ער אויסגערופֿן צו אונדז, פֿאַרשטעלנדיק דעם אונטערשטן חלק פֿון דעם טעלעפֿאָן

מיט דער שווערער דלאַניע, בשעת אַ דינינקע שטים האָט זיך ווײַטער אַרויסגעריסן דערפֿון מיט אַ פֿאַרזשאַווערטן, קעצישן יאָמער. – „קומט, קומט אַרײַן, שעמט אײַך נישט. מיר האַלטן בײַ...״

ער האָט אַ נייג און אַ בייג געטאָן מיטן קאָפּ, אָנווײַזנדיק אויף אַ פּאָר ווײַסע, פּלאַסטישע בענקלעך, וואָס זענען געשטאַנען פֿאַררוקט אין אַ לענגלעכן טיש, באַדעקט מיט אַ ווײַסן טישטעך.

„פֿאַרנעמט אײַך אַ בענקל. איכ׳ל באַלד צוקומען״, – האָט ער שוין האַלב געזאָגט צו אונדז און האַלב אַרײַנגעשריגן אין דעם טעלעפֿאָן, וועלכן ער האָט ווידער צוגערוקט צום רעכטן אויער.

אַרום דעם טיש איז געזעסן אַ מנין יונגע־לײַטלעך: אַ ריי קוואַדראַטיקע, רויטלעכע פּנימער מיט גראָב־געשניצטע שטריכן, ברייטע, פֿאַרשוויצטע שטערנס, אויף וועלכע עס איז געלעגן אַ סאָרט פּראָסטקייט און מוח־טעמפּקייט. די יונגע־לײַטלעך האָבן נישט אַרויסגערעדט צווישן זיך קיין וואָרט ניט און נאָר באַטראַכט ר׳ בערישן, בשעת ער האָט אַרומגעטאַנצט אין דער לײַדיקער שיל מיטן טעלעפֿאָן בײַם אויער, און די צוויי אָפֿענער גמראות, וואָס זענען געלעגן אויסגעשפּרייט פֿאַר זיי. זייערע גרויסע אויגן האָבן געקוקט פֿאַרווונדערט און מיט אַ קינדערשן התפּעלות.

„רעב שלמה! איין מינוט, רעב שלמה!״, – האָט אָפּגעהילכט אין דער לײַדיקער שיל ר׳ יוחננס דונערדיק קול, בשעת ער האָט געשפּאַנט מיט אַ שווונג אַהין און אַהער צווישן די בענק. – „איך זאָג אײַך ווידער, דאָס איז אַ קלייניקייט. שטאַרקט אײַך, האָט געדולד. עס וועט זיך גאָרנישט אויסלאָזן פֿון דער גאַנצער זאַך.״ – אַ לאַנגער, קוויטשיקער ענטפֿער איז אַרויסגעקומען פֿון דעם מכשיר. ר׳ בעריש האָט אויסגעהערט די קוויטשערײַ און האָט פּוסק געווען מיט פֿעסטקייט: „די פּאָליציי וועט נישט קומען. איך זאָג אײַך, אַז זי וועט נישט קומען! זיי וועלן פֿאַרשטיין, אַז אַלץ איז געווען אַ בילבול. אַ טעות. אַזעלכע זאַכן געשען אויף טריט און שריט. איך פֿאַרשטיי, אַז מע באַשולדיקט אײַך אין אַ גנבֿה, חס־ושלום, אָבער איר זענט דאָך

אַ בכּבֿודיקער ייִד, דאַרפֿט איר דען, חלילה, אָנרירן יענעמס האָב־און־גוטס? די צירונג זענען פֿאַרשווונדן געוואָרן. איר האָט נישט קיין נגיעה צו דעם. איר זענט אײַך מצער אַ סך אַצינד, אָבער דער שׂכר דערפֿון וועט זײַן גרויס."

דער מכשיר האָט ווידער געקוויטשעט. ר' בערישס קול האָט געדונערט אין דעם ליידיקן חלל: „יאָ, אָבער עס וועט גאָרנישט געשען. די פּאָליציי וועט נישט קומען און אויב זי וועט יאָ קומען וועט זי גלײַך אַוועקגיין. וואָס איז שייך דאָ מורא האָבן? נו, עוצו עצה ותופר!"

די קוויטשערײַען האָבן גענומען אַן עק. ר' בעריש האָט פֿאַרמאַכט דעם מכשיר, אים אַוועקגעלייגט אויפֿן טיש, לעבן די אָפֿענע גמרות, און אַליין האָט ער זיך געגעבן אַ זעץ אַוועק אויף אַ שענערן בענקל מיט אַן איבערדעק, געמאַכט פֿון קינסטלעכן לעדער. דאָס בענקל האָט זיך געגעבן אַ וואַקל, אָבער איז געבליבן שטיין.

„נו, חבֿרה! ווי האָט מען געהאַלטן, האַ?" – האָט ער זיך אָנגערופֿן און געריבן די ברייטע הענט.

אַ יונגער־מאַנטשיק מיט אַ שמאָל פּנים און אַן אונטערשטער אונטערהענגענדיקער ליפּ, האָט באַטראַכט ר' בערישן מיט אַ פּאָר פּעך־שוואַרצע, אויפֿגעריסענע אויגן, ווי מע וואָלט אים ערשט אויפֿגעוועקט פֿון שלאָף.

„כ'מיין... מיט בן־מלך", – האָט ער לסוף געשטאַמלט.

„ריכטיק!" – האָט ר' בעריש געפּאַטשט מיט די הענט. – „ריכטיק ווי גאָלד. אָט אַזוי. מיר האָבן געזאָגט...", – האָט ער געצויגן די ווערטער, ווי מע טוט עס אין ישיבֿה. – „מיר האָבן געזאָגט, אַז נישט נאָר וואָס יעדער ייִד איז אַ בן־מלך, ער איז אויכעט אַ מלך, אָן דעם מ'זאָל אים דאַרפֿן זאַלבן, און וואָס איז דער תּירוץ דערפֿון?", – האָט ר' בעריש ווידער געצויגן די שאלה מיט אַ גמרא ניגון און גלײַך צוגעשטעלט דעם ענטפֿער: – „ווײַל יעדער ייִד איז אַ בן־יחיד בײַם אייבערשטן און ער האָט דעם ייִחוס באַקומען בירושה. זייער פּשוט. נו, אָבער מיר ווייסן

דאָך, אַז עס זענען דאָ קיין עין־הרע פֿיל ייִדן אויף דער וועלט. איז, ווי קען זײַן, אַז יעדער ייִד איז אויך אַ בן־יחיד? דער תּירוץ דערפֿון איז אַזאַ: בײַם אויבערשטן איז יעדער ייִד פֿאַררעכנט ווי אַ בן־יחיד ממש נישט געקוקט דערויף וואָס דער אייבערשטער האָט, קיין עין־הרע, אַ סך זין. נו, אָבער ווי קען מען רעדן וועגן עפּעס, וואָס מע באַקומט בירושה בשעת דער אייבערשטער לעבט אייביק? דער ענין דאָ איז, וואָס בײַ אים שפּילט די צײַט גאָר נישט קיין ראָלע, נישטאָ פֿריִער אָדער שפּעטער, אַלץ קומט פֿאָר איינצײַטיק. אויך, פֿאַרגעסט נישט, אַז מיר האָבן אויך געירשנט ארץ־ישׂראל און די תּורה...״

ר׳ בעריש האָט זיך אַ קאַפּעלע אָנגעבויגן איבער איין גמרא. זײַנע ברילן האָבן זיך געגעבן אַ גליטש אַראָפּ איבער דער דיקלעכער נאָז מיט ברייטע נאָזלעכער. ער האָט אָנגעקוקט אַ ווײַל די אותיות, אַ כאָרכל געטאָן מיטן האַלדז און געזאָגט: „חבֿרה, גיט אַ קוק. מיר האַלטן אין ברכות א׳, צווייטע משנה. ווען זאָגט מען קריאת־שמע אין דער פֿרי? אַז עס איז מעגלעך צו זען דעם חילוק צווישן ווײַס און תּכלת, דאָס הייסט, העל־בלוי. דאָ גייט די רייד וועגן דעם תּכלת אין ציצית. און רבי אליעזר האַלט: ווען עס איז מעגלעך צו זען דעם חילוק צווישן העל־בלוי און כּרתי. כּרתי איז אַ סאָרט גרין אַזאַ. נו, חבֿרה, שלאָפֿט נישט, וואָס דרינגט איר דערפֿון?״

די חבֿרה האָבן זיך איבערגעקוקט פֿריטשמעליעטע, אומבאַהאָלפֿענע. אייניקע האָבן געצויגן מיט די אַקסלען בײַ אַנדערע האָבן זיך פֿאַרקרימט די פּנימער פֿאַר גרויס אָנשטרענגונג. לסוף האָט איין ייִד מיט אַ רויט, קײַלעכדיק פּנים און פֿלאַקסענע פּאות, געגעבן לשון: „רבי אליעזר רעדט פֿון אַן אַנדער פֿאַרב...״

„ריכטיק און וואָס מיינט עס?״ – האָט מקשה געווען ר׳ בעריש און דערבײַ געגלעט דעם שפּיץ־באָרד, וואָס איז אַראָפּגעהאָנגען פֿון דעם קין. – „וואָס איז דאָ דער חילוק צווישן די פֿאַרבן?״

פֿײַוויש, וואָס האָט זיך, אויס געוווינהייט, לײַכט געשאָקלט ביז אַהער, האָט אויסגעשאָסן דעם ווויל באַקאַנטן ענטפֿער: „ס׳דאָ אַ

סבָרא, אַז כרתי איז אַ גרין אַזאַ, וואָס איז טיפֿער, למשל, אַ נישט רײַפֿער אתרוג. זײַן קאָליר ווערט אָנגערופֿן כּרתי. דאָס ווייסן מיר פֿון אונדזערע חכמים. און ממילא איז אַזאַ פֿאַרב נענטער צו בלוי און דעריבער איז שווערער צו דערזען דעם חילוק און דערפֿון לאָזט זיך צי‫ִ‬ען די מסקנא, אַז רבי אליעזר האַלט, אַז מ'דאַרף זאָגן קריאת־שמע אַ ביסל שפּעטער, ווײַל מ'דאַרף וואַרטן נאָך אַ ביסל, דער טאָג זאָל ווערן ליכטיקער."

„ש'כוח ר'פֿײַוויש פֿאַרן אויפֿקלערן", – האָט זיך ר' בעריש דערפֿרייט מיטן ענטפֿער. – „יאָ, אין דעם שטעקט טאַקע דער חילוק. אַנו, לאָמיר לייענען ווײַטער. מיר האָבן נישט געענדיקט מיט רבי אליעזר. וואָס זאָגט ער ווײַטער? ער זאָגט: און ער ענדיקט ביז 'הנץ החמה'. דאָס הייסט, אַז די צײַט צו זאָגן קריאת־שמע איז ביז, ווען עס באַווײַזט זיך אַ חלק פֿון דער אויפֿגייענדיקער זון. און איצט שטעלט זיך די קשיא: און אַז אַ מענטש שטייט אונטער אַ הויכן באַרג? דעמאָלט וועט ער דערזען די שײַן היפּש שפּעטלעך. ווי אַזוי זשע קען מען פּסקנען ווען איז 'הנץ', דאָס באַווײַזן זיך פֿון דער זון? און אין אַ גרויסער שטאָט, ווי דאָ, אין ירושלים, למשל, זענען דאָ הויכע בנינים און קליינע בנינים. ווי קען מען וויסן? אַ שאלה, האַ!"

ר' בעריש האָט אַרויפֿגערוקט די גליטשנדיקע ברילן און זיי געלאָזט זיצן אויף דער נאָז.

„און רבי יהושע זאָגט אָבער, אַז מע מעג זאָגן קריאת־שמע ביז דרײַ שעה נאָכדעם, ווײַל אַזאַ איז דער שטייגער פֿון אַ בן־מלך, אויפֿשטיין שפּעט און, ווי מיר האָבן שוין געזען פֿרי‫ִ‬ער, איז יעדער יי‫ִ‬ד אַ מלך און קל־וחומר."

ר' בערישס האַנט מיטן אויסגעצויגענעם גראָבן־פֿינגער איז, ווי עס איז דער שטייגער פֿון יי‫ִ‬שיבֿה־בחורים בשעת זיי אַמפּערן זיך איבער אַ סוגיא, גיך אַראָפּגעפֿלויגן צו דער אויסגעשפּרייטער גמרא און ממש פֿאַר דעם ענדגילטיקן צוזאַמענשטויס, האָט זי פֿאַרקערעוועט דעם דישל און צוריקגעפֿלויגן אַרויף צו ר' בערישן.

„קל־וחומר איז ער אַ בן־מלך און אַוודאי מעג ער אַרײַנכאַפּן נאָך אַ ביסל שלאָף."

ר' בעריש האָט קוים פֿאַרענדיקט דעם זאַץ און די טיר אין שיל האָט זיך אַן עפֿן געטאָן הינטער אונדז מיט אַ קלאַפּ. שלמהלע איז צוגעלאָפֿן צו דעם טיש. די יאַרמעלקע האָט געגעבן אַ פֿלי אַראָפּ פֿון זײַן קאָפּ און ער איז געבליבן שטיין פֿאַר אונדז בגילוי־ראָש, קוים אָפּכאַפּנדיק דעם אָטעם.

„אַ נס איז געשען! די פּאָליציי – איך האָב זיי דערזען דורכן פֿענצטער, זייער אויטאָ האָט זיך אָפּגעשטעלט אונטן. כ'האָב געמיינט, זיי זענען געקומען נאָך מיר, אָבער – ניין. זיי זענען ווײַטער געפֿאָרן נאָך אַ רגע. אַ גרויסע הצלה!"

„איר זעט? ר' שלמהלע. איר דאַרפֿט האָבן אַ ביסל בטחון!" – האָט ר' בעריש געשמייכלט גוטמוטיק. – „אַ ייִד דאַרף נאָר רעדן מיטן אייבערשטן און ער וועט געהאָלפֿן ווערן. דער טאַטע איז נישט טויב. ער הערט. נאָר מיר, ליידער, לעבן אין אַ צײַט אַזאַ, ווען ייִדן האָבן פֿאַרגעסן ווי אַזוי צו רעדן מיטן אייבערשטן."

שלמהלע האָט זיך אַראָפּגעבויגן מיט אַ צעצויגענער קרעכץ, אויפֿגעהויבן דאָס יאַרמעלקע פֿון דער ערד, אַ קוש געטאָן און זי ווידער געלייגט אויפֿן קאָפּ.

„נו, חבֿרה", – האָט ר' בעריש געפּאַטשט מיט די הענט. – „לאָמיר מאַכן אַ לחיים לכּבֿוד ר' שלמה און זײַן הצלה!"

עמעצער האָט אַרויסגעשלעפּט פֿון ערגעץ אַ פֿלעשל בראַנדי. לעבן די צוויי אָפֿענע גמראות זענען אויסגעוואַקסן צוויי פֿלעשער קידוש־ווײַן, אַ לעקעך און אַ טעלערל מיט קיכעלעך. די יונגע־לײַט, וועלכע זענען געווען ביז אַהער ווי פֿאַרשלאָפֿן, האָבן גענומען אַרויסווײַזן זייער גבֿורה: עס איז געוואָרן אַ האַרמידער, אַ געזאַנג, אַ האָפּקעניש, אַ געלעכטער. מע איז געשפּרונגען ווי לאָשיקלעך, געטאַנצט אויף די לײַדיקע בענק, זיך אַרומגעכאַפּט, געטופּעט מיט די פֿיס. שלמהלע האָט געוואָרפֿן מיט די הענט און די פֿיס, ווי בײַ

עמעצן, וועמענס מוח איז אָפּגענומען געוואָרן. אַ ייִד, מיט אַ גרויסן קנופּ אין האַלדז, האָט געפּאַטשט מיט די הענט און סײַ געזונגען, סײַ גערעוועט: „עוצו עצה ותופר!" די איבעריקע האָבן גלײַך אונטערגעכאַפּט דעם געזאַנג און געריסן די העלדזער. דער געזאַנג איז געוואָרן וואָס אַ מאָל העכער און וואָס אַ מאָל מעכטיקער און קלאָרער. אַ פֿרייד – נישט פֿון דער וועלט, האָט אַלעמען אַרומגעכאַפּט. איך האָב אַרומגעטאַנצט מיט שלמהלען, דערנאָך מיט ר' בעריש און מיט אַ ווילד־פֿרעמדן פֿאַרשוין, אַז מײַנע כּוחות זענען אויסגעגאַנגען. פֿײַוויש האָט געהאַלטן גלעזער משקה אין ביידע הענט און געמאַכט לחיימס מיט זיך אַליין. אַ רויטקייט האָט זיך צעגאָסן איבער זײַן פּנים, די פּאות האָבן געפֿלאַטערט אין דער לופֿטן און ער האָט געהאַלטן אין איין שרײַען: „לחיים ייִדן, לחיים! אַ וויסטן סוף זאָלן כאַפּן אונדזערע שׂונאים!" און איבערגעקערט אין האַלדז אַרײַן אַ גלעזועלע און נאָך אַ גלעזועלע. טראָפּנס שפּײַעכץ האָבן אַ שפּריץ געטאָן פֿון זײַן מויל. ר' בעריש האָט זיך געדרייט אין מיטן דער מהומה, געפּאַטשט מיט די הענט און געזונגען: „ישׂראל, ישׂראל בטח בשם..."

דעמאָלט האָט זיך די טיר ווידער אָן עפֿן געטאָן הינטער אונדזערע רוקנס. אין שיל איז געוואָרן שאַ־שטיל. שלמהלע האָט געקוקט אויף הינטערווײַלעכץ און די פֿאַרב איז אַנטרונען געוואָרן פֿון זײַן פּנים. מיר האָבן אַלע אויסגעדרייט די קעפּ און דערזען צוויי קליינוווקסיקע פֿאַרשוינען, אַן ער און אַ זי, ביידע אָנגעטאָן אין פּאָליציי־מונדירן.

די פּאָליציאַנטין, אַ קלייוווקסיקע, קאָמפּאַקטע פֿרוי מיט קורצע הענט און פֿיס איז אַרײַנגעקומען אין שיל אין די הוילע האָר און געפֿרעגט מיט עזות: „ווער איז דאָ שלמהלע גאָלדמאַן? זײַן ווײַב האָט אונדז געלאָזט וויסן, אַז ער איז געקומען אַהער."

ר' בעריש האָט געמאַכט אַ טריט פֿאָרויס: „ער איז דאָ. רבותי, איז וואָס גייט עס, רבותי?"

דער פּאָליציאַנט, אַ פּאַרשוין מיט אַ גרויסן קאָפּ און גרויסע, אַרויסגעבאַלטע אויגן האָט עפּעס פֿאַרשריבן אין אַ נאָטיצביכל און געזאָגט, נישט אויפֿהייבנדיק דעם בליק: „שלמה גאָלדמאַן. איר ווערט געבעטן צו קומען מיט אונדז. מיר וועלן אײַך נישט פֿאַרהאַלטן לאַנג. בלויז שטעלן אַ פּאָר פֿראַגעס."

שלמהלע איז אַרויסגעטראָטן מיט ציטערנדיקע הענט און פֿיס פֿון דעם קרײַזל מענטשן, וואָס האָט אים אַרומגערינגלט, און געזאָגט מיט אַ שטיקעניש: „יאָ, פֿרעגט מיך, וואָס איר ווילט. זעצט זיך. איר קען אַלץ דערקלערן."

אַ קול האָט זיך דערהערט בײַם טיש:

„ייִדישע פּאָליציי? אַ נײַע מעשׂה!" – האָט פֿײַוויש געשריגן נישט מיט זײַן קול און זיך געטאָן אַ לאָז אַראָפּ אויף אַ בענקל.

„ייִדן ברויכן גאָר נישט קיין פּאָליציי!" – האָט געקרייט דער יונגער־מאַן מיטן קײַלעכדיק, פֿאַרפֿלאַמט פּנים און די פּאָר פֿלאַקסענע פּאות.

אַ דריטער יונגער־מאַן, אַ דאַרער פּאַרשוין מיט אַ שמאָל פּנימל און אַ מאָדנעם ברען אין די אויגן, האָט אַ שפּרונג געטאָן אויף אַ בענקל און גענומען באַוואָרפֿן ביידע דערשטוינטע פּאָליציאַנטן מיט יענע מי־שברכס.

„נאַציס, נאַציס!" – האָט פֿײַוויש זיך פּלוצעם אַ הייב געטאָן אויף די וואַקלדיקע פֿיס און זיך געגעבן אַ וואָרף צו די צוויי פּאָליציאַנטן, שיִער נישט דערשטיקנדיק זיך מיטן אייגענער שפּײַעכץ. – „רוצחים! רוצחים! איר האָט מיטגעאַרבעט מיט אײַכמאַנען אין בודאַפּעשט. קעסטנער האָט פֿאַרטיליקן גאַנץ קלויזנבורג!" – אַ חסיד מיט צו לאַנגע פּאות האָט אים פֿאַרהאַלטן.

ר' בעריש האָט אויפֿגעהויבן די האַנט.

„שוין, ייִדן! מ'טאָר נישט מבֿייש זײַן קיין שום ייִד און חס־ושלום, נישט אויפֿהייבן די האַנט. ס'זאָל נישט זײַן קיין חילול־השם חס־ושלום". – עס איז ווידער געוואָרן שטיל.

„קומט קומט...", – האָט געזאָגט דער פּאַליציאַנט, אויפֿגעהערט שרײַבן אין נאָטיצביכל, אַרײַנגעשטעקט עס אין בוזעם־קעשענע און אָנגעמאָסטן אונדז אַלעמען מיט אַ קרומען בליק.

שלמהלע איז געגאַנגען מיט זײַנע נײַע באַגלייטערס, די צוויי פּאַליציאַנטן, מיט אַן אַראָפּגעלאָזטן קאָפּ און האָט דערבײַ געשאַרט מיט די פֿיס, ווי עמעצער, וועמען מע פֿירט צו דער תּליה. אין אַ רגע זענען אַלע דרײַ פֿאַרשוווּנדן געוואָרן אין דער בלענדנדיקער שײַן אויף יענער זײַט טיר.

קיינער האָט נישט אַרויסגערעדט קיין וואָרט. עס האָט געזשומעט אין מײַן קאָפּ. ר' בעריש האָט אויסגעזען ווי אַן אָפּגעפֿליקטער האָן. ער האָט געבראָכן די הענט און פּלוצעם האָט זיך אַרויסגעריסן פֿון אים אַן הילכיקן געשריי: „ש'כּוח טאַטע־פֿאָטער! ש'כּוח פֿאַר דײַנע גרויסע ניסים!" די מפּלה, אין אַ בראָכצאָל פֿון אַ רגע, האָט זיך אויסגעלאָזט אין אַ געוואַלדיקן נצחון איבער דער פּלאָגנדיקער פּאָליציי, דער מלכות־רשעה, די פֿינצטערע כּוחות, וואָס לויערן איבער ייִדישקייט און דרך־התּורה.

די יונגע־לײַט, בײַ וועמען די הענט און די פֿיס זענען געווען ווי געליימט, האָבן אָנגעהויבן טאַנצן נאָך שטאַרקער ווי פֿריִער, טופּען ווי בערן, שאָקלען זיך ווי שדים. ווי אַ העכערער כּוח וואָלט זיי באַהערשט און אַ טרייסל געטאָן מיט זייערע גופֿים אַהער־און־אַהער. האַלב־חיהשע געשרייען פֿון אוראַלטע שבֿטים האָבן אָנגעפֿילט די דושנע לופֿט און אַ ווילד ווידערקול האָט אונדז געענטפֿערט פֿון אַלע עקן שיל. איך האָב גענומען האָפּקען מיטן גאַנצן כּוח, פּאַטשן מיט די הענט. דאָס פּנים האָט זיך באַדעקט מיט שווייס אין אַן אויגנבליק. ריטשקעלעך שווייס האָבן גערונען איבער מײַן רוקן און גאַנצן לײַב. פּײַוויש, קוים האַלטנדיק זיך אויף די פֿיס, האָט זיך געהאַלדזט און געקושט מיט מיר. איך האָב הייזעריקלעך געשריגן מיט אַלעמען: „עוצו עצה ותופֿר!" – נישט דערקענענדיק דאָס אייגענע קול.

13

איך האָב אַרומגעטאַנצט און געשריגן ביזן ווערן הייזעריק און ווילד; אַן איבערנאַטירלעכע פֿרייד האָט מיך דורכגענומען. די וועלט האָט זיך בוכשטעבלעך געדרייט אַרום מיר. אָבער נאָך דעם באַרג־אַרויף איז געקומען דער באַרג־אַראָפּ: איך האָב זיך אַרויסגעשאַרט פֿון ר׳ יוחננס שיל אַן אויסגעשעפּטער, אַ פֿאַרשוויצטער. דאָס העמד האָט זיך געקלעפּט צום לײַב און דער גומען איז געווען טרוקן. די האָפֿערדיקייט, די דערהויבנקייט, די פֿעסטע אמונה, וואָס האָבן געהערשט אינווייניק, האָבן נישט געהאַט קיין נגיעה מיט דער דרויסנדיקער, גלײַכגילטיקער וועלט, וועלכע האָט זיך ווײַטער געפֿונען, פּונקט ווי פֿריִער, אויף יענער זײַט שיל־טיר.

איצט, אַז איך האָב זיך געדרייט אויף די ירושלימער גאַסן, וואָס האָבן צוביסלעך אָנגעוווירן די פֿאַרבן, בעת די זון איז געלאַסן אונטערגעגאַנגען, האָט מיר אַלץ אַרום אויסגעזען ליגנעריש און פֿאַלש. ווײַזט אויס, אַז ר׳ בעריש און די יונגע־לײַטלעך, וואָס טאַנצן אונטער זײַן דודע, האָבן אָנגעוווירן יעדן חוש פֿאַר בושה, האָבן אַזוי לײַכטזיניק אַ שפּײַ געטאָן אויף יושר און ערלעכקייט און זיך אָנגענומען פֿאַר שלמהלע גלאַט אַזוי, אָן צו פֿאַרשטיין אין וואָס עס גייט. ר׳ בערישס פּוסטע צוזאָגן, כּלומרשטן בטחון און גלאַטע רייד האָבן זיך געגרענעצט מיט גרויסקייט און משוגעת. די וואָס מאַכן געוויינטלעך אַוועק דעם עולם־השקר מיט ביטול, זענען אײַנגעטאָן אין שקרים מיט לײַב־און־לעבן. אָן ליגנס קענען זיי נישט עקזיסטירן.

דער טעלעפֿאָן האָט וויברירט אין מײַן הויזן־קעשענע. איך האָב אים אַרויסגעשלעפּט און דערזען אויפֿן שײַנענדיקן עקראַן דעם נאָמען פֿון מײַן שעף. דאָס האַרץ האָט געטאָן אַ טיאָכקע פֿאַר שרעק, ווי איך וואָלט, להבֿדיל, דערזען אַ לעבעדיקן מת. אין די פּאָר טעג, וואָס איך האָב פֿאַרבראַכט אין ירושלים, איז מײַן לעבן אויסער דער שטאָט, ווי אַ דערוואַקסענער, אַ פֿאַרנומענער אַדוואָקאַט, אַ מאַן און אַ טאַטע, ווי אָפּגעווישט געוואָרן. איצט, אַז יענץ לעבן האָט ווידער געלאָזט פֿון זיך וויסן, איז אַ שוידער דורכגעלאָפֿן איבער מײַן רוקנביין. דאָס אומקערן זיך צו דער אַרבעט, דאָס איינטאָניקע ביוראָ־לעבן, די טאָג־טעגלעכע שקלאַפֿערײַ, די רוישיקע טואַלעטן, די קלאַפּטע מיטן ליידיקן שטח אין פּתח־תּיקווה, וואָס מע מוז זי אומבאַדינגט צופֿרידנשטעלן – דאָס אַלץ האָט אָנגעוואָרפֿן אויף מיר אַן אימה. איך האָב דערשפּירט, אַז תּיכּף וועלן זיך די פּיס אונטערברעכן אונטער מיר און איך וועל אַ פֿאַל טאָן אין מיטן דער גאַס. נו, שוין צײַט איך זאָל אויפֿהערן זיך טשעפּען צו דאָקטער ליזאַ, מיט מײַנע אויסגעטראַכטע חלאַתן, און זען שוין אַ פּסיכאָלאָג, האָב איך גערעדט צו זיך.

„האַלאָ“, – האָב איך געזאָגט אין טעלעפֿאָן מיט אַ קול פֿון אַ פֿרעמדן.

דער שעף האָט גענומען דאָס וואָרט:

„צבֿיקה, וואָס מאַכסטו? ווי פֿילט זיך די מאַמע? זי איז נאָך אין שפּיטאָל? די סעקרעטאַרשע האָט מיך געלאָזט וויסן, אַז דײַן מאַמע איז נישט מיט אַלעמען און דײַן אָנוועזנהייט אין שפּיטאָל איז לחלוטין נייטיק.“

איך האָב געקענט באַשײַמפּערלעך זען זײַן העסלעכע צורה, דעם צווײדײַטיקן שמייכל, די גלאַנצנדיקע באַקן. איך האָב געפֿילט ווי אַ גיפֿטיקע שׂינאה צעגייט זיך אין אַלע מײַנע אבֿרים און טוט מיר אַ כאַפּ בײַם גאָרגל.

איך האָב געזאָגט:

„מע האָט געפֿונען בײַ איר אַ ראַק אין די בריסט. מ׳האָט זיך געכאַפּט היפּש שפּעטלעך, אָבער האָפֿנטלעך וועט כעמיטעראַפּיע זי צוריקשטעלן אויף די פֿיס. די מאַמע איז שוין נישט יונג און עס שטעלט זיך די פֿראַגע, ווי לאַנג וועט זי קענען אויסהאַלטן אַזאַ באַהאַנדלונג. די סיטואַציע איז, ווי דו פֿאַרשטייסט אַליין, נישט קיין פּשוטע. זי איז פּסיכיש צעבראָכן. יעדנפֿאַלס, די דאָקטוירים לייגן אַ סך האָפֿענונגען אויף די כעמיע־באַהאַנדלונגען און איך בין אויכעט אָפּטימיסטיש, אַ ברירה האָט מען דען?"

„עס פֿרייט מיך זייער, וואָס דו האַלטסט זיך אויף דער מעלה און פֿאַלסט נישט בײַ זיך. דײַן צוגאַנג איז ממש צום באַוווּנדערן", – האָט אַרײַנגעפֿלאַפּלט די גלאַטע צונג פֿון יענער זײַט ליניע. – „דאָס לעבן איז שטאַרקער פֿון אונדז אַלעמען און שלעפּט אונדז ווײַטער מיט אימפּעט. געוויס עס זענען דאָ שווערע מאָמענטן, אָבער די חכמה ליגט דערין, וואָס מיר זענען ביכולת ווײַטער גיין, פֿירן ווײַטער אונדזער לעבן, נישט געקוקט אויף די שוועריקייטן."

איך האָב געטראַכט צו זיך, אַז די שווערסטע מאָמענטן זענען טאַקע אָט די לעבערלעכע, אַבסורדע שמועסן מיט אַזאַ אומפּעיִקן מענטש, אַ גײַסטיקער קאַליקע, וואָס ווענדט אַלע זײַנע מחשבֿות צו דעם נעבעכדיקן ביינדל, דעם געהאַלט, וואָס מע וואַרפֿט אים צו בײַ „גאָלדמאַן" פֿאַר זײַן גרענעצלאָזער קנעכטשאַפֿט. אַזאַ בהמה, באמונות! דאָס ערגסטע איז וואָס זיי, די גײַסטיקע קאַליקעס, פֿאַר־נעמען דעם אויבנאָן אין יעדער אָרגאַניזאַציע און שטעקן אָן אַנדערע מיט זייער שמאָלקעפּיקייט, פּוסטע אַמביציעס, בייזוויליקייט און כאַראַקטערלאָזיקייט.

„ווי עס זאָל נישט זײַן, אַזוי האָט מען געבעטן, ווי דו פֿאַר־שטייסט שוין אַליין, בײַ די הויכע פֿענצטער", – האָט זיך דערהערט ווידער דאָס איבלדיקע קול און איך האָב געטאָן אַ צאַפּל. ווײַזט אויס, אַז איך האָב נישט אויפֿגעכאַפּט אַ פּאָר זאַצן.

„געוויס", – האָב איך צוגעבאָמבלט.

„זייער גוט, דײַן צוגאַנג געפֿעלט מיר זייער. דאָס לעבן מוז גיין ווײַטער. אויב אַזוי, וועלן מיר זיך טרעפֿן זונטיק בײַ דעם געריכט אין פּתח־תּיקווה. דעם איבעריקן מאַטעריאַל וועל איך דיר שוין שיקן דורכן בליצפּאָסט. אַ דאַנק!“

מײַן בלוט־שׂונא האָט פֿאַרענדיקט דעם שמועס און איך האָב נישט געקענט זיך מישבֿ זײַן, ווער איז פֿאַר מיר אַ גרעסערער שׂונא – ער אָדער איך אַליין.

14

איך בין געזעסן אין צימער און זיך צוגעהערט צו דעם געדריי פֿונעם ווענטילאַטאָר. איך האָב געוואָרפֿן אַ בליק אויפֿן אָפֿענעם פֿענצטער און אַ געדיכט פֿינצטערניש האָט אַרײַנגעקוקט פֿון דרויסן. איך האָב זיך דערמאָנט אין אַ זאָג, וואָס איך האָב אַ מאָל געהערט אין דער ישיבֿה: „אַ מענטש שלאָפֿט, אָבער דער יצר־הרע שלאָפֿט נישט." ווער האָט צוגעטראַכט אָט די נאַרישקייט? איך האָב זיך בשום־אופֿן נישט געקאָנט דערמאָנען. איצט איז מיר אויסגעקומען אויסטערליש, וואָס דער יצר־הרע פֿאַרנעמט אַזאַ בכּבֿודיק אָרט אין די מוסר־רייד בעת אַ גנבֿה און וועגן אַ פּראָסטן שווינדל פֿון אַן עובֿר־בטלניצע, און קיינער זאָגט נישט קיין וואָרט.

מײַן האַנט האָט זיך אויסגעשטרעקט צום טעלעפֿאָן און איך האָב אָנגעקלונגען רחלען. דער שמועס איז געווען אַ קורצינקער. ווערטער זענען געווען איבעריק. ניין, זי איז נישט פֿאַרנומען הײַנטיקן אָוונט: זי אַרבעט נישט אין דעם קאַפֿע, דאַנקען גאָט, און זי האָט אויך נישט בדעה זיך אָפּגעבן מיט אייגענע אָדער פּרעמדע שרײַבעכצן און דאָס לייענען קען מען תּמיד אָפּלייגן. „קום! – האָט זי האַלב געבעטן האַלב באַפֿוילן."

איך האָב זיך אַרויסגעשאַרט פֿון מײַן צימער. אינעם קאָרידאָר איז געווען פֿינצטער. דער טאַטע האָט געדרעמלט אויף דער סאָפֿע אין דעם האַלב־טונקלען וווינצימער. די מאַמע האָט זיך געפֿונען אינעם באָדצימער. זי האָט פּונקט אַראָפּגעלאָזט דאָס וואַסער אין בית־הכּסא. דאָס וואַסער איז אַראָפּגעפֿלאָסן מיט אַן אומצופֿרידענעם מורמלעניש.

איך האָב אַ צי געטאָן די דרויסנדיקע טיר און אין אַן אויגנבליק זי נאָך זיך פֿאַרמאַכט. איך האָב אָפּגעשטעלט אַ טאַקסי און געפֿאָרן גלײַך צו רחלען. זי האָט געוואַרט אויף מיר אונטן, אויף דער גאַס, אָנגעטאָן ווידער אין שוואַרצע מלבושים.

„ווילסט זיצן ערגעץ און שמועסן איבער אַ טעפּעלע קאַווע?" – האָט זי געפֿרעגט.

מיר האָבן באַשלאָסן, דאָס מאָל, איבערהיפּערן די קאַווע־צערע־מאָניע און זענען גלײַך צוגעטראָטן צום נאָכשפּײַז: רחל האָט געמאַכט אַ צייכן מיט דער האַנט און איך האָב זי נאָכגעפֿאָלגט איבער די דושנע טרעפּ. איר ברייטער רוקן האָט זיך שווערלעך באַוועגט פֿאַר מיר. פֿון צײַט צו צײַט האָט זי זיך אָפּגעשטעלט אַ רגע, כּדי אָפּצוכאַפּן דעם אָטעם און אַרויסגעלאָזט דערבײַ אַ קרעכץ: „אוי, טאַטע־פֿאָטער!"

זי האָט זיך אָפּגעשטעלט אויפֿן לעצטן שטאָק, אַרויסגענומען דעם שליסל פֿון אַ קליינעם טאַש און אַ דריי געטאָן מיט אים אינעם שלאָסלאָך.

„אַנטשולדיקט פֿאַר דער אומגעריכטער רײַזע אַרויף. איר ווייסט, אַז די דירה געפֿינט זיך אויף דעם העכסטן עטאַזש, נעמט מען אַ ביסל אַראָפּ פֿונעם מקח. אויך אַזוי, איז דאָס דירה־געלט משוגע הויך, און איך הייב נישט אָן צו וויסן ווי אַזוי איך וועל ווײַטער צאָלן. נו, שוין. איך וועל מער נישט רעדן וועגן דעם. געלט־פּראָבלעמען שלאָגן אָפּ בײַ מיר דעם אַפּעטיט."

די טיר האָט זיך אַן עפֿן געגעבן.

„בײַ מיר איז אויך אַזוי", – האָב איך געזאָגט און דערפֿילט ווי אַ שנירל שווייס קײַקלט זיך אַראָפּ איבער מײַן רוקנביין.

מיר האָבן זיך גערירט גיך, ווי מיר וואָלטן מורא געהאַט עמעצער אָדער עפּעס זאָל אונדז נישט פֿאַרשטערן די שׂימחה. מיר האָבן זיך געקושט מיט דער תּאווה און אומגעדולד פֿון צוויי אומדערפֿאַרענע יונגע. מײַנע הענט האָבן זיך באַלד אין אָנהייב באַדעקט מיט שווייס, אַ האַמער האָט געקלאַפּט אין די שלייפֿן מסוכן־גיך, אַ טרוקעניש האָט

זיך מיר געשטעלט אין גומען. רחלס פּינצטערער שלאָפֿצימער האָט געטאָן אַ שווינדל פֿאַר מײַנע אויגן בשעת איך האָב אַ טראַכט געטאָן וועגן די פֿאַרגעניגנס, וואָס איר קערפּער שלאָגט פֿאָר, ווי בײַ איינער, וואָס קוקט אויס אויף דער ווירקונג פֿון נאַרקאָטיק. רחלס הענט האָבן אויך געשוויצט. זי האָט געשעפּטשעט פֿאַרהאַקטע ווערטער, געגלעט מײַן פּנים און געאָטעמט שווער האַרט לעבן און אין מײַן אויער. עטרהס קאַלטקייט און איר אומבאַוויליקע איבערגעבונג מיט אַ קרעכץ פֿון צידוק־הדין און אַ מהיכא־תּיתידיקער מינע, איז אַ רגע געשטאַנען פֿאַר מײַנע אויגן און גלײַך פֿאַרשוווּנדן געוואָרן. טראָפּנס שווייס האָבן געטריפּט פֿון אונדז ביידע. מיר האָבן זיך באַהאַפּטן גיך און שטיל, אָן קיין פֿאָרשפּיל, ווי חיות, וואָס טוען זייער זאַך אָן איבעריקע הקדמות. עס איז געוואָרן פֿון אונדז אַ שוויציקער, זיך באַוועגנדיקער לעבעדיקער קנויל. אין די הייסע מאָמענטן האָט רחל געגנומען פּלוצעם לשון: זי האָט גערעדט אומזיניקע רייד וועגן אייביקער ליבע. אין בין געוועזן פֿאַרטיק צו גיין. איך האָב זיך אַוועקגעלייגט אָן אויסגעשעפּטער אויפֿן רוקן און גלײַך דערפֿילט ווי דער שלאָף נעמט איבער די מערכה איבער מיר. דער שלאָף איז, ווײַזט אויס, געוועזן אַ קורצער. אַז איך האָב געעפֿנט די אויגן איז רחל געלעגן, לעבן מיר, אַ נאַקעטע, אײַנגעקאָרטשעט אין זיך און געשמאַק געכראָפּעט...

דער גאַנצער ענין איז אַ טעות, האָבן די מחשבֿות אָנגעהויבן עגבערן אין מיר. פֿאַר וואָס האָב איך זיך צוגעטשעפּעט צו דער דאָזיקער פֿרוי? וואָס וויל איך אייגנטלעך, זי מאַכן אומגליקלעך? ווי קריכט מען אַרויס פֿון דעם פּלאָנטער? בשעת דער עקזאַלטאַציע האָב איך זיך נישט אָפּגעגעבן קיין חשבון וועגן מײַנע מעשׂים, בלויז ווען די תּאווה האָט זיך אַ קאַפּעלע פֿאַרלאָשן, האָבן די קושיות גענומען זיך אויספּיקן. יאָ, אמת. פֿון די באַציִונגען מיט עטרה זענען, דאַכט זיך, פֿאַרבליבן ניט מער ווי חורבֿות, ווי צווישן צוויי שותּפֿים אין אַ באַנקראָטירט געשעפֿט. די ליבע – טאָמער זי האָט אַ מאָל געברענט אָדער כאָטש געטליִעט – און דאָס איז גאָר נישט זיכער,

איז היינט נישט מער ווי אַ פֿאַרשׂרפֿטער קויל. און דאָך בין איך נאָך אַלץ איר מאַן און דערצו אַ טאַטע פֿון אַ מיידל... און אָט נאַט, גיט אַ קוק אויף מיר: איך וואַלגער זיך מיט אַ פֿרעמדער נקבֿה אויף איר בעטגעוואַנט – אַזאַ פּנים האָט עס! און רחלען? וואָסערע גליקן קען איך איר צוזאָגן? האַרצווייטיק...

און מיין מיידעלע, וואָסער גליק קאָן איך איר צוזאָגן? געוויס, שלאָפֿט זי איצט געשמאַק, נישט האָבנדיק דעם מינדסטן אַנונג אויף וואָסער פֿאַר אַ וועלט האָב איך זי געבראַכט. זי שלאָפֿט מיטן געבענטשטן רו פֿון די אומוויסנדיקע און אומשולדיקע. וואָס טויג איר דאָס וויסן? זי איז סיי ווי אַ פֿאַרפֿאַלענע. זי וועט נישט האָבן קיין ליכטיקע צוקונפֿט, ווייל זי וועט נישט האָבן קיין צוקונפֿט בכלל. די דאָזיקע מחשבֿות, וואָס טשעפּען זיך צו מיר, דער עיקר, ביי נאַכט, האָבן מיך פּשוט געקרענקט. איך האָב זיך איבערגעדרייט, ווי דאָס ביי̆טן די פּאָזיציע וואָלט געווען ביכולת צו ביי̆טן דעם מחשבֿות־גאַנג. זי וועט ווייטער וואַקסן, ווייל „בעל כורחך אתה חי”, אָבער וואָס פֿאַר אַ לעבן וועט דאָס זיין? דער תּהום צווישן איר און אַנדערע קינדער וועט האַלטן אין איין וואַקסן. דאָס איז אומפֿאַרמיידלעך. פֿון קינדער וועלן זיי ווערן דערוואַקסענע, פֿאָלנע מענטשן. זיי וועלן פֿירן ליבעס, חתונה האָבן, זיי וועלן זיך אַריינמישן אין אינטריגעס, פֿאַרראַטן אַמאָל איינער דעם צווייטן, זיך באַנאַרישן, אָפּנאַרן זיך און אַנדערע. ווי גוט איז יענעם, וואָס מע האָט אים אָפּגענאַרט; ווערן אָפּגענאַרט איז אַ גרויסער לוקסוס. מיין מיידעלע וועט תּמיד בלייבן די זעלבע: פֿאַרשפּאַרט אין איר אייגענעם, נישט איבעריק פֿריילעכן קיום. די יאָרן וועלן נישט ברענגען מיט זיך קיין גוטס אָדער דערליי̆כטערונג. איך וועל, געוויס, נישט אָנטרייבן לאַנג. איך בין גרייט שוין יאָרן צו כאַפּן אַ מיתה־משונה. אויף מיר קען מען זיך נישט פֿאַרלאָזן. עטרה וועט קעמפֿן מיט די נעגל, אָבער אויך איר וועט דער מלאך־המוות נישט זשאַלעווען, און אפֿשר פֿאַרן טויט וועט זי ווערן אָפּהענגיק פֿון יענעם און וועט נישט קענען זיך אָפּגעבן מיטן מיידל, שוין אַ צייטיקע

פֿרוי, אָבער אין איר קאָפּ וועט זיך אָפּטאָן חושך. מע וועט דאָס מיידל אַרײַננעמען אין אַן אַנשטאַלט און דאָרט וועט זי קענען זיך האַלטן פֿאַר אַ גליקלעכער, אויב זי וועט נישט אַרײַנכאַפּן קלעפּ. מע וועט זי קאָרמען מיט אַ לעפֿעלע ביז מע וועט זי אויפֿרופֿן אַרויף. דערמיט וועט קומען צום סוף מײַן „דינאַסטיע". קיין המשך וועט נישט זײַן...

אַ הינטעלע, אינעם דערבײַיִקן בנין, האָט אַרויסגעקוועטשט פֿון זיך אַ ריי גרילציקע, הייזעריקע האַוקענישן. רחל האָט געטאָן אַ צאַפּל און זיך איבערגעוועקט. זי האָט זיך צוגערוקט צו מיר מיט אירע ריזיקע בריסט. עס האָט אַרויסגעשלאָגן פֿון איר קערפּער אַ חיִישער געשטאַנק און אַ היץ ווי פֿון אַן אָפֿענעם אויוון. פּלוצעם האָט זיך אויסגעשאָסן פֿון איר אַ געלעכטער, אַז די ווענט האָבן אַזש געציטערט. ריטשקעלעך טרערן זענען גערונען איבער אירע באַקן. זי האָט זיך געהאַלטן מיט ביידע הענט בײַם בויך און אַז דאָס לאַכן האָט זיך אַ קאַפּעלע אײַנגעשטילט, האָט זי געפּליסטערט אין דער פֿינצטערניש אַרײַן: „אוי... אוי איך וועל פּגרן פֿאַר געלעכטער..." און באַלד אָנגעהויבן לאַכן ווידער. ווײַזט אויס, אַז מײַן פּנים האָט אויסגעזען גוט אָנגעשראָקן. רחל האָט מיך באַקוקט אַ ווײַל און אויפֿגעהערט לאַכן.

„ייִנגעלע, וואָס האָסטו זיך פּלוצעם דערשראָקן? נו, געווען אַ שיינע מעשׂה, אָבער אַ קורצע. איצט האָסטו וועגן וואָס צו זינגען און צו זאָגן אויף דעם קומענדיקן שרײַב־קלאַס. ביסט געשלאָפֿן דאָך מיט דער רביצין. ביסט אַרײַנגעטראָטן אין סאַמע קודש־הקודשים מעשׂה כּהן־גדול, ממזר איינער! איך וויל זען די צערודערטע פּנימער פֿון די געערטע און אומבאַפֿרידיקטע חבֿרטעס בשעת זיי דערהערן אַזאַ בשׂורה. געוויס, וואַקסט בײַ זיי דאָרט אַ פּאָוועטיניע, נעבעך..."

איך האָב זיך אויסגעדרייט צו איר און געזאָגט שטיל און פֿאַרטרוילעך:

„איך וועל די אַלטע בעל־תּאוותניצעס לאָזן וויסן, אַז כ'האָב געהאַט די זכיה זיך פֿאַרבײַטן, כאָטש אויף איין נאַכט, מיטן ראָזן האָז, וואָס דײַן פֿעטער פֿאַבריצירט מיט גרויס דערפֿאָלג אין דער בראָנקס."

רחל האָט זיך צוגעטוליעט צו מיר. אירע לאַנגע, צעלאָזענע האָר האָבן מיר אַ קיצל געטאָן איבערן פּנים.

„יענער האָז, אַ ליכטיקן גן־עדן זאָל ער האָבן, האָט מיך געדינט מיט טרײַשאַפֿט נישט איין און נישט צוויי יאָר. איך האָב אים געניצט ביז איבער זײַנע כּוחות; אין אַ שיינעם טאָג האָט ער גענומען סקריפּען און לסוף אויסגעהויכט זײַן עלעקטרישע נשמה. איך האָב אים געבראַכט צו קבֿורה, מיטן געהעריקן כּבֿוד, אין דעם גרינעם מיסטקאַסטן אונטן."

איך האָב זי אַרומגעכאַפּט מיט אַ קווענקלעניש, כּדי אײַנצושטילן אַן אינערלעך קול, וואָס האָט פֿאַרלאַנגט אַרויסצוווײַזן נאָענשאַפֿט צו דער דאָזיקער, פֿאַקטיש אומבאַקאַנטער פֿאַרשטויסענער פֿרוי. מײַנע לונגען האָבן זיך אָנגעפֿילט מיט דעם פֿרעמדן דופֿט פֿון איר הייסן לײַב. איך האָב געזאָגט:

„אַזאַ איז די וועלט. אַלע האָבן איין דין, מײַן געערטע דאַמע, סײַ זאַכן און סײַ מענטשן. אַלע ווערן גענוצט, אויסגענוצט און ווען זיי ווערן צעקאַליעטשעט, וואַרפֿט מען זיי אַוועק. אין אונדזער קאַפּיטאַליסטישער סיסטעם האָט דער דאָזיקער פּראָצעס אַ נאָמען. מע רופֿט דאָס 'קאַריערע'. און מ'צאָלט אונדז געלט דערפֿאַר. וואָס איז אמת, איז דאָס געהאַלט נישט תּמיד שטאַרק בכּבֿודיק, אָבער עס פֿאַרזיכערט, איבערהויפּט, צוויי זאַכן: מיר זאָלן חס־ושלום נישט ווערן רײַך און פֿאַרלאָזן די שטעלע, אָבער אויך נישט ווערן דערשלאָגן און פֿאַרצווייפֿלט; מיר זאָלן זײַן בכּוח אויפֿצושטיין דעם קומענדיקן טאָג און קומען צו דער אַרבעט."

רחל האָט געלאַכט ווידער און מיך צוגעדרוקט צו אירע ריזיקע בריסט: אַ כוואַליע היץ איז דורכגעלאָפֿן איבערן לײַב. „רעב מאַרקס!" – האָט זי אַרײַנגעשעפּטשעט אין מײַן אויער. – „פֿאַרשרײַב זיך ביטע, אַז דאָס געהאַלט, וואָס איך קריג אין דעם קאַפּע, איז בוכשטעבלעך אַ שפּײַ אין פּנים, אָבער אויך נאָך אַ שפּײַ אין פּנים ווילט זיך אויפֿשטיין אין דער פֿרי און זיך אַוועקשאַרן מיט די לעצטע כּוחות אַהין, אין דעם קאַפּע."

„איך וועל נישט לייקענען, מאַדאַם. איך פֿאַרדין טאַקע שיין. בײַ מיר איז דאָס געהאַלט גיכער אַ שפּײַ יענעם אין פּנים."

„שפּײַען יענעם אין פּנים? איך מיין, אַז איך וואָלט געקענט שלום מאַכן מיטן געדאַנק", – האָט רחל געזאָגט מיט אַ ווייך קול און געגלעט מײַן פּנים. – „דער אײַנפֿאַל רייצט מיך, נישטאָ וואָס צו רעדן."

„יאָ, מע קען זיך צוגעוווינען דערצו. איך בין אַן אַדוואָקאַט לויטן פֿאַך און בײַ אונדז טרעפֿט עס נישט זעלטן."

„און מיט דער צײַט הייבט מען אָן שעפּן הנאה דערפֿון און מע דערגייט צו אַ העכערן שטאַפּל – צו מאַכן יענעם מיט דער בלאָטע גלײַך."

„חבֿרטע רחל, זײַט וויסן, אַז עס פֿרייט מיך זייער, וואָס מיר האָבן געלייזט – מיטן קראַפֿט פֿון ווילן און גרענעצלאָזער איבערגעגעבנקייט, – אַלע פּראָלעטאַרישע פֿראַגן און מיר קענען צוגיין גלײַך צו דעם ליכטיקן מאָרגן, אָבער וואָס טוט מען דערווײַל מיט דעם טרוקענעם גומען."

„געוויס, חבֿר גרינבערג. מײַן פֿאָרשלאָג איז די פֿאָלגנדיקע: לאָמיר מאַכן אַ לחיים לכּבֿוד אָט דעם ליכטיקן מאָרגן מיט אַ גלאָז טיי. איר זענט האַרציק אײַנגעלאַדן."

רחל האָט זיך געשטעלט אויף די פּיס אַ נאַקעטע, ווי די מאַמע האָט זי געהאַט, און זיך געלאָזט גיין מיט שווערע טריט אין קיך אַרײַן. די שמאָלע קיך איז געווען פֿאַרהוילן אין גדיכטער פֿינצערניש. קיין שום שפּור פֿון ליכט איז נישט דערגאַנגען אַהין.

„האָסט אַ מאָל געזען אַ קיך אָן פֿענצטער? מ'האָט געבויט די דירה אַזוי, כּדי קיינער זאָל נישט אַרײַנשטופּן די נאָז אין דײַן טאָפּ", – האָט רחלס באַוועגנדיקער שאָטן געזאָגט און אָנגעטאַפּט דעם וועג אין דער פֿינצטער.

זי האָט אַ דרוק געטאָן אַ קנעפּל און אַ בלוילעך, שײַנענדיק ליכט, ווי אַ בליץ, האָט זיך אָנגעצונדן אין דעם עלעקטרישן סאַמאָוואַר און

עפּעס אין זײַנע געדערעם האָט גענומען זשומען. דאָס ליכט האָט געוואָרפֿן שײַנענדיקע, ציטערנדיקע פּאַסן אויף רחלס אײַנגעפֿאַלענע ברוסט, באַלויכטן דעם דיקן בויך, די ברייטע טאַליע און פֿיס. דאָס פּנים אירס איז נאָך אַלץ געווען פֿאַרהוילן אין פֿינצטערניש.

„האָסט נישט קיין מזל צו ווײַבער, האַ? האָסט אָנגעטראָפֿן אויף אַ פֿאַרזעעניש", – האָט רחל געזאָגט און זיך געווענדט צו די שאַפּקעלעך.

„רעד נישט קיין שטותים!" – האָב איך זיך אָנגערופֿן, אַוועקגעזעצט אויף אַ שפּיץ געזעס פֿון אַ שמאָלן בענקל און זיך תּיכּף געכאַפּט, אַז זי האָט זיך מסתּמא געניייטיקט אין אַ קאָמפּלימענט נאָך די תּשמישי־מיטה. – „זײַ מיר מוחל... איך בין, ווײַזט אויס, אַ ווילדע חיה, וועלכע מע האָט אַרויסגעטריבן פֿון ישיבֿה, אָבער נישט אַרויסגעשלאָגן די ישיבֿה פֿון אים. מײַן אומגעלומפּערטקייט מיטן ווײַבלעכן מין איז פּשוט הימל־שרײַענדיק. אָסור טאָמער איך ווייס ווי מע קוועטשט פֿון זיך אַרויס אַ קאָמפּלימענט."

רחל האָט אָן עפּן געטאָן די טירלעך פֿון אַ שאַפּקעלע און אַרויסגענומען דערפֿון צוויי גלעזער.

„יִנגעלע, מעגסט מיר גלייבן אויפֿן וואָרט, אַז איך בין אַ מבֿינטע אויף שיינע ווערטער. זיי טויגן נישט! איך האָב אַרויסגעגעבן צוויי ביכער, וואָס האָבן אַרויסגערופֿן אַ סך לויב־ווערטער אין געוויסע קרײַזן. איך האָב אַרײַנגעלייגט אין זיי מײַן גאַנץ לײַב־און־לעבן, נישט געזשאַלעוועט געלט און איך בין געווען זיכער, אַז עס האָבן זיך באַקומען בײַ מיר גלײַכבאַרעכטיקטע קאַנדידאַטן אויפֿן נאָבעל־פּריז. עס האָט זיך פֿון אַלץ אויסגעלאָזט אַ בוידעם: זיי האָבן זיך פֿאַרקויפֿט זייער שוואַך. אויך בחינם האָט מען זיי נישט געוואָלט נעמען אין האַנט אַרײַן. וועגן אַ דריט בוך האָט קיין שום פֿאַרלאַג נישט געוואָלט וויסן. שיינע ווערטער טויגן נישט. אַ מענטש דאַרף זײַן אַ מבֿין אויף אַ געשעפֿט."

„איך בין, דער עיקר, אַ מבֿין אויף דעם, ווי אַזוי מע ציט אויס יענעם די נשמה. אַזאַ איז מײַן באַשעפֿטיקונג."

רחל האָט אָנגעגאָסן טיי אין די גלעזער און זיך אַוועקגעזעצט לעבן מיר. איך האָב געוואָלט וויַיטער צִיִען דעם שמועס, אָבער מײַן קאָפּ איז, ווי אויף צו להכעיס, אויסגעליידיקט געוואָרן. מיר בײדע זענען געזעסן בײַם טיש מיט די טיי־גלעזער אין דער האַנט און אײַנגעזונקען געוואָרן אין אַ שווײַגעניש אָן אַ דנאָ. איך האָב געוואָלט אַרויסקריכן פֿון דער שטילקייט, אָבער מײַנע כּוחות האָבן נישט געסטײַעט. רחל האָט געטאָן אַ האַלבן שלוק פֿון איר בריִענדיקער גלאָז און געזאָגט שטיל, ווי זי וואָלט מיר פֿאַרטרויט אַ סוד:

„זאָלסט נאָר וויסן, אַז איך האָב נישט געהאַט אַזוי פֿיל מענער ווי דו שטעלט זיך מסתמא פֿאָר. מיט דיר האָב איך געמאַכט אַן אויסנאָם, כ'ווייס אַליין נישט פֿאַרוואָס."

„וואָס איז דער חילוק וויפֿל מענער? נישט יעדע זאַך האָט אַ באַזונדערן באַטײַט אָדער לאָזט איבער אַ שפּור. אין משלי שטייט דאָך, אַז מע קען נישט דערגיין דעם וועג פֿון אַן אָדלער אין הימל, דעם גאַנג פֿון אַ שלאַנג איבער אַ פֿעלדז, און ווו אַ שיף שיפֿט אין מיטן ים."

„יאָ, און מיט וויפֿל מענער איז אַ פֿרוי געווען. טו מיר אַ טובֿה, לאָז מיך אָפּ מיט משלי און זײַנע חכמהלעך. איך דאַרף זיי האָבן ווי אַ לאָך אין קאָפּ. איך ווייס גאַנץ גוט, וויפֿל מענער זענען געווען טאָמער איך האָב קיינעם נישט אַוועקגעשלײַדערט אַהין, ווו עס דאַרף בלײַבן אין פֿאַרגעסעניש."

רחל האָט זיך אויפֿגעהויבן מיט צרות פֿונעם בענקל, זיך געטאָן אַ וואַקל, אַ רײַב געטאָן אַן אויג און געזאָגט, אײַנשלינגענדיק אַ ברייטן גענעץ:

„בייזער זיך נישט, יִנגעלע, אָבער די פֿאָרשטעלונג פֿונעם הײַנ־טיקן אָוונט האָט זיך פֿאַרענדיקט. די אויגן פֿאַרמאַכן זיך שוין בײַ מיר פֿון זיך אַליין און מאָרגן מוז איך זײַן אין קאַפּע גאַנץ קאַיאָר, די כאָלערע זאָל זיי כאַפּן. איך וועל דיך ווידער משמח זײַן אַן אַנדערש מאָל."

„נישט געפֿערלעך, איך בין אויך טויט־מיד“, – האָב איך פֿאַר־שטעלט דאָס מויל מיט דער דלאָניע, בעת אַ לאַנגער גענעץ האָט זיך אַרויסגעריסן פֿון מיר.

„מילא, קענסט שלאָפֿן דאָ, אויב דו כראָפּעסט נישט צו הויך. אוי, דער פֿאַרשאָלטענער מוטערלעכער אינסטינקט האָט זיך אויפֿגעוועקט אין מיר און איך האָב באמת רחמנות אויף דיר. ווי קען מען אַרויסוואַרפֿן אין דרויסן אַ מענטש אין מיטן דער נאַכט.“

„נישט געפֿערלעך, האָב איך געהאַט בדעה זיך אומקערן צו די עלטערן אַהיים. מײַן מאַמע איז פּשוט משוגע אויפֿן גאַנצן קאָפּ. זי קען נישט צומאַכן קיין אויג די גאַנצע נאַכט טאָמער איך נעכטיק נישט אין דער היים, און צומאָרגן באַפֿאַלט זי מיט שאלות אָן אַ סוף.“

„נו, ביסט מיאוס אַרײַנגעפֿאַלן. און אַז זי וועט דיך פֿרעגן, ווו דו ביסט געווען און וואָס דו האָסט דאָרט אָפּגעטאָן, וואָס וועסטו דעמאָלט ענטפֿערן?“

„איך וועל אויסזאָגן דעם גאַנצן אמת: איך בין געווען בײַ שלמהלען, מײַן חבֿר, און מיר האָבן געלערנט אַ בלאַט גמרא מיט אַ ברען, זיך אַרײַנגעלאָזט אין פּילפּולים, מיט 'ניתן לישב' און 'איכפּא מסתברא', און די מעשׂה האָט זיך געצויגן אַ קאַפּעלע לענגער. דער שלמהלע, דאַרפֿסטו וויסן, איז אַן אויסוואורף, אַ מנוול, אַ שווינדלער, אַ נישט־טויגער, אַלץ אין דער קאָרט, נאָר בײַ מײַן מאַמען פֿאַרנעמען די מלבושים און די יאַרמעלקע דעם אויבנאָן מעגסט זײַן אַ מענטשנפֿרעסער. בײַ די עלטערן אין שטוב טראָג איך אַ יאַרמעלקע, אָבער די מאַמע מעסט מיך אָן קרום סײַווי. זי דערשמעקט מיטן נעזל מײַנע אַפּיקורסישע שטיק. מײַן אמונה איז אַ וואַקלדיקע און מאָרגן אָדער איבערמאָרגן קען אַ ווינטל אַוועקטראָגן מײַן יאַרמעלקע אַהין, ווו דער שוואַרצער פֿעפֿער וואַקסט. זי פֿרייט זיך בפֿירוש, וואָס איך פֿאַרברענג מיט שלמהלען דעם האָרבאַטש. זי האַלט, אָן שום באַרעכטיקונג, אַז ער האָט אַ געוויסע השפּעה אויף מיר און האָפֿט, מסתּמא, אַז ער וועט צוריקדרייען דאָס רעדל און מיך אַרויפֿפֿירן ווידער אויפֿן גלײַכן וועג.“

15

אַז איך האָב אויפֿגעעפֿנט די אויגן, איז דער צימער געווען בלווילער־גרוי. שוין צײַט צו זאָגן קריאת־שמע לויט רבי אליעזר, נאָר וואָס קריאת־שמע, ווער קריאת־שמע? קיינער הערט נישט סײַ ווי סײַ און רעדן צו זיך אַליין, זײַענדיק איבערצײַגט, אַז עמעצער, אַ חוץ דיר גופֿא, הערט, איז געוויס אַ סימן, אַז אַ פּסיכיאַטער מוז דיך באַטראַכטן. איך בין נאָך נישט אין אַזאַ צושטאַנד, כאָטש דערווײַל. איך בין געלעגן צווישן דעם צעוואָרפֿענעם, צעקנייטשט בעטגעוואַנט אַ פֿאַרשוויצטער, מיט אַ טשאַד אין קאָפּ, דער גומען איז געווען טרוקן, אין האַלדז האָט מיר געקרעלט און טעמפּע מחשבֿות זענען אַרומגעשווומען אין מוח און געקלאַפּט אין די שלייפֿן ווי קליינע העמערלעך. אַ ווײַל האָט זיך מיר געדאַכט, אַז איך בין גאָר נישט געשלאָפֿן די גאַנצע נאַכט, בלויז פֿאַרמאַכט די אויגן אויף אַ פּאָר מינוט. אַ שווערקייט האָט זיך פֿאַרלייגט איבער מיר, אַן אויסגעשעפּטקייט, אַ מבֿולבלדיקע פּוסטקייט האָט צעעפֿנט דעם שלונד אין מיר. מײַן נשמה איז אין ערגעץ נישט געפֿלויגן בײַ נאַכט און אַוודאי האָט זי נישט איבערגעגעבן מײַנע מעשׂים דורך דעם טאָג צו די מלאָכים. דער ענין איז גאַנץ אַ פּשוטער: עמעצער האָט אָנגעקוועטשט אויף אַ קנאָפּ אָדער אַרויסגעצויגן דאָס דראָט פֿון עלעקטריע, און איך בין פֿאַרלאָשן געוואָרן – דאָס האָט געהייסן, אַז איך שלאָף. איצט האָבן פֿרעמדע הענט מיך ווידער צוגעלאָנטשט צו עלעקטריע. איך האָב בײַ קיינעם נישט געבעטן אַנטשלאָפֿן ווערן און נישט געמאָנט מע זאָל מיך אויפֿוועקן. נו, אָבער איצט בין

איך דאָך פֿאָרט וואָך מוז איך בלית־ברירה פֿונקציאָנירן, טראַכטן, טרינקען און עסן.

איך האָב זיך דערמאָנט אין דעם, וואָס עס איז פֿאַרלאָפֿן נעכטן: פֿײַוויש דער נישט־טויגער און זײַן למדנות, ר׳ יוחננס שיל, די פֿאַרשלאָפֿענע טשודאַקן מיט די קינדישע פּנימער און טעמפּע מוחות, ר׳ יוחנן און זײַן פֿײַערדיקע, פֿאַלשע אמונה, זײַן אומפֿאַרשעמטקייט און לעבערלעכער בטחון, שלמהלע דער שלימזל און די פּאָליציי, די רשעים, וואָס האָבן אים לסוף געפּאַקט. נו, ייִדן זענען נישט געקומען אויף דער וועלט צו פֿאַרברענגען שיין! די געשרייען „נאַציס!״, געצילט אין צוויי פּאָליציאַנט, וואָס האָבן געהאַט די העזה צו מאָנען גערעכטיקייט, שלמהלע, מיט אַן אַראָפּגעלאָזטן קאָפּ, מיט אַן אײַנגעבויגענער פּלייצע און דער וואַקלדיקער האָרב, ווערט אַרויסגעפֿירט פֿון ר׳ יוחננס שיל פֿון די צוויי פּאָליציי־לײַט. אַ טריט פֿון דער הילצערנער טיר דרייט ער זיך אויס צו אונדז און פֿירט זײַן בליק איבער אונדזערע פֿאַרשוויצטע, רויטע פּנימער און אין זײַנע אויגן טליִעט אַן עקשנותדיק פֿײַערל און אַ ייִדישער צער אָן אַ דנאָ קוקט אַרויס פֿון זיי. אַ צוויי־טויזנטדיקער ייִדישער צער, ווי אין שפּאַניע בײַ די אינקוויזיציע־שײַטערס ווי אין מײַנץ, שפּײַער, כמעלניצקיס צײַטן. נו, אַ קליינער חילוק! דאָ האַנדלט זיך אין אַן אויסוואורף, אַ שווינדלער, אַ שאַרלאַטאַן, וואָס האָט באַגנבֿעט אַן הילפֿלאָזע פֿרוי, וועלכע איז שוין נישט מיט אַלעמען, אַ מענטש, וואָס האָט אָנגעטאַפּט, דאַכט זיך, דעם סאַמע דנאָ פֿון מענטשלעכער מאָראַלישקייט. ער ווערט געפֿירט מיט זײַדענע הענטשקעס, אַ הערעלעך זאָל חלילה נישט פֿאַלן פֿון זײַן קאָפּ. ווי איז דאָס געמאָלט געוואָרן, אַז אַלע צדיקים אין שיל זאָלן אַרומטאַנצן אַרום שלמהלע ווי לאָשיקלעך; זיך אָנגענומען פֿאַר אים, נישט אָפּגעבנדיק זיך קיין חשבון, אָן קווענקלעניש, אָן נאָכקלערעניש, אָן צווייפֿל. אין זייערע הערצער איז נישט געווען קיין פּלאַץ פֿאַרן מינדסטן ספֿק. זיי דינען די טומאה מיט אַ פֿאַנאַטיש דבֿקות. את חטאי אני מזכיא, איך האָב אויך געטאַנצט צוזאַמען מיט

יענע רשעים. איך האָב זיך אויך געריסן דעם האַלדז צוזאַמען מיט זיי. בין איך, הייסט עס, אויך אַ שטיק רשע. אַ בזיון! ווײַזט אויס, אַז איך האָב נישט פֿאַרמאָגט דעם מאָראַלישן כּוח און נישט גענוג שטאַרקן ווילן צו שטערן דאָס שׂימחהלע. מילא, זיי וואָלטן זיך סײַווי נישט צוגעהערט.

איך האָב זיך אויפֿגעהויבן פֿון בעט מיט אימפּעט, ווי עמעצער וואָלט מיך בגוואַלד אַרויסגעריסן פֿון דעם געלעגער. אַ שוואַכיק ווינטל האָט אַרײַנגעבלאָזט אין צימער און געבראַכט מיט זיך אַ קנויל פֿרימאָרגנדיקער קילקייט. די קילקייט האָט זיך אָבער באַלד אויסגעוועפּט און די מסוכנע, שטינקענדיקע חמימה וואָס האָט זיך געשטעלט אין דרויסן זינט נעכטן, האָט ווידער איבערגענומען די ממשלה.

אַ בוך מיט אַ שוואַרצער הילע איז געלעגן אויפֿן שרײַבטיש ווי אַ פֿאַרווּנדיקטער קראָ. אויף דער פֿאָדערשטער הילע איז געשטאַנען אָנגעשריבן מיט ווײַסע אותיות: „אין קרומען שפּיגל". ווי קומט דאָס בוך אַהער? – האָב איך זיך געוווּנדערט. זײַן גאַנצער אויסזען איז געווען אַ נעבעכדיקער, אַרויסגערופֿן רחמנות. ווײַזט אויס, אַז דער פֿאַרלאַג האָט נישט איבערגעקערט די וועלט, אַז דאָס בוך זאָל צוציִען דעם עולם־לייענערס. ווער האָט עס אָנגעשריבן צו אַלדי שוואַרצע יאָר? נאָך אַ נאַרישקייט פֿון דעם ברודער דזשעיקאָב־יעקבֿ? איצט האָט ער זיך צוגעכאַפּט צו דער פֿעדער? אַז ס'גלוסט זיך אַ מענטש זינדיקן זאָל עס אים ווויל באַקומען, פֿאַר וואָס מוז מען פֿאַרשאַפֿן צער און עגמת־נפֿש די אַנדערע?

איך האָב צוגעשאַרט דאָס בוך צו זיך. דער נאָמען פֿון דעם שרײַבער איז נישט געווען קיין דזשעיקאָב. ווײַזט אויס, אַז עפּעס אַ רחל האָט עס אָנגעשריבן... מילא, זאָל זײַן אַ רחל. פּלוצעם האָט רחל זיך געשטעלט פֿאַר מײַנע אויגן אַ נאַקעטע מיט אַלע אירע פֿעלערן און מעלות, ווי אין יענער נאַכט, מיט צוויי טעג צוריק. אוי גאָטעניו! איך האָב שיִער נישט פֿאַרגעסן אין איר. נישט נאָר מײַן ווילן איז

אָפּגעשוואַכט געוואָרן, אויך מײַן זכּרון הייבט אָן אונטערהינקען. אַ פֿריִער אַלצהײַמער... איך האָב דאָס געוווּסט! דאָס מאַכט אַלע מײַנע פּלענער צו נישט. ווי קען מען שרײַבן אָן אַ זכּרון? אַ קנויל האָט זיך מיר געשטעלט אין האַלדז און דער בויך איז געוואָרן האַרט, ווי אַ פּויק. איך מוז זיך באַרויִקן, אָטעמען טיף. איך האָב זיך דערמאָנט ווי האַרט פֿאַרן אַוועקגיין האָט מיר רחל, כּמעט בגוואַלד, אַרײַנגעשטופּט אין דער האַנט איר בוך און געשעפּטשעט זיסלעך: „זאָלסט האָבן וואָס צו נאַשן אונטערוועגנס...” איך האָב איר צוגעזאָגט איבערצולייענען מיט קאָפּ און צוגעבן מײַנע באַמערקונגען.

איך האָב זיך געלייגט אין בעט מיטן בוך און אָנגעהויבן לייענען. די העלדין, אַ יונגע פֿרוי אין די מיט־צוואַנציקער האָט נישט קיין פֿאַך אין די הענט. זי וואַלגערט זיך צווישן מיאוסע געדונגענע דירות מיט פֿאַרשימלטע ווענט און זוכט אַנערקענונג אין די גאָר שמאָלע קרײַזן פֿון דער ירושלימער ליטעראַרישער וועלט. איר גרעסטע לײַדנשאַפֿט איז אַרויסרײַסן זיך פֿון דער באַנאַלישקייט, וואָס רינגלט זי אַרום און ווערן אַ פֿולשטענדיקע שרײַבערין. די ערשטע זײַטן זענען אָנגעפּאַקט מיט אירע גאָר נישט אָריגינעלע באַמערקונגען און מחשבֿות וועגן דעם לעבן און דעם פּײַניקונג־מעכאַניזם, וואָס ווערט אָנגערופֿן „די מענטשלעכע געזעלשאַפֿט”. די שטימונג בײַט זיך כּסדר: אָט איז זי אַ פֿריילעכע, וויל אַרומכאַפּן די וועלט און אָט פֿאַלט זי אַרײַן אין פֿאַרצווייפֿלונג, שיִער וואָס נעמט זיך נישט דאָס לעבן. קיין אַנדערע געפֿילן זענען נישט בנימצא. דערווײַל, ביז די וועלט וועט קלינגען מיט איר פֿירט זי אַלערליי ליבעס מיט כּל־המינים ווילדע פּאַרשוינען: היימלאָזע פּאָעטן, חרדים וואָס באַהערשן זי קוים, פֿרויען, וואָס גערן צו אַ ווײַבערלעכער געזעלשאַפֿט, בלאָנדע יו.ען.־זעלנער, באַוווּסטע מענער... אָבער אַלץ לויפֿט פֿאַרבײַ אַזוי גיך, יעדער איינער גייט אַרויף אויף דער בינע, שפּילט אָפּ זײַן ראָלע און גלײַך גייט אַראָפּ, נישט איבערלאָזנדיק קיין שפּור אין דער נשמה פֿון דער צוקונפֿטיקער שרײַבערין. זי אינטערעסירט זיך און גיט זיך

אָפּ, אייגנטלעך, בלויז מיט אַן איין־און־איינציקער זאַך: מיט זיך אַליין. קענטיק דאַרף דער גיכער ריטעם צוגעבן לעבעדיקייט דער סיפּור־המעשׂה, אַ געפֿיל פֿון פֿרישער, צאַפּלדיקער יוגנטלעכקייט, נאָר בײַ מיר האָט אַזאַ צוגאַנג אַרויסגערופֿן אַ געפֿיל פֿון נעווראָטישקייט אָן אַ תּוך. ווײַזט אויס, אַז רחל די אָנגעזעענע רעביצין, האָב איך געטראַכט, טויג אין גרונט נישט מער ווי אירע תּלמידות מיט זייערע אומגעלומפּערטע שרײַבעכצער. זי האָט בלויז אַ רײַכערע שפּראַך און שרײַבט מיט געניטשאַפּט. דעריבער האָט זיך איר אײַנגעגעבן צו פֿאַרשטעלן די הוילע באַנאַלקייט בעסער. אַ גרויסע אַנטוישונג. די אויגנלעפּלער האָבן זיך פֿאַרמאַכט – אַ סוף.

איך ווייס נישט ווי לאַנג איך בין געשלאָפֿן. עמעצער האָט געקלאַפּט אין דער טיר און איך האָב זיך איבערגעוועקט מיט אַ צאַפּל. דאָס בוך, וואָס איז געלעגן אויפֿגעעפֿנט אויף מײַן בויך, האָט זיך אַראָפּגעגליטשט און איז געפֿאַלן אויפֿן דיל. דער צימער איז שוין געווען גוט ליכטיק. אַלץ אַרום האָט באַקומען אַ מאָדנעם גלאַנץ. מע האָט געקענט באַשײַמפּערלעך געפֿינען אַ טראָפּן שיינקייט אויך אין דער קופּע שמוציקע, צעקנייטשטע מלבושים, וואָס האָבן געהאַלטן אין איין וואַקסן לעבן דעם בעט. באַלד האָט זיך דערהערט ווידער אַ שוואַכער קלאַפּ אין דער טיר. איך האָב גאָר נישט געענטפֿערט, אָבער די מאַמע האָט זיך ווייניק געמאַכט דערפֿון: די טיר האָט זיך פֿריִער געעפֿנט אויף אַ שפּאַרונע און דערנאָך זיך אַ פּראַל געטאָן. דער מאַמעס פֿאַרזאָרגטע געשטאַלט, אָנגעטאָן אין דעם אַלטן, גרוי־געוואָרענעם פֿאַרטעך, האָט זיך באַוויזן אויף דער שוועל. איך האָב דערפֿילט ווי מײַן בלוט־דרוק טוט אַ שפּרונג אַרויף. די דאָזיקע פֿרוי איז פּשוט אַ פֿאַרפֿאַלענע. דאָס האַרץ האָט גענומען שלאָגן גיך. זי וועט שוין קיינמאָל נישט בײַטן אירע דרכים. זי איז קיינמאָל נישט געווען מסוגל תּופֿס זײַן און וועט זיך שוין קיינמאָל נישט אויסלערנען, אַז מענטשן האָבן אַלערליי עסקים אין זייער צימער, מיט זיך און מיט אַנדערע, צו

וועלכע זי האָט נישט די מינדסטע נגיעה. אַזאַ באַגריף ווי רשות־היחיד איז איר פֿרעמד בתּכלית־הפֿרעמדקייט. וואָס וואָלט געווען, אַשטייגער, טאָמער רחל וואָלט אַרײַנגעקראָכן צו אים אין צימער דורכן פֿענצטער און זיי וואָלטן איצט עוסק געווען אין אַ גרויסער מיצווה? די מאַמע וואָלט מסתּמא געכאַפּט דאָס חלשות.

„הערש?" – האָט איר קול געטאָן אַ סקריפּע.

„וואָס איז? עס איז אויסגעבראָכן אַ מלחמה? זעסט נישט, אַז איך שלאָף? איך בין קראַנק. איך פֿיל זיך נישט גוט."

„הערש, וואָס איז דיר? וואָס איז געשען, וואָס דו פֿילסט זיך נישט מיט אַלעמען? האָט דיר חלילה פֿאַרדאָרבן דעם מאָגן? דו ווייסט גאַנץ גוט, אַז דאָס עסן אין רעסטאָראַן איז ווי סם פֿאַר דיר. עס איז שוין שפּעט אין טאָג אַרײַן. האָסט שוין געזאָגט קריאת־שמע?"

„ניין, איך האָב נישט געזאָגט. גאָט האָט וויכטיקערע זאַכן צו טאָן ווי אויסהערן מײַן נעבעכדיק קריאת־שמע."

„הייבסט שוין ווידער אָן? תּיכּף וועסטו שוין נישט קענען זאָגן. וועסט באַלד פֿאַרפֿעלן קריאת־שמע."

„וואָס האַקסטו דאָרט? וויפֿל איז דער זייגער?"

דער מאַמעס פּנים איז געוואָרן בלאַס און רויט. זי האָט געוואָלט עפּעס זאָגן, אָבער זיך געביסן די ליפּן. מסתּמא האָט זי זיך געעצהט מיט אַ רבֿ, אַ קלאָץ, און ער האָט איר געזאָגט, אַז מיט מיר דאַרפֿן מען זיך באַגיין נאָר מיט גוטן, אויב מע וויל מיך מקרבֿ זײַן. זי האָט געכאַפּט אַ בליק אויף דער באָבעס האַנטזייגער מיטן קרומען, פֿאַרשימלטן רימען. די איינציקע זאַך, אַ חוץ חובֿות, וואָס איז דערגאַנגען צו איר בירושה.

„ס'איז שוין אַכט און צוואַנציק מינוט!" – האָט זי געקרומט די אויסגעדאַרטע ליפּן, אַז זיי האָבן אַזש אָנגעוווירן די לעצטע שפּורן פֿון קאָליר. איצט האָט זי אויסגעזען ווי אַ ציינלאָזע אַלטיטשקע.

„זומער־צײַט מעג מען זאָגן קריאת־שמע ביז האַלב צען, דער דין איז אַזאַ: מ׳מעג זאָגן קריאת־שמע נאָר אין משך פֿון דעם ערשטן פֿערטל פֿון דעם טאָג. דו קענסט נישט דעם דין."

„ס׳איז דאָ אויך אַ מיצוות כיבוד אב ואם!" – האָט די מאַמע זיך אָפּגעקערט פֿון מיר אַ ברוגזע, אָבער די רוגזה איז תּיכּף אַנטרונען געוואָרן.

„הערש, וואָס איז דיר?" – האָט זי ווידער גערעדט מיט אַ ווייך קול, ווי דער רבֿ האָט געהייסן. – „ביסט חלילה קראַנק? דו ווייסט, נישט בײַ אַלע קרענק שטעקט די סיבה אין גוף. פֿאַראַן זאַכן, וואָס נעמען זיך פֿון פּראָבלעמען אין רוחניות, לא־עלינו. אפֿשר איז כּדאַי זאָלסט רעדן מיט אַ רבֿ? מ׳קען אַ סך אויפֿטאָן אין דײַן פֿאַל."

„מײַן פֿאַל? וואָס קען אַ רבֿ שוין אויפֿטאָן? אַ רבֿ וועט נאָר דרייען מיט דער צונג. ער קען דען מאַכן פֿון אַ מיאוסע וועלט אַ שיינהייט? ניין! אַ רבֿ קען אײַנרעדן אַ קינד אין בויך, געוויס! ער נאַרט אָפּ יענע, וואָס זוכן מיט ליכט מע זאָל זיי אָפּנאַרן..."

„הערש! דו מיינסט, אַז די חכמה ליגט נאָר בײַ דיר" – האָט מיך די מאַמע איבערגעשלאָגן.

„מיר פֿאַרשטייען נישט די חשבונות, וואָס מע פֿירט אויבן, האַ? אויך אַ רבֿ פֿאַרשטייט נישט. אַזעלכע זאָגעכצער רינען מיר אויס פֿון די אויערן. זיי זענען אַ שווינדל, אַן אָפּשטויס מיט אַ שטרויעלע."

„האָסט גערעדט מיט ליזאַן?" – האָט די מאַמע געביטן די טעמע. – „אפֿשר דאַרפֿסטו מאַכן בלוט־אַנאַליזן אָדער אַנדערע אַנאַליזן? איך זאָג נישט, אַז עפּעס איז, חלילה, נישט כּשורה. נאָר... און אפֿשר פֿעלט דיר אויס אַ וויכטיקער וויטאַמין אין בלוט, בע־12? וויטאַמינען ווירקן זייער שטאַרק אויף דער שטימונג. דעריבער ביסטו אַזוי אויפֿגערעגט, אַזאַ היציקער קאָפּ, וואָס מע קען נישט רעדן מיט אים קיין וואָרט ווי עס פֿירט זיך צווישן לײַט. ער ענטפֿערט דער מאַמען מיט אַזאַ לשון... נו, אַ מאַמע שלינגט אַראָפּ אַלץ. לסוף קומט אויס, אַז אַלץ איז צוליב מאַנגל אין בע־12. זאָג מיר, ווען ביסטו געווען בײַ ליזאַן דאָס לעצטע מאָל, האַ?"

„נישט געוועזן" – האָב איך געענטפֿערט מיט ווייניק חשק. דער דאָזיקער שמועס דערפֿירט נישט אין ערגעץ. יעדער באַלעקט זיך די וווּנדן.

„קלינג איר אָן הײַנט", – האָט די מאַמע באַפֿוילט. – „תּיכּף פֿאַר דעם וואָס די פּאַציענטן הייבן אָן אַרײַנצושטראָמען צו איר. דו מיינסט, אַז ס'איז צום לאַכן, אָבער ס'איז נישט צום לאַכן. דאָס איז צום וויינען."

„איצט ווילסטו אַרײַנוואַרפֿן אין מיר וויטאַמינען? איך וועל איר נישט אָנקלינגען, ווײַל זי קען מיר מיט גאָרנישט אַרויסהעלפֿן. זי קען נישט איבערמאַכן די וועלט."

„גוט, איך זע, אַז מיט דיר קען מען נישט איבערקומען מיט רייד, וועל איך אָנקלינגען אַ רבֿ!" – האָט די מאַמע באַשטעטיקט, אַרויסגעגאַנגען פֿון צימער און פֿאַרמאַכט די טיר הינטער זיך.

„געזונטערהייט", – האָב איך אויסגערופֿן שוין צו דער פֿאַר־מאַכטער טיר.

איך בין געלעגן אין בעט. דאָס האַרץ האָט ווײַטער געקלאַפּט גיך און איך האָב דערפֿילט יעדן אָטעם. איך האָב דערהערט דער מאַמעס קול. זי האָט גערעדט הויך אויפֿן טעלעפֿאָן מיט אַ קינה־ניגון. דערנאָך איז געוואָרן שטיל. איך האָב נישט געקענט זי זען, אָבער איך האָב געוווּסט גאַנץ גוט וואָס זי טוט: זי האָט זיך געשטעלט דאַווענען, אויסרעדן דאָס האַרץ פֿאַר רבונו־של־עולם. ער וויל פֿון אונדז גאָר נישט הערן, דאָס פֿאַרשטייט זי אויך נישט, אָבער מיר כאַפּן זיך אָן אין זײַן פּאָלע מיט די נעגל. זי שטייט אָנגעטאָן אין דעם קויטיקן פֿאַרטעך, באַדעקט די אויגן מיט איר אָדערדיקער האַנט און שעפּטשעט. זי וויל מסתּמא איך זאָל צוריק קומען צו זיך. גאָט זאָל פֿון מיר אַרויסשלאָגן די בייזע מחשבֿות און נאַרישקייטן פֿון קאָפּ איך זאָל קענען ווערן ווידער אַ לײַט. ווייל איז איר, וואָס זי איז מסוגל אויסלעבן די יאָרן מיט פֿאַרמאַכטע אויגן און אָנרופֿן די פֿינצטערניש ליכטיקייט.

מיר אַלע ווערן געמישפּט צו טאָפּטשען זיך אין אַ שטינקענדיקן זומפּ, אָנטאַפּן דעם נעפּל, זוכן דעם אויסוועג, זײַענדיק אַרומגערינגלט מיט ווילדע מענטשן. די מאַמע האָט נאָר איר הערשל אין זינען. איך בין, בײַ איר דער עוכר־ישׂראל.

16

ווען איך האָב דערהערט שלמהלעס קול אויף יענער זײַט ליניע, האָב איך דערפֿילט אין מויל די זויערע זאַפֿטן פֿון מאָגן. זײַן קול האָט געקלונגען האָפֿערדיק און טעמפּ ווי תּמיד. ער האָט גערעדט גיך, ווי אַ פּאַריאָגטער, אין זײַן אײַלעניש האָט ער אײַנגעשלונגען האַלבע ווערטער און די זאַצן האָבן זיך אַרויסגעקײַקלט פֿון זײַן מויל, ווי אַ שטיינער־פֿאַל. אַזאַ איז געווען זײַן טבֿע. איך האָב זיך דערמיט נישט איבערגענומען. ער האָט נישט געוואָלט מאַריך זײַן אויפֿן טעלעפֿאָן. ער נייטיקט זיך אין מיר צוליב אַ לעגאַלן ענין, אַ קלייניקייט, נישט קיין גרויסע מעשׂה, נאָר מ'קען נישט רעדן וועגן דעם פּרײַ אויפֿן טעלעפֿאָן. די חבֿרה פֿונעם פֿעטער הערן אונטער. אַזאַ ממזר איז ער. אין וואָס גייט עס? אַ געשעפֿט, אַ געוואַלדיקע זאַך. ער וועט מיר אַלץ דערציילן, אַז איך וועל קומען צו אים אין ביוראָ. דער ענין מיט דער פּאָליציי האָט זיך אויסגעלאָזט מיט גוטן. נו, אַבי אַרויסגעקראָכן פֿון גרוב, וואָס איז דאָ זיך קלאָגן לאַנג? וואָס איז אמת, מ'האָט אים באַהאַנדלט שיין, נישט ווי עפּעס אַן אָרחי־פּרחי, צוגעטראָגן טיי און קאַווע, נאָר דער אויספֿאָרשער אַליין האָט אים גענומען אויף אַ פֿאַרהער, פֿאַרשיט מיט קשיות וועגן יעדער קלייניקייט. נו, מאַכט נישט אויס! ס'איז שוין אַריבער, געוואָרן אַן אַלטע מעשׂה. אַבי מיר זענען אַרויסגעקראָכן בשלום! דאָס איבעריקע איז גאָר נישט וויכטיק.

שלמהלע האָט בפֿירוש באַטאָנט דאָס וואָרט „מיר". דער ענין, אַזוי לויט אים, האָט נישט געהאַט צו טאָן בלויז מיט אים אַליין. מע מוז מודה זײַן, אַז ער איז געווען גערעכט, אין לעצטן סך־הכּל, האָב

איך גערעדט צו זיך בשעתן אַראָפּגיין די טרעפּ, אײַלנדיק זיך צו אים. דער פּלאַן איז טאַקע נישט געווען מײַנער, אָבער איך האָב זיך אַרײַנגעריסן מיט אים צוזאַמען, אַקסל צו אַקסל, אין אַ דירה פֿון אַ פּאָלנער פֿרעמדער פֿרוי, וואָס איך האָב זי קיין מאָל פֿריִער אין מײַן לעבן נישט געזען, און איך וועל האָפֿנטלעך זי נישט זען אויך ווײַטער. איך האָב זיך אַרומגעדרייט אין איר וווינצימער, ווי בײַ זיך אין דער היים און אָנגעטאַפּט אירע זאַכן מיט עזות, אָן אַ טראָפּנדל כּבֿוד, ווי זי וואָלט געהערט צו מיר פֿון ששת־ימי־בראשית אָן. אַז זי האָט אונדז געפּאַקט, האָב איך געשטעלט פּיס גלײַך נאָך שלמהלען, און פֿון זיך וועגדן אין פּאָליציי האָט נישט געקענט זײַן קיין רייד. איך בין אַ פֿולשטענדיקער שותּף צו דער עוולה. דער דאָזיקער פֿאַקט לאָזט זיך נישט לייקענען.

אין דרויסן איז געווען בין־השמשותדיק. אַ מאָדנע טונקלקייט איז צוגעפֿאַלן, זיך געקײַקלט איבער די דעכער און געציילטעביימער. דער הימל האָט אָנגעוווירן זײַן געוויינטלעכן קאָליר. די געוויינטלעכע העלע, זומערדיקע בלויקייט איז אַנטרונען געוואָרן, ווי עמעצער וואָלט אַראָפּגעצויגן די בלוילעכע מאַסקע און איצט אַנטפּלעקט פֿאַר די מענטשן דעם הימל אַ הוילן, אַ נאַקעטן. אין זײַן טבֿע ווערט ער נישט באַזעסן פֿון אַ דערבאַרעמדיקן גאָרטן און פּמליא־של־מעלה. ער איז פּוסט, גרוי און פֿול מיט גרוילן. איך האָב אויפֿגעהויבן דעם בליק; דאָ האָט זיך געלאָזט זען אַ סאָרט ברוינקייט און ווײַטער עפּעס אַ טיפֿערע גרויקייט האָט זיך פּלוצעם געוואָרפֿן אין די אויגן. אַ הייסער ווינט האָט מיטגעבראַכט צוזאַמען מיט אַ טרוקענער חמימה קנוילן שטויב פֿונעם מידבר, וואָס לויערן איבער דער שטאָט פֿון מיזרח. פֿון די ירושלימער שטיינער האָט אַרויסגעשלאָגן אַ היץ ווי פֿון ברענענדיקע קוילן. די זון איז געוואָרן אַ בלאַסער קויל, וואָס איז געבליבן הענגען איבער די ירושלימער דעכער. די גאַסן זענען געווען שטיל, די געציילטע פֿאַרבײַגייערס האָבן אויסגעזען ווי תּמעוואַטע בריות מיט גראָבע פּנימער, ווי בײַ חיות; דאָ קומט אַנטקעגן אַ בער, אַ

וואָלף, עטלעכע קי פּאַשען זיך דערבײַ, און די פֿערד מאַכן אַ געלויף, אָפּשטויסנדיק די פּאַרזעעניש מיט טעמפּע מוחות. ליידיקע קעפּ, ווי בײַ דעם פּראָגער גולם. די היץ האָט צעשמאָלצן בײַ זיי די מחשבֿות, צעטריבן די הינקענדיקע אײַנפֿאַלן: זיי גייען, ווײַל די פֿיס טראָגן זיי, זיי רעדן, ווײַל די מײַלער עפֿענען זיך, זיי זעען, ווײַל די אויגן־לעפֿלעך פֿאַלן בײַ זיי נישט צו. אַזאַ סאָרט עקזיסטענץ ווערט פֿאַררעכנט בײַ יענעם ווי אַ האַרבער שטראָף, ממש נישט אויסצוהאַלטן, און ער בעט פֿאַר זיך דעם טויט.

זייערע לעבנס זענען אַ שטראָף און פֿאַר אָט דער שטראָף לויבן זיי דעם אייבערשטן דרײַ מאָל אַ טאָג און זענען גרייט גיין פֿאַר אים אין וואַסער און אין פֿײַער. גאָטס קינדער: מיאוסע מענער אײַלן זיך אויף זייערע קרומע, דאַרע בושל־פֿיס, שמייכלען אַרויסוויַיזנדיק זייערע געלע ציין; קינדער אָן אַ טראָפּנדל חן, וואַרפֿן אויפֿן אַרום דערשראָקענע בליקן, מיאוסע ווײַבער מיט שוויציקע פּנימער און גראָבע גופֿים, גייען מיט אַ וואַקלענדיקן גאַנג, די פֿעטע פּולקעס זייערע זאָלן זיך נישט רײַבן איינע אין דער צווייטער. די פֿאָרעמלאָזע הינטנס וויברירן ווי זשעלאַטין. דער גיהנום איז דאָ – נישט אויף יענער וועלט. אויף יענער וועלט קען זײַן בלויז אַ גן־עדן און אַ נישט, וואָס איז אויך אַ שטיקל גן־עדן, אין פֿאַרגלײַך מיט די דאָזיקע גאַסן.

דער בנין, דער פּרנסה־געבער בײַ שלמהלעס משפּחה, איז געשטאַנען עפּעס אָפּגערוקט פֿון די אַנדערע בנינים, ווי אַ צעשוי־בערטער זקן אויף אַ שיידוועג. בײַ דעם אַרײַנגאַנג, האַרט לעבן אַ ריי אָפֿענע פֿאָסטקאַסטנס מיט פֿאַרבויגענע טירלעך איז געשטאַנען אַ ברייטביינערדיקער בחור מיט לאַנגע פּאות און האָט צוגעקלעפּט אַן אַפֿיש: „ותטמאו את ארצי ואת נחלתי שמתם לתועבה”. נו, מ'האָט אַזש אַרויסגעשלעפּט ירמיהון דעם נבֿיא פֿון דער ערד אַרויס, האָט אַ קול געגעדעט אין מיר, ווו ער שלאָפֿט געשמאַק שוין ווער ווייסט וויפֿל יאָר. מסתּמא נישט אומזיסט האָט מען אים מטריח

געוועזן אַהער פֿון עולם־האמת. ס'גייט דאָ אין ווער ווייסט וואָס פֿאַר וויכטיקן ענין.

דעם בחור האָב איך געזאָגט: „ברודערל, וואָס קלעפּסטו דאָרט צו?" – ער האָט זיך אויסגעדרייט צו מיר און דער אַפּיש האָט זיך אַ נייג געטאָן מעשׂה־משרת. דער בחור מיט די לאַנגע פּאות האָט מיך באַטראַכט אַ רגע מיט אַ פּאָר שײַנענדיקע, קײַלעכדיקע אויגן, ווי בײַ טויטע פֿיש אין מאַרק. לסוף האָט ער זיך מישבֿ געווען און מיר אָפּגעגעבן אַ וואַרעמען שלום־עליכם, אויסשטרעקנדיק אַ נאַסע האַנט, ווי מע טוט עס מיט אייגענע:

„שלום־עליכם! האָסט נישט געהערט? אַ תּועבֿה קומט דאָ פֿאָר!" – געזאָגט און געגעבן אַ ווונק. – „אָבער רעדן אַ סך פֿון דעם איז נישט גוט."

„ווי שפּאַנען הײַנט?" – האָב איך זיך געמאַכט תּמעוואַטע.

„יאָ, הײַנט!" – האָט ער ווידער געוווּנקען.

„אַזוי? יענע לײַט?"

„געוויס, יענע! מ'מוז אויסהיטן די אויגן. ס'אַ שמירת־ענים."

„מיטן פֿאָן, מיט די פֿענער מיט די..."

„געטראָפֿן!"

„אַן עבֿירה, בנאמנות", – האָב איך געשאָקלט מיטן קאָפּ, ווי דערמיט וואָלט איך געקענט אָפּטרייסלען פֿון זיך די פֿאַרוועטע זעונגען און שמוציקע מחשבֿה־זרות.

„שוין איין מאָל אַן עבֿירה! ירושלים איז הייליק" – האָט ער זיך געווענדט ווידער צו דעם אַפּיש און גענומען אים צוקלעפּן צו דער וואַנט.

„און מוז בלײַבן הייליק!" – האָב איך אויפֿגעהויבן דאָס קול און דער פֿויסט האָט זיך אויפֿגעהויבן בײַ מיר פֿון זיך אַליין. דער עכאָ האָט מיר אָפּגעענטפֿערט פֿון אַלע טונקעלע ווינקלען.

כּדי אָנצוקומען אין שלמהלעס ביוראָ, האָב איך געדאַרפֿט אַראָפּגיין די טונקעלע טרעפּ, וואָס פֿירן פֿון פּאַרטער אין אַ חלל,

װעלכער האָט געזאָלט לכתּחילה דינען װי אַ מיקלט, אָבער איז פֿאַרװאַנדלט געװאָרן אין פֿאַרלױף פֿון יאָרן אין אַ באַשײדענעם ביוראָ, אָפּגעטײלט דורך אַ גיפּסענער װאַנט פֿון אַ צװײטן, גרעסערן חלל, װעלכער האָט געדינט איבערהױפּט װי אַ סקלאַד פֿון דעם גאַנצן בנין און אַזאַ פּנים האָט ער געהאַט.

אַ קלײנער מזגן פֿון מלך סאָביעצקיס צײַטן האָט אָנגעפּרירט דעם צימער מיט זײַן דושנעם, פֿאַרשטונקענעם אָטעם. שלמהלע איז געזעסן בײַם טיש אָנגעטאָן װי אַ צדיקל: אַ שװאַרצע, פּליושענע יאַרמעלקע האָט געבלישטשעט אױף זײַן קאָפּ, אַ „קנײטש"־היטל איז געלעגן קרום אױפֿן שרײַבטיש אױף אַ קופּע פּאַפּירן. שלמהלעס בלױע אױגן האָבן געפֿינטלט פֿון יענער זײַט ברילן, פֿאַרגרעסערטע און פֿײַכטע. אַ מאַטקײט איז געלעגן איבער זײַן פּנים. אַ העסלעכער אױסדרוק, װאָס נעמט זיך פֿון גלײַכגילט, חושים־טעמפּקײט און קינדישן רשעות. דערזעענדיק מיך, האָבן זיך זײַנע בלאַסע, טרוקענע ליפּן אױסגעצױגן אין אַ שטיפֿערישן שמײכל פֿון אַ ייִנגעלע, װאָס װײסט גאַנץ גוט, אַז ער טוט אָפּ שלעכטס און אומיושר, אָבער ער פֿאַרמאָגט נישט גענוג שׂכל צו באַהאַלטן די מיאוסע טײלן פֿון זײַן כאַראַקטער.

„נו, װאָס איז געשען בײַ דער פּאָליצײ־סטאַנציע?" – האָב איך געטאָן אַ פֿרעג, איבערהיפּענדיק איבער די געװײנטלעכע הקדמות, און זיך געגעבן אַ זעץ אַװעק אױף אַ פֿאַרפֿלעקטער ביוראָ־שטול מיט אַ שלאַבערדיקן אָנלען.

„װאָס זאָל געשען דאָרט?" – האָט ער געענטפֿערט מיט אַ פֿראַגע, װי עס איז זײַן טבֿע.

„נעבכטן, אַז ביסט געגאַנגען מיט די פּאָליציאַנטן, האָסטו געציטערט, װי זײ װאָלטן דיך געפֿירט צו דער שחיטה."

„עט", – האָט שלמהלע געמאַכט אַ מאַך מיט דער האַנט. – „דאָס איז שױן אַלטע נײַעס! איך האָב דיר שױן געזאָגט, אַז ס'שטינקט פֿון אַלטקײט. פֿון דער גאַנצער זאַך האָט זיך אַרױסגעלאָזט אַ בױדעם.

איך האָב דאָס געוווּסט גלײַך פֿון דער ערשטער מינוט אָן, נאָר גיי פֿאַרלאָז זיך אויף דעם יושר פֿון דער פּאָליציי... דעריבער האָב איך געציטערט. אַלץ נעמט זיך פֿון 'מוראה של מלכות' נישט, חלילה, ווײַל איך האָב אָפּגעטאָן שלעכטס, חס־ושלום! דו קענסט מיך דאָך, ברוך־השם, אַזוי פֿיל און אַזוי פֿיל יאָרן."

„דאָך!" – האָב איך אים באַטראַכט זײַטיק.

„וואָס הייסט, דאָך?"

„דאָך! דאָך! איך בין געווען דאָך דערבײַ און אויב מײַן זכּרון נאַרט מיך נישט אָפּ..."

„חלילה! ווער האָט עס געזאָגט? פֿאַרוואָס זאָל דער זכּרון דיר שטעלן אַן אבֿן־נגף? דאָס האָב איך נישט געזאָגט און האָב נישט בדעה צו זאָגן. נאָר פּרוּוו זיך דערמאָנען אַמאָל טרעפֿט זיך, אַז עפּעס שפּרינגט אַרויס פֿון זכּרון: מיר האָבן זיך נישט אַרײַנגעריסן אין אַ פֿרעמדער שטוב. געדענק! איך האָב געהאַט בײַ זיך דעם שליסל און מיר זענען אַרײַנגעגאַנגען דורך דער טיר, ווי לײַט, און זיך נישט אַרײַנגעגנבֿעט דורכן פֿענצטער, ווי צוויי גנבֿים חלילה."

שלמהלע האָט געצויגן די ווערטער מיט אַ גמרא־ניגון. זײַן גראָבער פֿינגער איז דאָ אַראָפּגעפֿלויגן צום שרײַבטיש, ווי אַ פֿאַר־ווונדיקטער פֿויגל, און דאָ האָט ער זיך געגעבן אַ לאָז אַרויף אין דער לופֿטן, ווי אַ מלכותדיקער אָדלער. ער האָט געזאָגט:

„און וואָס שייך דער פּושקע מיט צירונג – אמת! איך האָב געמוזט כאַפּן דאָס וואָס עס איז מיר געקומען אונטער דער האַנט און מאַכן פּליטה. אָבער דאָס איז נישט קיין ראיה! פֿאַרוואָס? ווײַל ראשית־כּל, איך בין דאָך געווען אין צוק־העתּים, יעדע מינוט איז געווען וויכטיק און איך האָב נישט געהאַט די נייטיקע צײַט צו דערקלערן מײַן חבֿרטע וואָס און פֿאַרוואָס. איך ווייס גאַנץ גוט, אַז טאָמער איך וואָלט איר אַלץ דערקלערט ברחל בתך הקטנה, וואָלט זי מיר אָוועקגעשענקט די גאַנצע פּושקע מיטן גרעסטן פֿאַרגעניגן, בשׂימחה־וששׂון. וואָס דאַרף זי האָבן אַזוי פֿיל צירונג? זי גייט דען

אויף בעלער? אַן אַלטע ייִדענע! איך האָב בלויז געבאָרגט בײַ איר די צירונג. געבאָרגט! איך האָב געמוזט זי האָבן פֿאַר אַ משכּון. הײַנט־מאָרגן דאַרף איך קריגן אַ טשעק און אויכעט מײַן נײַעם געשעפֿט מיט די טענצערינס און אָנלײַן־קאַמערעס הייבט אָן צו קלאַפּן. איך האָב געפֿונען די ערשטע טענצערין! מענער וועלן זיך געבן אַ לאָז צו מײַן 'סײַט' און עפֿענען די בײַטלען. אַז מע ניוכעט אַ נקבֿה, איז מען אַרויף אין זיבעטן הימל. דאָס הייסט, 'שטײַגן'. אויך אַנשי־שלומנו וועלן צאָלן! שוין איין מאָל צאָלן! זיי וועלן קרעכצן 'גאָטעניו!' און 'רחמנא־ליצלן, ייִדישע טעכטער, נעבעך!' און זיך באַלעקן דערבײַ די פֿינגער. וועסט זען! איך וועל מירטשעם דערלאַנגען דעם רעכטן קלאַפּ! דעריבער האָב איך דיך טאַקע גערופֿן אַהער, ווײַל איך וויל זאָלסט איבערקוקן דעם אָפּמאַך, וואָס איך גיי אונטערשרײַבן הײַנט מיט אַ פֿרישער 'מאָדעל' אַן אָנלײַן־טענצערין. וואָס זאָגסטו דערצו? איך וועל דיר, פֿאַרשטייט זיך, צאָלן פֿאַר דײַן שטיקל אַרבעט מיט מזומן. אַלץ איז כּשר־וישר זאָרג דיך נישט. ס'וועט..."

שלמהלע האָט זיך פּלוצעם אָפּגעשטעלט. ער האָט אויפֿגעהויבן דעם בליק און געקוקט ערגעץ הינטער מיר. „וואָסי, זושע?" – האָט ער ווי גערעדט צו אַ רואה ואינו נראה, –„אַלץ איז בסדר?"

איך האָב זיך צוריקגעדרייט און דערזען צוויי טריט הינטער מיר אַ חסידל. אַ הויכער און דאַרער ייִד מיט אַ רויטלעך פּנים, ביידע באַקן פֿאַרוווּנדיקט. ער האָט גערעדט און זיך געשאָקלט, ווי אַ לולבֿ בשעת מע מאַכט איבער אים די ברכה: „אַלץ איז גוט, שלמהלע, קיין עין־הרע, אָבער נאָר אויב גוט הייסט בײַ דיר שלעכט."

דער ייִד האָט אַרײַנגעשמייכלט אין זײַן גערדיכטער, ברוינלעך־געלער באָרד אַ צופֿרידענער מיט זײַן חכמהלע.

„וואָס? וואָס ווידער?" – איז שלמהלע געוואָרן אומגעדולדיק.

„וואָס ווידער פּרעגסטו?" – האָט זיך דער ייִד אָנגעכאַפּט מיט דער לינקער האַנט פֿאַר דער באָרד. – „די לאָדנס אין קיך זענען ווידער צעבראָכן געוואָרן, זיי הענגען קרום. איך קען זיי פֿאַרריכטן, אָבער ס'אַ

שטיקל אַרבעט. נישט קיין קלייניקייט. אַלטע און שווערע לאָדנס".
שלמהלעס פּנים איז געוואָרן רויט: „אוי, ימח־שמו־וזכרו! דער יִדּ, דער יעפּים וועט מיך הרגענען. ער און זײַנע לינקע הענט!"
זושע האָט געצויגן מיט די אַקסלען. שלמהלע האָט אויפגעהויבן אַ דאַרן פויסט און געטאָן מיט אים אַ קלאַפּ איבערן שרײַבטיש: „אַ בראָך! נאָר דאָס האָט מיר אויסגעפעלט! מ'מוז גוט אויסמעלקן דעם ממזר, איך זאָג דיר. ער וועט מוזן צאָלן. כאָטש אַ חלק. הערש", – האָט ער זיך געווענדט צו מיר: „טו מיר אַ טובֿה, גיי אַרויף מיט זושע און טו אַ קוק. אפשר קען מען עפּעס אַרויסקוועטשן פון דעם יִדּ."
זושע האָט ווידער געצויגן מיט די אַקסלען. איך האָב זיך אויפגעהויבן פון דער שטול און דער צימער האָט זיך געדרייט אַרום מיר. עס האָט מיר געשלאָגן צו ברעכן. אַ שווערקייט האָט אָנגענומען אַלע אבֿרים. איך בין געווען ממש קראַנק, אָבער איך האָב זיך אָנגעשטרענגט, אָנגעזאַמלט אַלע מײַנע כּוחות און זיך געלאָזט גיין צו דער טיר. איך האָב געהאַפּט, אַז עס וועט זיך מיר אײַנגעבן אַרויסראַטעווען דעם בידנעם יִדּ פון דער פּאַסטקע. דאָס וועט זײַן אַ קליינער תּיקון. זושע האָט מיך נאָכגעפאָלגט.
שלמהלע האָט צוגעגעבן הינטער מײַן רוקן: „דאגה נישט! וועסט נישט אַרבעטן בחינם. איך וועל דיר עפּעס צולייגן: אָדער צו דעם חשבון פאַר דײַן שטיקל אַרבעט מיט דעם אָפּמאַך, אָדער, אויב דו ווילסט, קענסט זיך אַבאָנירן צו מײַן פרישן וועבזײַט. איך וועל אַראָפּשנײַדן פון דעם פּרײַז. דאָס וועט דיר צוגעבן אַ שטיקל חיות."
איך און זושע האָבן געקלעטערט איבער די טונקעלע טרעפּ קוים דערכאַפּנדיק די נשמה. ער האָט געסאַפּעט שווערלעך, מיט אַ כאָרכלעניש, ווי אַ חולה־מסוכּן, און איך האָב זיך אָנגעכאַפּט אין דער פּאָרענטש, כּדי נישט אומצופאַלן. איך האָב זיך פּלוצעם געהערט זאָגן: „וואָס איז אים, דעם שלמהן? וואָס פּלוצעם וויל ער אַרויסרײַסן בײַ אַן אַלטן יִדּ די בידנע פּענסיע?"

זושעס שמאָלער רוקן האָט זיך געשאָקלט פֿאַר מיר אַהין און אַהער. נאָך אַ פּויזע האָט זיך דערהערט זײַן קול:

„עעע, ר׳ שלמה איז אַן ערלעכער און אַ ווילער ייִד. נאָר אַ מאָל כאַפּט ער איבער די מאָס. מיר אַלע דאַרפֿן מאַכן עבֿודת־המידות.״

„מיט וואָס אײגנטלעך איז ער אַזוי ווילד?״

זושע האָט גאָרנישט געענטפֿערט. ווײַטער האָבן מיר געקלעטערט שווײַגנדיק און די פּוסטקייט, וואָס האָט אָנגעפֿולט זײַן קאָפּ, האָט אָפּגעהילכט אין דעם גאַנצן חלל.

17

אויפֿן העכסטן שטאָק האָט זיך זושע אָפּגעשטעלט לעבן אַ טיר, אויף וועלכער עס איז געהאָנגען אַ באַגילדט שילדל, ווי בײַ אַ קאַבינעט פֿון אַן אַדוואָקאַט אָדער אַ דאָקטער. אַ גרינקייט האָט שוין אָנגעהויבן פֿרעסן די גילדערנע ראַנדן. אויפֿן שילדל איז געשטאַנען אָנגעשריבן: „כײַמאָוויטש" – מיט קידוש־לבֿנה אותיות און הינטן מיט קליינע אותיותלעך – „פּאָעט", ווי דער דאָזיקער יעפּים כײַמאָוויטש וואָלט אויפֿגענומען פּאַציענטן און יעדן געשענקט אַ ליד אַ סגולה אויף... דאָס שוואַרצע יאָר ווייסט אויף וואָס. זושע האָט אָנגעקלאַפּט אין דער טיר. אַ ווײַלע איז געבליבן שטיל פֿון יענער זײַט, אָבער אין גיכן האָבן זיך דערהערט טריט און אַ זקניש קול, הוסטנדיק, האָט זיך אָנגערופֿן: „רגע! רגע!" – ווי עס וואָלט מורא געהאַט מיר זאָלן נישט אַוועקשטעלן די פֿיס. די טיר האָט זיך געעפֿנט אויף אַ שפּאַרונע, אין וועלכער ס'האָט זיך באַוויזן אַ שוואַרץ פֿאַרשנדיק אויג, אַ שטיקל נאָז און אַ פּאָר גרויע וואָנצעס, וואָס זענען שוין פֿון לאַנג אַרויס פֿון דער מאָדע.

„ווער איז עס?", האָט דער מענטש געפֿרעגט מיט אַ קווענקלעניש.

„יעפּים! וואָס האָסטו זיך אַזוי שטאַרק דערשראָקן? – האָט זיך אָנגערופֿן זושע. – „איך בין נישט קיין מלאך־המוות. דאָס בין איך, זושע, און מײַן חבֿר אַן אַדוואָקאַט."

די טיר האָט זיך געעפֿנט אַ ביסל מער און עס האָט זיך אַנטפּלעקט פֿאַר אונדז אַן אַלטער מאַן, אָנגעטאָן אין אַ לײַבל מיט אַ ריס אויבן, אַ פּאָר שוואַרצע טרענינג־הויזן. זײַן פּנים האָט אויסגעזען קרענקלעך־געל און אויסגעשעפּט. געשוואָלענע טאָרבעלעך זענען

געהאָנגען אונטער די שוואַרצע אויגן, אַ סימן־מובֿהק פֿון נישט איין שלאָפֿלאָזער נאַכט. פֿון ביידע זײַטן פֿון די גרויע וואָנצעס האָבן זיך טעלעבענדעט פֿליישיקע באַקן־קישעלעך, ווי בײַ אַ בולדאָג, פֿון וועלכע עס האָבן אַרויסגעשטאַרצט אָנצאָליקע ווײַסע און גרויע שפּילקעס־הערעלעך.

„נו, יעפּים, וואָס הערט זיך אינעם אוניווערסיטעט?“ – האָט זושע גוטמוטיק געפֿרעגט דעם אַלטן. בשעתן פֿרעגן האָט ער זיך אויסגעצויגן און געטאָן אַן אומגעלומפּערטן סאַלוט מיט דער לינקער האַנט, ווי עס פּאַסט פֿאַר עמעצן, וואָס ציט זײַנע קענטענישן וועגן דעם מיליטערישן שטייגער, דער עיקר, פֿון פֿילמען. יעפּים האָט אונטערגעכאַפּט דעם „סאַלוט“ און ערנסט געענטפֿערט צוריק: „וואָס הערט זיך? מ׳גאָלט זיך און מ׳שערט זיך, די וועלט דרייט זיך און די באָבע פֿרייט זיך, ווײַל די יויך קאָכט זיך. די קאַץ שטעלט אָן אַ פּאָר אויגן און באַלעקט זיך, באַלד וועט זי כאַפּן אַ פּסק!“

יעפּים האָט אַראָפּגעלאָזט די רעכטע האַנט, אויסגעצויגן דעם ברייטן, אײַנגעבויגענעם רוקן ווי ווײַט ס׳איז נאָר געווען מעגלעך, געטאָן אַ קלאַפּ מיט די פּיאַטעס פֿון די באָרוועסע פֿיס און געזאָגט מיט אַ שטרענג קול:

„סערדזשאַנט כײַמאָוויטש יעפּים מעלדט, אַז די פֿאַרוואַלטונג האָט בײַ אונדז אַוועקגענומען דעם פּאָסטן אויף דעם פֿאַקולטעט פֿון כעמיע און אים איבערגעגעבן צו ייִנגערע כּוחות. איצט באַשטייט אונדזער אויפֿגאַבע אינעם רייניקן נאָר די טואַלעטן אין דעם צענטראַלן בנין אויפֿן נאָמען פֿון שפּרינצאַק און אויך אויפֿן פֿאַקולטעט פֿאַר מאַטעמאַטיק. מיר פֿירן אויס אונדזער אַרבעט, אונדזער פֿאַרפֿליכטונג מיט אומבאַגרענעצטער איבערגעגעבנקייט און באַציִען זיך צו איר מיט דער העכסטער שטופּע פֿון ערנסטקייט. ביטע, מעלדט עס דעם בעל־הבית!“

„שטייט פֿרײַ! רייניקט געזונטערהייט! מיר וועלן מעלדן!“ – האָט זיך אָנגערופֿן זושע. – „איך, זושע בן שׂרה־לאה לבית טײַטל בין

געקומען צו פֿאַרריכטן די לאָדנס אין אײַער קיך. זיי הענגען קרום און פֿאַרמאַכן זיך נישט. מיט אײַער דערלויבעניש."

די שפּיל האָט זיך פֿאַרענדיקט און מיר זענען אַרײַן אין אַ קלײנער, טונקעלער דירה, אין וועלכער עס זענען אַלע לאָדנס געווען אַראָפּגעלאָזט און דער ווענטילאַטאָר, וואָס איז געהאָנגען אויף דער סטעליע, האָט זיך געדרייט מיט אימפּעט, געטריבן די עיפּושדיקע לופֿט הין־און־קריק. יעפּים האָט זיך אַוועקגעזעצט אויף דער סאָפֿע און אַרויסגעלאָזט פֿון זיך אַ טיפֿן, צוויי טויזנט־יאָריק קרעכץ.

„אַן אַדוואָקאַט? זושעלע, צו וואָס דאַרף מען אַן אַדוואָקאַט?" – האָט יעפּים געפֿרעגט שטיל און געטאָן אַ צאַפּל. – „איך וואַש אַיעדן פֿרײַטיק די טרעפּ, ווי איך האָב אָפּגעשמועסט מיטן בעל־הבית, מיט שלמהן, דעמאָלט, ווען מיר האָבן זיך אַרײַנגעצויגן אַהער. איך טו דאָס יעדע וואָך שוין צען יאָר און קיינער האָט קיינמאָל נישט געהאַט צו זאָגן אַ שלעכט וואָרט. זאָלסט וויסן, מײַן ווײַב, טאַמאַרע, איז בײַ מיר געשטאָרבן מיט אַ וואָך צוריק."

„ברוך דיין האמת. דעם אמת זאָגן, האָב איך באַמערקט, אַז עפּעס האָט זיך טאַקע געביטן, אָבער זיך נישט געכאַפּט, אַז דאָס איז דאָס ווײַב, וואָס פֿעלט אויס", – האָט זושע געזאָגט האַלב צו זיך און האַלב יעפּימען. – „זאָלסט מער נישט וויסן פֿון קיין צער."

„איך באַדויער אײַער פֿאַרלוסט", – האָב איך געמורמלט און גלײַך צוגעגעבן. – „ר' ייִד, איר מעגט זיך פֿאַרלאָזן אויף מיר. לויטן פֿאַך בין איך טאַקע אַן אַדוואָקאַט, אָבער איך בין נישט געקומען אַהער אָפּשינדן אײַער הויט, חלילה. דאָס ליגט נישט אין מײַן טבֿע."

יעפּים האָט געקוקט ערגעץ הינטער אונדז און גערעדט ווײַטער ווי די טרייסט־ווערטער זענען אים לחלוטין נישט נוגע:

„וויפֿל עס איז באַשערט צו לעבן – לעבט מען און אַז ס'קומט די שעה צו שטאַרבן – שטאַרבט מען. דאָס איז די גאַנצע פֿילאָסאָפֿיע. זי איז געגאַנגען שלאָפֿן ווי תּמיד און אין דער פֿרי איז זי נישט אויפֿגעשטאַנען, ווי איר שטייגער איז געווען, אַ זייגער

זעקס. איך האָב געמיינט, זי כאַפּט אַרײַן נאָך אַ דרעמל און האָב איר פֿאַרגונען דעם זיסן טעם פֿון שלאָף. אָבער אַז איך האָב זי געוואָלט אויפֿוועקן, האָב איך זי אָנגערירט און זי איז שוין געווען קאַלט ווי אײַז. נו, וואָס איז דאָ צו רעדן לאַנג? די מעשׂה איז אויס. שוין – אַ סוף. די לוויה איז, פֿאַרשטייט זיך, געווען אַ קליינע, אַ באַשיידענע, פּונקט ווי זי אַליין איז געווען בײַ איר לעבן. ווער קען אונדז? מיר האָבן אַ טאָכטער, אָבער זי וווינט שוין אַ היפּש צײַט אין קאַנאַדע, אַ פּאָר ווײַטע קרובֿים, מיט וועמען מע זעט זיך נישט. פֿרײַנד האָבן מיר אין גאַנצן נישט געהאַט. מענטשן האָבן אונדז געמאַכט אַ גרויסע טובֿה און ס'האָט זיך אונדז אײַנגעגעבן אויסצוקראַצן אַ מנין."

„אַזוי איז עס, גאָט שענקט אַ מתּנה און נעמט זי אַוועק. אַ מענטש קען נישט פֿאַרשטיין די חשבונות, וואָס מע מאַכט אויבן, האָט זושע געקראַצט הינטערן אויער און גענומען באַטראַכטן די קרומע לאָדנס. – „אַלץ איז אַ נסיון. מ'דאַרף זײַן בשׂימחה!" – האָט ער אַרויסגערופֿן פֿון קיך.

יעפּימס שוואַרצע, קײַלעכדיקע אויגן זענען געווען מילדע און לינדע, ווי בײַ קליינע קינדער אָדער מענטשן, וואָס האָבן נישט פֿאַרזוכט דעם טעם פֿון זינד. עס האָט מיך אַדורכגענומען אַן אומהיימלעך געפֿיל, אַז דער מילדער אַלטער פֿאַרמאָגט איבערנאַטירלעכע כּוחות און יעדע פֿראַגע זײַנע איז סײַ אומשולדיק און סײַ אַ שטרויכלונג.

„וואָס איז דיר?" – האָט יעפּים גערעדט און זײַנע גרויע סאָוועטישע וואָנצעס האָבן אונטערגעטאַנצט. – „ס'איז דיר חלילה נישט גוט? ס'נאָגט דיר עפּעס אונטערן לעפֿעלע? קוקסט אויס בלאַס, ווי קרײַד. גאָט זאָל אָפּהיטן!"

„אַ זויערקייט פֿון מאָגן איז מיר אַרויפֿגעקראָכן אין מויל. עס איז מיר גאָרנישט", – האָב איך געשטאַמלט און צוגעגעבן, נאָך אַ קווענקלעניש: – „אָבער איך בין נישט זיכער, אַז דער הונט ליגט

באַגראָבן דאָ", – האָב איך אָנגעוויזן אויפֿן בויך, – "נאָר דאָ", – האָב איך געטײַטלט אויפֿן שטערן און געדרייט מיטן פֿינגער.

"זיך, זיך", – האָט יעפּים אָנגעוויזן אויף דער סאָפֿע און צוגערוקט צו מיר אַ קישן. – "דריק דאָס קישעלע צו צום בײַכל וועט עס דיר לײַכטער ווערן", – האָט ער געזאָגט מיט פֿעסטקייט פֿון אַ מבֿין אין תּורת־המעדיצין.

מיר האָבן ביידע געשוויגן אַ שטיקל צײַט. איך האָב באַטראַכט די אייגענע שיך און לסוף געבראָכן די שווײַגעניש:

"זושע דער בעל־מלאָכה קומט אַהער יעדן מאָנטיק און דאָנערשטיק, האַ?"

יעפּים האָט מיר אַרײַנגעקוקט טיף אין די אויגן:

"נו, וואָס קען מען טאָן?" – האָט ער געגעבן אַ צי מיט די אַקסלען. – "אַ ייִד דאַרף פֿאַרדינען דאָס שטיקל ברויט אַזוי צי אַנדערש. ער האָט דאָך אַ ווײַב און קינדערלעך. ער קען נישט גיין צוריק אַהיים מיט ליידיקע הענט."

"גוט, אָבער אַ סוף זאָל עס נעמען!" – האָב איך געזאָגט מער הויך ווי איך האָב געוואָלט. אויף יעפּימס ליפּן האָט זיך באַוויזן אַ שמייכל, די פֿליישיקע באַקן־קישעלעך האָבן געטאָן אַ ציטער, – "מיר איז גוט, זאָלט איר וויסן. זושע איז אַ וווילער יאַט. ער קומט אַרײַן, מ'זעט אַ לעבעדיקן מענטש און ס'ווערט ליכטיק אין די אויגן, מ'כאַפּט אַ שמועסל אויף מאַמע־לשון אַ מחיה! וואָס דאַרף איך מער אין מײַנע יאָרן?"

"נאָר זאָל דער בעל־הבית נישט וואַרפֿן די שולד אויף אײַך."

"ווער? שלמהן?" – האָט דער אַלטער זיך צעלאַכט ווי אַ ייִנגעלע. – "ניין, ניין! שלמהלע איז אַן ערלעכער ייִד, אַ צוגעלאָזטער. ער פֿאַרשטייט גאַנץ גוט, אַז מײַנע אַלטע הענט קענען נישט מאַכן אַזוינע שאָדנס. די לאָדנס זענען טאַקע עלטער פֿון מיר און דער שטריק, וואָס האַלט זיי אין איינעם, צערײַסט זיך פֿאַר אַלטקייט."

"מ'קען נישט וויסן וואָס עס טוט זיך בײַ יענעם אין קאָפּ."

„אמת, אָבער ר׳ שלמה איז אַ גאָלדענער מענטש. מעגסט מיר גלייבן אויפֿן וואָרט. איך ווייס וואָס איך רעד.“

„וועלכע גאָלדענע מעשׂים האָט ער געמאַכט, למשל?“

„אָ!“ – האָט זיך אַ פֿונק אָנגעצונדן אין יעפֿימס קויל־שוואַרצע אויגן. – „אין אוניווערסיטעט טראָגט מיר קיינער נישט אַנטקעגן קיין לײַטישן שלום־עליכם, אָבער ר׳ שלמה? עס האָט זיך נאָך ניט געטראָפֿן אַזאַ פֿאַל, אַז איך זאָל קומען אים אַנטקעגן און ער זאָל מיר נישט אָפּגעבן אַ ברייטן שלום־עליכם. אַזוינס איז נאָך נישט געשען. אַ גאָלדענער מענטש, זאָג איך אײַך.“

פֿון קיך זענען דערגאַנגען צו אונדז קלאַפּעניש און האַלב חיזשע קרעכצעניש פֿון צופֿרידנקייט און ווייטיק. זושע האָט, ווײַזט אויס, נאָך נישט אָפּגעהאַלטן דעם ענדגילטיקן נצחון אין זײַן אומענדלעכן קאַמף מיט די אַלטע און שווערע לאָדנס.

„יאָ, אָבער דאָס איז נישט קיין ראַיה“, – האָב איך געזאָגט. – „יעדער איינער קען טאָן אַ שמייכל. אפֿשר אויכעט דאָקטאָר מענגעלע, הונדערט מאָל להבֿדיל, פֿלעגט אַנטקעגנטראָגן די שכנים זײַנע אַ שיינעם ׳גוטן־טאָג׳?“

יעפֿים האָט זיך פֿאַרטראַכט אַ רגע און געזאָגט:

„יאָ, דאָס איז אמת. מ׳קען נישט וויסן, וואָס עס קאָכט זיך בײַ יענעם אין טאָפּ און פֿון דעסטוועגן...“ – האָט ער אָנגעשטעלט אויף מיר די שוואַרצע אויגן, וואָס קענען מיך, דאַכט זיך, דורך און דורך אַ ווייכקייט האָט זיך אײַנגעפֿלאָכטן אין זײַן שטים: „וואָס טויג דאָס אַליין אַרײַנלייגן זיך אין אַ מרה־שחורה? איר זענט דאָך יונג. איר וועט נאָך לעבן אַ סך יאָר. נאַטירלעך, מ׳מאַכט דורך וואַרעמס און קאַלטס אַזאַ איז דער מענטשלעכער גורל.“

„צו וואָס דאַרף איך אַזוי פֿיל יאָרן, האַ?“ – האָב איך גערעדט שטיל, האַלב צו זיך און האַלב צו יעפֿימען, און געפֿירט דעם בליק פֿון מײַנע שיך צו די דלאָניעס און צוריק. – „וואָס טויג מיר אַזוי פֿיל צײַט? וואָס וועל איך טאָן מיט איר? אַרבעטן נאָך אַ יאָרצענדליק בײַ

דער פֿירמע? ס׳איז תּמיד די זעלבע מעשׂה: אַרויסשלעפּן שולדיקע פֿון דער שטראָף, וואָס קומט זיי על־פּי־יושר און העלפֿן די שווינדלערס שווינדלען ווײַטער. מ׳פֿאַרקויפֿט די נשמה פֿאַר אַ שיבוש. איך דאַרף נישט די יאָרן. איך וועל זיי שענקען עמעצן, וועמען זיי קענען צו נוץ קומען. איך בין אַנטלאָפֿן פֿון מײַן לעבן, פֿון אַ לאַנגווײַליק ווײַב און קינה, פֿון דער שׂינאה צו דעם שעף, פֿאַראַכטונג צום געשעפֿט און צו זיך אַליין, וואָס איך פּטר דאָרט די צײַט. אַ שׂינאה, וואָס לויערט אויף מיר אויף יעדן טריט און שריט. איך האָב תּמיד געשטרעבט צו עפּעס העכערס, געוואָלט אָנשרײַבן אַ באַדײַטנדיק ווערק. איך האָב געהאָפֿט, אַז ירושלים וועט מיך דערהייבן מיט זיך, אָבער דאָס פֿאַרקערטע איז געשען: ירושלים האָט מיך דערנידערט, אַראָפּגעשלעפּט מיט זיך אין בלאָטע. איך בין נישט קיין מלאך פֿון הימל, אַיאָ? דאָס גאַנצע לעבן האָב איך אָפּגעטאָן אומווירדיקייטן, אָבער די אומווירדיקייטן, וועלכע איך האָב צוגעזען דאָ די לעצטע טעג, שטײַגן אַלץ איבער.״

„וואָס האָט איר געשריבן? אפֿשר איז כּדאַי צו לייענען?״ — יעפֿימס ברעמען — צוויי האָריקע, לעבעדיקע ווערעם, האָבן זיך ביידע געגעבן אַ הייב אַרויף.

„איך שעם זיך פֿאָרלייענען, בנאמנות. ס׳טויג צום פֿײַער. אַלץ, וואָס מ׳שרײַבט, טויג צום פֿײַער.״

„אפֿשר, אפֿשר...״, — האָט יעפֿים געמורמלט און אָנגעטאַפּט מיט דער האַנט דאָס טישל לעבן אונדז, זוכנדיק די ברילן. אַ פּאָר ברילן מיט אַ דיקן רעמל איז געלעגן איבער אַ קופּע פּאַפּירן.

ער האָט אָנגעזאָטלט די ברילן אויף דער נאָז, גענומען אַ פּאַפּיר פֿון דעם הייפֿל און געזאָגט אַ שעמעוודיקער:

„אויב עס איז שוין געקומען די רייד וועגן שרײַבן, בין איך זיך מודה, אַז צומאָל זינדיק איך אויכעט מיט דער פּען. גראָד לעצטנס האָב איך אַרײַנגעשיקט עפּעס אין אַ גאַזעטע, מיט אײַער דערלויבעניש...״

— ער האָט גענומען לייענען אויף אַ קול: — „אַ ייִדיש קינד ליגט אין וויגעלע. עס איז שאַ־שטיל אין שטיבעלע...״

נאָך דעם, וואָס דאָס מאַמעלע איז צוגעגאַנגען צום עופּעלע און עס אַ גלעט געטאָן איבערן קעפּעלע, האָט זיך באַוויזן זושע: דאָס פּנים רויט, טראָפּנס שווייס שלענגלען זיך איבער די שלייפֿן, הוידען זיך אויף די הערעלעך פֿון זײַן באָרד. ער האָט זיך געטאָן אַ קראַץ אין אַ באַק און געזאָגט: „שוין, פּאַרטיק. דעם חשבון וועל איך צושטעלן, פֿאַרשטייט זיך, דעם בעל־הבית."

יעפּים האָט זיך אויפֿגעשטעלט. דאָס צעריסענע שטיקל אויף זײַן לײַבל האָט זיך באַוועגט ווי אַ בלעטעלע אויפֿן ווינט. ער האָט געדרוקט זושען די האַנט און אים האַרציק געדאַנקט. דערנאָך האָט ער זיך געווענדט צו מיר, געדרוקט אַ לענגערע צײַט מײַן האַנט און געזאָגט: „ס'געווען אַ פֿאַרגעניגן זיך באַקענען מיט אײַך. כאַפּט אײַך אַרײַן ווען איר האָט אַ פֿרײַע מינוט! איר זענט תּמיד אַן אָנגעלייגטער גאַסט און געדענקט זשע, כּל־זמן מ'לעבט, איז דאָ אַ האָפֿענונג און אפֿשר אויך נאָכן טויט!"

דער אַלטער ייִד האָט זיך מיר ממש אײַנגעבאַקן אין האַרצן.

„ר' כײַמאָוויטש", – האָב איך אים געזאָגט. – „איר זענט דער לעצטער צדיק, אַ פֿאַרהוילענער, אַן אמתער למד־וואָווניק. נאָר אַ דאַנק אײַך, אײַערע זכותים, גייט די וועלט נישט אונטער. אַז די וועלט וואָלט געווען אָפּהענגיק פֿון מיר און זושע, וואָלטן אַלע געלעגן טיף אין דער ערד."

זושע האָט געשמייכלט אין דער באָרד אַרײַן.

18

דער טעלעפֿאָן האָט וויברירט אין קעשענע, געזשומעט ווי אַ פֿליג – אַ גרויסער נודניק. איך האָב אים אַרויסגעקראָגן פֿון דער קעשענע. עס איז געווען עטרה, וואָס כאַפּט זי זיך אָן אין מײַן אַרבל? וואָס קוועטשט איר, צו אַלדי שוואַרצע יאָר?

„ווער קלינג דיר אַזוי פֿיל?“, – האָט זושאַ זיך אויסגעדרייט צו מיר און געטאָן אַ ווונק. – שיין!“

עמעצער האָט געגרעדט אין מיר: ביסט אַריבער דאָס ערשטע שטאַפּל. איר זענט איצט חבֿרים און באַלד וועט קומען דאָס צווייטע שטאַפּל; עס וועט אַרײַנשטופּן די נאָז אַהין, וווּ מע דאַרף נישט. אָט דאָס הייסט בײַ דעם פּראָסטן ייִד חבֿרשאַפֿט – זיך אַרײַנמישן אין זײַנע עסקים, פֿאַרקירצן אים די יאָרן.

„צדקה, מע וויל צדקה“, – האָב איך געענטפֿערט קורץ, מיט אַ האַלבן מויל, כּדי לויז ווערן פֿון דעם שרעקלעכן נודניק. זאָל ער צי׳ען בײַ דער נשמה זײַנע אייגענע.

„און ווי קענסטו וויסן, ווער עס האָט דיר אָנגעקלונגען, אַז דו ענטפֿערסט נישט? האַ, ס'אַ סבֿראַ נאָר, האָסט פֿאַרשטאַנען אַ דבֿר מתּוך דבֿר, האָט דער ייִד געפֿרעגט און אַליין פֿאַרענטפֿערט.

„יעדער איז אַ ניצרך“, – האָב איך געמורמלט. – „אַ ניצרך און אַ גזלן – איינצײַטיק. מיט איין האַנט כאַפּט מען אָן יענעם בײַם גאָרגל און די צווייטע האַנט שטרעקט מען אויס נאָך אַ נדבֿה. אַלע צדיקים זענען טויט און מע פֿאַבריצירט נישט נײַע. די פֿאַבריק איז פֿאַרשלאָסן געוואָרן און דעם שליסל האָט מען אַרײַנגעוואָרפֿן אין ים.“

זושאַ האָט אײַנגעשטימט:

„ס'אַ ירידת־הדורות. ירידה לצורך עליה."

„ניין, נאָר ירידה. זעסט דאָך, אַז מיר גייען אַראָפּ, נישט אַזוי?"

– האָב איך געוווּנקען צו אים.

„עט, הבֿל־הבֿלים! אַלץ איז אַ חלום."

„איז, ווי כאַפּט מען זיך שוין אויף?"

זושאַן האָב איך אָפּגענאַרט מיט אַ ווונק און אַ שמייכל, אָבער דערבײַ האָב איך דערפֿילט אַ שאַרפֿן שטאָך אין ברוסטקאַסטן און תּיכּף דערנאָך האָט עס מיר געגומען פּײַפֿן אין די אויערן. דער האַלדז איז געוואָרן מסוכּן טרוקן. עטרה קלינגט מיר נישט אָן גלאַט אַזוי. וואָס וויל זי? זיך גטן? ניין, זי איז צו מילד און נאָכגיביק, פֿול מיט פֿאָראורטייל און פּחדים. זי וועט בעסער לײַדן חיבוטי־קבֿר איידער ווערן פֿאַרשעמט פֿאַר טאַטע־מאַמע. דער טיטל „אַ גרושה" איז אַ נישט קליינער פֿעלער. אפֿשר האָט מען אָנגעקלונגען פֿון דעם באַנק? אַ טשעק האָט נישט געהאַט קיין פֿאַרדעקונג. דאָס טרעפֿט זיך צומאָל בײַ אונדז. ניין, ס'איז דאָס מיידל, געוויס. נו, ווי שטייט עס אין איובֿ: „אשר יגורתי בא לי", דאָס וואָס איך האָב מורא געהאָט האָט זיך געטראָפֿן. זי איז מסתּמא אָפּגעשטאַנען אָדער נאָך ערגער. צוריקגעטראַכט, וואָס קען שוין זײַן ערגער? גאָט איז אַ רוצח. איך וועל נישט קענען אויסהאַלטן דאָס געטלעכע אַכזריות צו קליינע קינדער! באַשעפֿער איך וועל זיך אָפּרעכענען מיט דיר ביז די וועלט וועט אונטערגיין.

„וואָס איז דיר?" – האָט שלומהלע געפֿרעגט און געקײַט דעם עק פֿון אַ בלײַער. –„ביסט ווײַס, ווי קרײַד."

איך בין געשטאַנען לעבן שלומהלעס שרײַבטיש אַ פֿאַרשוויצטער. זושאַ איז ערגעץ אַהינגעקומען, נישט לאָזנדיק הינטער זיך קיין שפּאָר, ווי אַ פֿאַרבלענדעניש. לעבן דעם שרײַבטיש איז געזעסן אַ דיקלעכע פֿרוי, אָנגעטאָן אין גאַנצן אין שוואַרץ, מיט אַ פֿעט, פֿאַרשוויצט פּנים, פּעך־שוואַרצע צעלאָזטע האָר האַרטע, ווי דראָט, און מיט אַ קרומער

נאָז, ווי בײַ אַ קראָ. זי האָט אָנגעשטעלט אויף מיר אַ פּאָר ברוינע, מילדע אויגן:

„דערקענסט מיך נישט? וואָס איז דיר? האָסט זיך צעקלאַפּט דעם קאָפּ?"

„איך דערקען דיר, אַוודאי" – האָב איך געפּרוּווט אַרויסרעדן די ווערטער מיט דער געהעריקער פֿעסטקייט.

„ער איז מײַנער אַ חבֿר", – האָט זיך שלומהלע אַרײַנגעמישט. – „לויט דער פֿאַך איז ער אַן אַדוואָקאַט. ער וועט איבערלייענען דעם אָפּמאַך, כּדי צו זען, אַז עס איז אָן קיין פּגימהלע. עס זענען נישטאָ קיין שטיק בײַ מיר. איך בין גלײַך, ווי אַ ווירע."

די פֿעטע פֿרוי האָט שלומהלען איבערגעריסן:

„יִנגעלע, צדיקים שווימען נישט אַרום אין ריינשטאָק. איך פֿאַרשטיי גאַנץ גוט, פֿון וועלכן טייג ביסט געקנאָטן, משוגענער איינער. וואָס טויגן אונדז ווערטער? לאָמיר גלײַך צוגיין צו דעם ענין."

דאָס איז געווען רחל. איך האָב געוואָלט עפּעס זאָגן, אָבער איך בין געבליבן שטום. איך האָב געוואָלט רירן אַן אבֿר, אָבער מײַן קערפּער האָט מיך נישט געפֿאָלגט. איך האָב געהערט רחל זאָגן:

„און וואָס שייך דײַן אַדוואָקאַט, וואָס דו לויבסט אים ביז אין הימל אַרײַן, זאָלסט וויסן, אַז ער איז אַן אַלטער באַקאַנטער מײַנער." – זי האָט זיך געווענדט צו מיר: – „הערש, וואָס ביסטו אַזוי צערודערט, רבונו־של־עולם? האָסט אפֿשר געזען גאָט אַ נאַקעטן? מיר רעדן דאָ פֿון אַ געשעפֿט."

שלומהלע האָט איבערגעגעבן מיר און רחלען דעם אָפּמאַך. רחל האָט גענומען די פּאַפּירן און געזאָגט סײַ מיט אַ זיפֿץ און סײַ מיט אַ שמייכל:

„אין תּוך גענומען איז קולטור נישט פֿאַר איבערגעשראָקענע געענדז. זי פֿאָדערט צו מאָל גרויסע קרבנות. טייל מאָל קומט אויס אויך זיך גריבלען אין דרעק – אין דעם אייגענעם און אויך אין יענעמס."

זי האָט פֿאַרראָכטן די בריקן אויף דער נאָז צוגעטראָגן די פּאַפּירן אַזש צו די שײַבעלעך און געגומען לייענען מיט אַ ברומעניש, אַ שעפּטשעניש און זיך געקרימט דערבײַ: „די שעהן... קאַמערע... טאַנצן... נעמט אויף זיך... איז מחויבֿ...“

זי האָט אַראָפּגעלאָזט די פּאַפּירן.

„מענטש!“ – האָט זיך רחל אָנגערופֿן. – „איך האָב דיר בפֿירוש געזאָגט, אַז איך טאַנץ מיט קיינעם נישט און איך ריר קיינעם נישט אָן מיט אָ פֿינגער. דו האָט זיך געשווירן הייליק, אַז דאָ גייט עס נישט אין זנות. יאָ, איך געפֿין זיך אין אַ שווערער פֿינאַנציעלער לאַגע, אָבער – מעגסט מיר גלייבן אָדער ניין – עס טליִעט אין מיר נאָך אַלץ אַ רעשטל זעלבסט־כּבֿוד. מיר האָבן בפֿירוש אָפּגעשמועסט אַז...“

„וואַרט! וואַרט!“ – שלומהלע האָט זי אָפּגעשטעלט. – „וואָס שפּרינגסטו אויף? כאַפּ נישט. ראשית,“ – האָט ער גערעדט מיט דעם ווויל באַקאַנטן גמרא־ניגון. – „ראשית, איז דער אָפּמאַך אַן אַלגעמיינער. געשריבן געוואָרן פֿאַר אַלעמען גלײַך. איך האָב אים נישט אָנגעשריבן עקסטרע פֿאַר דיר. מיינסט, ביסט די איינציקע? אָאָאָ... פֿיל ווײַבער בעטן זיך ממש איך זאָל זיי אָנשטעלן. ס'אַ גרינגע אַרבעט. אַ חוץ דעם, קענען מיר אויסמעקן, וואָס עס געפֿעלט דיר נישט. דאָס איז איינס. און שנית, ווו שטייט עס, אַז דו דאַרפֿסט עמעצן אָנרירן מיט אַ פֿינגער? פֿאַרקערט! ריר נישט אָן מיט קיין פֿינגער. נעם אין דער האַנט אַ שטעקן, אַ בײַטש, אַ צווײַג און ריר אָן דערמיט. פֿאַרלאָז זיך אויף יענעם.“

„מנוּוול! איך וועל דיך צערײַסן! שעמסט זיך נישט צו רעדן אַזוי צו אַ פֿרוי? איך וועל נישט פֿאַרקויפֿן די נשמה פֿאַר דײַן שמוציקן געלט!“ – האָט רחל אַ שלײַדער געטאָן מיטן אָפּמאַך. איצט זענען די פּאַפּירן געלעגן אויף דער ערד, ווי אויסגעטרוקנטע בלעטער, וואָס זענען הפקר פֿאַרן ווינט. – „אויסוווּרף! איך האָב דיר בפֿירוש געזאָגט שוין נישט איין מאָל: אָן סעקס! און דער דאָזיקער

זאָג טראָגט אין זיך אויבעט סאַדיסטיש־מאַזאָכיסטישע באַציִונגען. וואָס פּרובירסטו מיר שטענדיק אַרײַנשטעקן אין האַלדז „סעקס"? איך בין נישט צום פֿאַרקויפֿן! איך וועל דאָס דיר אַרײַנשלאָגן אין דײַן פֿאַרתּמטן קאָפּ אויבעט מיט די אייגענע הענט, אויב דאָס וועט זײַן נייטיק. מיר האָבן אָפּגעשמועסט בלויז וועגן טאַנצן און ווײַטער גאָרנישט."

שלומהלע האָט זיך נישט איבערגענומען צוליב דעם טעאַטער־שטיק. ער האָט זיך פֿאַרטראַכט אַ ווײַלע און געזאָגט רויִק:

„נו, און ווו שטייט געשריבן סעקס אינעם אָפּמאַך? קיינער האָט עס נישט געמאָנט בײַ דיר, חס־ושלום. דאָ גייט די רייד נאָר וועגן שלאָגן. טוסט אַ כאַפּ אַ שטעקן, אַ בײַטש און דערלאַנגסט דערמיט ווי גאָט האָט געהייסן."

„גלאַט שלאָגן?" – איז רחל געוואָרן אַ ביסל ווייכער.

„גלאַט שלאָגן..."

„און אַז מע שלאָגט שלאָגסטו זיך אָדער יענעם?"

„יענעם..."

„אויב אַזוי, מעג איך פֿרעגן, ווער איז דער 'יענער', דער גליק־לעבער, וואָס וועט אַרײַנכאַפּן מײַנע קלעפּ? ס'דאַרף נישט שטיין אינעם אָפּמאַך? איך וויל נישט האָבן קיין צרות מיט די פֿאַרזיכערונג־פֿירמעס אין פֿאַל, אויב עפּעס קלאַפּט נישט ווי סע דאַרף צו זײַן."

„עס וועט שטיין אינעם אָפּמאַך, אויף מײַן וואָרט", – האָט שלומעלע געטאָן אַ שמייכל פֿול מיט געלע ציין. – „איך דאַרף נאָר צונויפֿבינדן די לעצטע פֿאָדעם־עקן. דער בחור, דאָס הייסט, דער מאַן, הייסט יעפּים כײַמאָוויטש. זייער אַ פֿײַנער און פֿאַרטרויִלעכער מענטש. איך האָב גערעדט מיט אים, באַשריבן די שטעלע. ער האָט מסכּים געווען אין פּרינציפּ. אמת, ער וועט כאַפּן קלעפּ, אָבער ער וועט כאָטש קריגן געלט דערפֿאַר. ס'רובֿ מענטשן כאַפּן קלעפּ בחינם." – שלומהלע האָט זיך צעלאַכט אַ צופֿרידענער פֿון דעם אייגענעם אײַנפֿאַל.

איך האָב געפּרוווט איבערלייענען דעם אָפּמאַך, אָבער די אותיות זענען געשפּרונגען פֿאַר אויגן. פֿײַערדיקע פֿלעק האָבן זיך אַרומגעדרייט צווישן זיי.

„איין זאַך פֿאַרשטיי איך נישט", – האָב איך געהערט זיך אַליין רעדן. – „אַזעלכע פּערווערסישע שטיק זענען דאָך אַלט. זיי שטאַמען מסתּמא נאָך פֿון אָדם־הראשונס צײַטן. ווער דאַרף גראָד דײַנע קאַמערעס, שלומהלע, בשעת אַ מענטש קען קוקן אויף אַזעלכע זאַכן ווי זיי קומען פֿאָר איבער דער גאַנצער וועלט? ער קען זען מענטשן טאָן די זעלבע פֿוילע שטיק אין אַמעריקע, אויסטראַליע, מעקסיקע, ווו דו ווילסט נאָר."

„אָט, דאָ ליגט דער הונט באַגראָבן", – האָט זיך שלומהלע אָנגערופֿן און געפּאַטשט מיט די הענט. – „מײַנע געערטע קליענטן, איינקע טאַקע קאַרפּן־קעפּ, שמעקט נישט צו קוקן ווי אַ גויטע שלאָגט אַ גוי ערגעץ אין אַ פֿאַרוואָרפֿענעם לאָך אין אַריזאָנע. דאָס האָט נישט קיין היימישן טעם. וואָס האָבן זיי דען צו יענע גויים? מע וויל זען אייגענע. ווי די שכנטע שפּײַט דעם שכן אין פּנים און שעלט אים ביז עס רינט אים אַרויס פֿון די אויערן; ווי זי צעממיתטט אים מיט אַ וואַלגערהאָלץ, רײַסט פֿון אים לעבעדיקע פֿאַסן מיט אַ בײַטש, פּײַניקט אים שיִער נישט ביז יציאת־הנשמה. דער מענטש זאָל האָבן דאָס געפֿיל, אַז ער קוקט זיך צו צו דעם גיהנום, וואָס ברענט אומברחמנותדיק בײַ יענעם אין דער היים. ער זאָל זיך קוויקן מיט פֿרעמדע צרות. דאָס איז טאַקע דער גאַנצער שׂכל פֿון מײַן געשעפֿט. די אַקטיאָרן מוזן האָבן אַ ייִדיש פּנים. אָן דעם וועט דער גאַנצער עסק דורכפֿאַלן. ער וועט אָנווערן דעם ייִדישן חן."

שלומהלע האָט איבערגעלייענט אויף אַ קול אַ פּאַראַגראַף, אין וועלכן עס ווערן באַהאַנדלט די באַדינגונגען, אין וועלכע די „דאָמינאַ", די שטראָפֿנדיקע נקבֿה טוט אירע באַדערפֿענישן אויפֿן קנעכט אָדער צווינגען אים זיי עסן, רחמנא־ליצלן.

רחל האָט אויפֿגעהויבן דעם קאָפּ, געקוקט איבער מיר און

געזאָגט אַ פּאַרטראַכטע:

„אַז אַ מענטש עסט אויף דעם דרעק פֿון זײַן תּלין, איז דאָס ממש אַ קרומע זאַך."

„פֿאַרוואָס?" – האָט שלומהלע געפֿרעגט. – „אַלץ איז כשר־וישר. מיר וועלן, פֿאַרשטייט זיך, זיך באַזאָרגן מיט די נייטיקע פֿאַרזיכערונגען. דאָס וועט אונדז אָפּקאָסטן, מסתּמא, אַ באַרג מיט געלט, אָבער מײַן נאָז, וואָס האָט מיך ביז אַהער נישט פֿאַרפֿירט, קיין איין מאָל נישט אין געשעפֿטן, זאָגט מיר צו גרויסע גליקן. מ'וועט אונדז באַגילדערן. און דו!" – האָט שלומהלע געטײַטלט אויף רחלען, וואָס האָט אים באַטראַכט זײַטיק, מיט חשד. – „דו וועסט, מירטשעם, אויך אָפּלעקן אַ פֿעט ביינדל."

רחל האָט געטאָן אַ האַלבן שמייכל און געזאָגט:

„נו, פֿון דײַן מויל אין גאָטס אויערן. לאָמיר מאַכן אַ לחיים."

איך האָב דערפֿילט אַ שאַרפֿן ווייטיק אין ברוסטקאַסטן. עס האָט מיר ווידער אויסגעפֿעלט לופֿט. איך בין אויפֿגעשטאַנען און געשטאַמלט קוים אָפּכאַפּנדיק דעם אָטעם: „אַנטשולדיקט מיך, רבותי" – און אַרויסגעאַנגען פֿון שלומהלעס ביוראָ מיט וואַקלדיקע פֿיס. אַ שווידער איז מיר דורכגעלאָפֿן דורכן רוקנביין. נישט אָפֿט איז מען זוכה צו זען דעם מענטשלעכן מין הויל און נאַקעט, מיט אַזאַ לוסט אָפּטאָן שלעכטס יענעם, צו שעדיקן און דערנידעריקן גלאַט אַזוי צוליב פֿאַרווײַלונג. יאָ, עס ווערט אַלץ בולטער און קלאָרער: מיר האָבן געשאַפֿן גאָט לויט אונדזער מאָס – אַ בייזן, אַ שמאָלקעפּיקן, אַן אַכזריותדיקן. וווּהין אַנטלויפֿט מען, צו אַלדי רוחות?

צו דעם פֿאַרטער האָבן געפֿירט בלויז אַ פּאָר טרעפּ, אָבער איך בין נישט געווען זיכער ווי ווײַט מײַנע פֿיס וועלן מיר דינען. דער טעלעפֿאָן האָט ווידער וויברירט אין מײַן קעשענע. איך האָב אים אַרויסגעשלעפּט. עס איז ווידער געווען עטרה. איך האָב געענטפֿערט

„האַלאָ?"

„האַלאָ, הערש? ביסט עפּעס פֿאַרשווונדן געוואָרן. איך קלינג דיר שוין צום וויפֿלסטן מאָל און דערוויַיל האָסטו נישט געפֿונען פֿאַר נייטיק צו ענטפֿערן."

„עטרה, ביסט גערעכט. איך בין אַ געמיין שטיק, אָבער איצט איז צו שפּעט צוריקדרייען דאָס רעדל. טראָג מיר אָן די בשורה און שוין. נישט אַלץ דאַרף האָבן אַ מוסר־השׂכל."

עטרה האָט געשוויגן אַ ווײַלע אויף יענער זײַט. עס איז מיר שוין געווען אַלץ איינס. לסוף האָט זי געזאָגט:

„איך בין געווען מיטן מיידעלע בײַ דעם פּסיכיאַטער. ווײַזט אויס, אַז עמעצער האָט אָפּגעשאַפֿן זײַן ריי און טאַקע הײַנט אין דער פֿרי האָט מיר די סעקרעטאַרשע אָנגעקלונגען, אָבער איך האָב נישט געקענט זאָגן אַ קלאָרן יאָ אָדער ניין. דעריבער האָב איך דיר אָנגעקלונגען."

„עטרה, וואָס איז די אונטערשטע שורה?"

„ער האַלט זיך נישט פֿאַר דעם לעצטן פּוסק, אָבער ער מיינט, אַז דאָס מיידעלע איז אָפּגעשטאַנען... זי וועט שוין אייביק פֿאַרבלײַבן אַ פֿיר־יאָריק קינד..."

19

„נו, אייביק איז אייביק...", – האָט עמעצער אין מיר גערעדט. – „און אָפּגעשטאַנען איז אָפּגעשטאַנען. אַבי נישט ערגער און אַ חוץ דעם, איז איצט צו שפּעט חרטה האָבן און מ'טאָר נישט פֿאַרגעסן, אַז עס זענען דאָ גרעסערע צרות אינעם פּרעכטיקן לעבן, וואָס רבונו־של־עולם האָט אונדז צוגעשטעלט...."

אין יענעם אָרט און צײַט האָב איך זיך געקוויקט בלויז מיטן פּראָסטן געדאַנק אָדער אײַנרעדעניש, אַז דער וואָס רעדט אין מײַן קאָפּ, פֿאַרמאָגט אפֿשר אַ באַזונדער קול און דאָך איז ער, נאָך אַלעמען, אַ טייל פֿון מײַן „איך" און נישט עפּעס אַ ווילד־פֿרעמדע מחשבֿה, וועלכע איז אײַנגעשפּריצט געוואָרן אָדער אַרײַנגעשלאָגן געוואָרן בגוואַלד אין מײַן מוח דורך אומבאַשטימטע באַשעפֿענישן פֿון קאָסמאָס, דער בייזוויליקער רעגירונג, אַ געהיימען בונד פֿון נאָכשפּיר־אָרגאַנען, די „פֿרײַע־בויערס" אָדער אַן אינטערנאַציאָנאַלער ראַדיאָ־סטאַנציע, וואָס פּריידיקט שמד.

איך בין געזעסן אויף אַ שטיינערנער באַנק, באַטראַכט דעם אַרום און גערייכערט ציגאַרעטן ווי אין פּסוק שטייט, איינער נאָכן צווייטן. לעבן מיר איז געזעסן מײַן פּריוואַטער וועכטער – אַ קראַנקן־ברודער, אַן אַראַבער; זיי פֿאַרטרויען מיר די צעבראָכענע מענטשן – און נישט אַרויסגערעדט קיין וואָרט. דאָס גראָז און די ביימער זענען געווען שטיל; זיי האָבן מיך געלאָזט צו רו. זיך נישט צוגערוקט צו מיר און נישט גערעדט צו מיר קיין וואָרט. אַ שטיפֿעריש ווינטל האָט געבראַכט מיט זיך אַ קנויל פֿײַכטקייט און קילקייט.

„ס'איז נאָך גוט הייס אין דרויסן", – האָט יענער גערעדט אין מיר ווידער. – „אָבער דער האַרבסט, דער ישׂראלדיקער האַרבסט, לאָזט זיך פֿון זיך וויסן. די זון איז געוואָרן עטוואָס מילדער." די דאָזיקע מחשבֿה האָט נישט געהאַט קיין המשך און דאָס קול איז ווידער פֿאַרשטומט געוואָרן. אַבי די גראָזן רעדן נישט. איך האָב זיך פּאָס־מאַקעוועט מיט יענעם געבענטשטן סימן פֿון קלאָרקייט. דער שטאָך פֿון דעם ציגאַרעטן־רויך אין די לונגען איז געוואָרן אַ המשך פֿון אַ הימלישן פֿאַרגעניגן. אין דעם פּסיכיאַטרישן אַנשטאַלט האָב איך זיך געהאַלטן איבערהויפּט פֿון דער וויַיטנס, זייער ווייניק געהאַט צו טאָן מיט די איבעריקע פּאַציענטן, כאָטש איך בין שוין נישט געווען קיין גרינער, איך בין געווען אַן אײַנגעזויעסענער, פֿאַרבראַכט דאָרט היפּשע דריַי וואָכן. די ציגאַרעטן זענען ווידער געוואָרן מיַין בעסטע קאָמפּאַניע. דאָ, אין אָפּטייל, האָבן די ציגאַרעטן קיינעם נישט געאַרט. קיינער האָט מיר נישט געמוסרט אָדער גערעדט וועגן ראַק אין די לונגען.

נאָר איין מאָל האָט זיך געטראָפֿן אַ נישט אָנגענומענער אינצידענט: אַן אַנדער פּאַציענט, אַ מאָדנע פּאַרשוין, אַ וועלט־באַרימטער מוח־כירורג, וועלכער אַנטלויפֿט פֿון דעם „סי. איַי. עי.", וויַיל ער האָט גאַנץ צופֿעליק געמאַכט אַן אַנטדעקונגען, וואָס קען זיי זייער שאַטן. דערוויַיל באַהאַלט ער זיך פֿון די טיַיוולאָנישע אַגענטן טאַקע דאָ, אין דעם פּסיכיאַטרישן אַנשטאַלט, און האָט זיך צוגעטשעפּעט צו מיר צוליב דעם רייכערן. איך האָב אים גוטמוטיק געגעבן צו פֿאַרשטיין, אַז מיַינע לונגען גייען מיר ווייניק אָן און אים דאַרפֿן זיי אָנגיין נאָך ווייניקער, אָבער דער נודניק איז נישט אָפּגעטראָטן. ראַק און טויט און טויט און ראַק. איך האָב אײַנגעזען, אַז מיט אַ שרעקלעכן נודניק טאָר מען זיך נישט באַגיין מיט גוטן. אין איינעם אַ שיינעם פֿרימאָרגן, נישט אַרויסרעדנדיק קיין וואָרט, בין איך אַריַינגעפֿאָרן אים אין די ציין אַריַין, ער זאָל מיך גוט פֿאַרגעדענקען. באַלד איז געוואָרן אַ „ליהודים" – דער עסן־זאַל איז געגאַנגען ווי אויף רעדער. צוויי קראַנק־ברידער

און נאָך אַ מענטש, ווענען איך האָב פֿריִער נישט געזען, האָבן מיך אַ כאַפּ געטאָן, אויפֿגעהויבן אין דער לופֿטן – און מאַרש! תּיכּף, אָן איבעריקע רייד, קווענקלענישן און שהיות, האָבן זיי מיך אַראָפּגעלאָזן, ווי אַ זאַק קאַרטאָפֿליעס אין דעם „געבונד־צימער".

איך בין שוין געווען אַן אויסגעפּרוווטער, אַ דערפֿאַרענער פּאַציענט און זיך נישט געוואַלדעוועט, ווען מע האָט מיך אַוועקגעלייגט אויפֿן בעטל און פֿאַרבונדן מײַנע הענט און פֿיס. דאָס איז נישט געווען מײַן ערשטער באַזוך אין יענעם צימער – חס־ושלום! דאָס ערשטע מאָל איז טאַקע שווער, אָבער דערנאָך ווערט מען צוגעוווינט: מ'ליגט מיט אָפּגענומענע הענט און פֿיס, ווי אַ ליימענער גולם און מ'טראַכט, די מחשבֿות לויפֿן אַרום. פֿאַראַן אַזעלכע, וואָס ליגן מיט פֿאַרבונדענע הענט און פֿיס אַ מעת־לעת, אָבער מיר אַליין איז קיינמאָל נישט אויסגעקומען צו ליגן אין אַזאַ צימער מער ווי אַ שעה. דאָ, אין דעם אַנשטאַלט, זענען מײַנע נערוון שלאַבעריק און איך צינד זיך אָן אין איין אויגנבליק, און דאַקעגן – לעש איך זיך אויך אויס גיך; דאָס וואָס איז פֿריִער געווען אַן עק־וועלט, ווערט נאָך אַ פּאָר מינוט וויניקער ווי אַן אויסגעבלאָזן איי.

אין דעם איזאָליר־צימער, פֿאַרבונדן צו דער בעט, האָב איך געהאַט איבערגענוג צײַט צו טראַכטן; דער זייגער איז געקראָכן, אָבער מײַנע מחשבֿות זענען געלאָפֿן ווי פֿאַריאָגטע, איבערגעשראָקענע זעברעס. איך פֿלעג איבערחזרן, ווידער אַ מאָל און אָבער אַ מאָל, די שמועסן מיט דעם פּסיכאָלאָג, וואָס נעמט מיך אויף צוויי מאָל אַ וואָך.

ער האָט געוואָלט איך זאָל אָפּווישן דעם שטויב פֿון פֿאַרצײַטיקע געשעענישן און אים דערציילן וועגן דער פֿאַרגאַנגענהייט. חס־ושלום איך זאָל זשאַלעווען פּרטים. ער האָט באַפֿוילן איך זאָל איבערגעבן אויף אַ קול אַלץ, וואָס ס'קומט מיר אויפֿן געדאַנק און נישט איבערהיפּען איבער קיין שום זאַך, דערמאָנען זיך אין די סאַמע נישטיקע געשעענישן און קליינע פֿאַרשווינען, וואָס זענען מיר אַ מאָל, על־פּי צופֿאַל, אַנטקעגנגעשפּרונגען אויף אַ רגע און דערנאָך

זיך צוריקגעשאַרט אין דער פֿאַרגעסנהייט און נישט איבערגעלאָזט הינטער זיך קיין שפּור. זיי זענען איצט געוואָרן אין דעם פּסיכאָלאָגס קאַבינעט אָנגעזויענע און סאַמע... סאַמע... ער האָט זיך עקשנותדיק געגריבלט מיטביידע הענט אין אַלטע קריגערײַען און ווונדן – אפֿשר דאָרט וועט זיך געפֿינען אַ קלוגער, אַ פֿאַרבאָרגענער אײַנפֿאַל, אַ משל אָדער אַ שטיקל מוסר־השׂכל. יעדעס מאָל פֿלעג איך זיך בונטעווען קעגן אים: וואָס טויגן אים די אַלטע מעשׂיות? איך האָב סײַווי בדעה צערײַסן יעדע פֿאַרבינדונג מיט מײַן אַמאָל. די גענויע פּרטים זענען נישט שטאַרק וויכטיק. ווי מע זאָל נישט באַטראַכטן דעם ענין, בלײַבט דער סך־הכּל דער זעלבער: איך האָב געהאַט די ערע זיך צו באַקענען נאָר מיט אויסוואורפֿן, שאַרלאַטאַנען און קורוועס... איך בין איינער פֿון זיי.

דעם אמת געזאָגט, איז דער מענטש, אַזוי ווי ער גייט און שטייט, אַ קנויל גרוילקייט. קראַצט אויס פֿון אים דאָס ביסל „ס'פּאַסט נישט" און דאָס רעשטל זעלבסט־כּבֿוד וועט זיך באַקומט אַ שרעקלעכע באַשעפֿעניש, אַ פּיפּערנאָטער. ס'שטייט דאָך אין „מסכת־אָבֿות" דאָס פֿאָלגנדיקע: רבי חנניה זאָגט, אַז מע דאַרף זיך נתפּלל זײַן פֿאַרן ווילשטאַנד פֿון דעם קיניגרײַך, ווײַל אָן דער מורא פֿון זײַן בײַטש וואָלטן מענטשן אײַנגעשלונגען לעבעדיקערהייט איינער דעם צווייטן.

איצט דאַרף איך נישט שפּילן קיין שום ראָלע: איך בין נישט קיין ברודער, נישט קיין זון, און קיין מאַן טאַטע אויך נישט. איך בין נישט קיין אַדוואָקאַט און אויך נישט קיין שרײַבער. די אַמאָליקע אָנשטעלן האָבן אָנגעווירן זייער האַפֿט, די מאַסקעס זענען אַראָפּגעפֿאַלן און זיך צעבראָקלט אויף פּיצינקע שטיקלעך. אַ לויב יענע אָנצאָליקע שטיקער! איך שטיי בלויז אַ נאַקעטער פֿאַרן שפּיגל און זע מײַן רויע אָפּשפּיגלונג – אַ פּיפּערנאָטער, אַזוי זאָל מיר גוט זײַן.

דער קראַנקן־ברודער איז געזעסן לעבן מיר אויף דער שטיינערנער באַנק נישט אַ שטומער און באַטראַכט דעם אייגענעם טעלעפֿאָן. אַ זויערע מינע פֿון לאַנגווײַל האָט זיך צעשפּרייט איבער זײַן פּנים, ווי

קרײַזן איבערן װאַסער נאָכן אַרײַנװאָרפֿן דערין אַ שטיין. איך האָב אַ צי געטאָן נאָך אַ מאָל פֿון דעם ציגאַרעט און באַטראַכט דעם אַרום: אַ גראָזיקער קװאַדראַט, די גרעזער – שפּיציקע, העל־גרינע און האַרטע װי נאָדלען. אויף די סטעזשקעס זענען אַרומגעגאַנגען אַנדערע פּאַציענטן, אָנגעטאָן אין דער היגער אוניפֿאָרם – ברייטע, בלוילעכבע פּיזשאַמעס, אויף װעלכע ס'איז געװען אָפּגעשטעמפּלט: „געזונט־מיניסטעריום". אייניקע פּאַציענטן זענען געשטאַנען אונטער די שיטערער שאָטנס, װאָס די נידעריקע ביימער, פֿאַרפֿלאַנצט אַ דרײַ מעטער איין בוים פֿון דעם צװייטן, האָבן אַראָפּגעװאָרפֿן אַרום זיך.

איך האָב באַטראַכט דעם דאָזיקן אַרום און נישט געװען ביכולת צום פֿאַרשטעלן אַ מסוכּנעם געגנעץ. אוי, אַזאַ געגנעץ! אַ שטיק געזונט. װאָס װילן זיי אייגנטלעך, דער מעדיצינישער פּערסאָנאַל? אויסװאָרצלען אַלע אונדזערע פּסיכישע קרומקייטן, אונדז אויסהיילן דורך אויף דורך מיט לאַנגװײַל? פֿאַרניכטן אונדזער כאַראַקטער? זיי װילן פֿאַרניכטן אונדזער כאַראַקטער דורכן שרעקלעכן לאַנגװײַל, פֿון װעלכן מ'קען זיך נישט באַהאַלטן. אויב די רעאַליטעט איז לאַנגלװײַליק, הייסט עס, אַז די רעאַליטעט איז לאַנגװײַל און לאַנגװײַל אין אַלץ. דאָס איז דאָך דער רעאַליטעט־פּרינציפּ, װאָס װערט פֿאַרװאַנדלט אין דעם לאַנגװײַל־פּרינציפּ. דער לאַנגװײַל פּרינציפּ װעט הרגענען מײַן „איך" – דאָס איז קלאָר װי דער טאָג.

רעאַליטעט־פּרינציפּ. אַ שיין װאָרט, אַ פֿײַנע קונץ, צוגעטראַכט פֿון אַ קלוגן ייִד, שלמהלע פֿרויד. איך און דער פּסיכאָלאָג האָבן נישט איין מאָל אַרומגערעדט פֿרוידס תּורת־אמת און איך מיין, אַז איך האָב אָנגעהויבן צו כאַפּן אין װאָס עס גייט: די דרײַ װעזנס, װאָס קעמפֿן אין מיר אַן אויפֿהער – דער „עס", דער „איך" און דער „אויבער־איך" – אַ גאַנצע חתונה, בנאמנות! צו דער חתונה זענען געקומען אויכעט חשובֿע מחותּנים, װי ליבידאָ, לוסט־פּרינציפּ, טרײַב־כּוח פֿון טויט און אַזוי װײַטער. דער פּסיכאָלאָג פֿלעגט מיר צעקײַען דעם ענין פֿון רעאַליטעט־פּרינציפּ: אין תּוך איז דער מענטש אַזאַ: פֿון איין זײַט,

דרוקט דער לוסט־פּרינציפּ, וואָס איז אַ בלינדער שאַפּער. ער פֿירט דעם מענטש בײַ דער נאָז. ער נעמט נישט אין באַטראַכט דעם אָרום, די ווירקלעכקייט און וויל בלויז אויספֿירן זײַנס – אַ טרונק וואַסער איז אַ טרונק וואַסער אויך פֿון אַ קאַלוזשע, שלאָפֿן מיט אַ פֿרוי איז שלאָפֿן מיט וועמען עס קומט אונטער דער האַנט, אויך די אייגענע האַנט, אָ ביס עסן, וואָס עס זאָל נישט זײַן, אַבי אַרײַנלייגן עפּעס אין מויל. אַלץ וויל עס אויספֿירן תּיכּף־ומיד, און וועגן מאָרגן זאָל זיך גאָט זאָרגן. דאָס מיינט דער „עס" – זייער אָנגענומען!

אַנטקעגן צום לוסט־פּרינציפּ, וואָס שטאַמט פֿון דעם „עס", שטייט דער „רעאַליטעט־פּרינציפּ", וועלכער נעסטיקט אין דעם „איך", דער באַוווסטזיניקער חלק פֿונעם מענטש, און ווערט באַהאַנדלט דורך דעם באַוווסטזײַן. דורך די אָנגעזאַמלטע יאָרן און, אַ דאַנק די אָן אַ שיעור אָנגעוויטיקטע געשעענישן, צוזאַמענשטויסן מיט די האַרטע פֿאַקטן אין דער ווירקלעכקייט, – קען דער מענטש אויכעט דערלאַנגען אַ מאָל אַ ביס. דער „איך" ווערט אויסגעפֿורעמט מיטן צײַטס גאַנג – פֿון אַן עופּעלע, וואָס איז כּולו „עס" ביז אַ בלינדן שאַפּער, וואָס וויל אַרײַנכאַפּן נאָר פֿאַרגעניגנס. צו זײַן אַ מענטש, הייסט, צו זײַן אַנטוישט, מאַכן שלום מיט די קלעפּ און מפּלות, וואָס די רויע רעאַליטעט דערלאַנגט אים כּסדר. די הויפּט־מעלה פֿון דעם מענטש, לויטן חבֿר פּסיכאָלאָג, איז מאַכן שלום מיטן אָנגעגעבענעם: אומגליקן, טויט, פֿאַרשוועכטע יאָרן, אַרויסגעוואָרפֿענע טירחא, ליבעס, וואָס לאָזן איבער אַ שלעכטן נאָכטעם, דער אייגענער נישטיקער כאַראַקטער, אייגענע קרומע וועגן, די שרעקלעכע פֿעלערן, וועלכע די עלטערן האָבן אָפּגעטאָן מיט אים בעתן דערציִען... אַלץ איז הבֿל־הבֿלים. צו מאַכן אַ לאַנגע מעשׂה קורץ: דער רעאַליטעט־פּרינציפּ הייסט, אַז דער מענטש מוז אויסקושן די קייטן, אין וועלכע עס האָט אים אײַנגעשמידט די גורל־שאַפּט, זײַנע עלטערן, די משפּחה און די אומשטענדן, אין וועלכע ער איז געבוירן געוואָרן און האָט אויסגעלעבט די יאָרן. מײַנע קייטן זענען אויך שווער, קיין עין־הרע. נו, אָבער וואָס

דער רעאַליטעט־פּרינציפּ האָט צו טאָן מיט דער פֿאַרניכטונג פֿון מײַן כאַראַקטער? האַ, יאָ! דאָ איז נישטאָ קיין ווירקלעכקייט. דאָס הייסט, אַז מיר דאַרפֿן נישט, מוזן נישט און טאָרן נישט זיך שטויסן מיט דער דרויסנדיקער וועלט: דאָ איז דער טאָג־אָרדענונג הייליק, דער זייגער איז דער האַר און מיר אַלע, אַרײַנגערעכנט די קראַנקן־ברידער און דאָקטוירים זענען זײַנע קנעכט.

פּונקט זיבן אַזייגער קלאַפּט מען אין די טירן: „אויפֿשטיין!". גאַנץ גיך שטעלט זיך אויס אַ ריי פֿאַר דעם צימער פֿון די קראַנקן־שוועסטער אויף אַ רפֿואות־אַפּעל. יעדער קריגט זײַן פּאָרציע. דערנאָך וואַשט מען זיך און אַכט אַזייגער מוז מען וואַרטן בײַ דער טיר פֿונעם עסנזאַל. נאָך פֿרישטיק פֿאַרשליסט מען די צימערן און די פּאַציענטן מוזן פֿאַרברענגען די צײַט ביז מע וועט דערלאַנגען מיטאָג. אַזוי לויפֿן די טעג – דער באַוווסטזײַן איז פֿאַרנעפּלט, דער לאַנגווײַל איז גרויס. דאָנערשטיק נאָכן פֿרישטיק שטייען די פּאַציענטן פֿאַר דער מעדיצינישער קאָמיסיע, וואָס באַשליסט: „מי בקצו ומי לא בקצו, מי במים ומי באש, מי בחרב ומי בחיה."

ראָש־השנה רוקט זיך אָן צו גיך, צו גיך. איך וועל מסתמא אויפֿנעמען דאָס נײַע יאָר דאָ. אַבי מע זאָל אונדז נישט הייסן שמייכלען. די כּוחות האָבן מיך פֿאַרלאָזט און איך קען נישט אויסהאַלטן נאָך אַ יאָר. איך בין, דער עיקר, מיד. דאָס איז מײַן חלאַת – מיד און צעבראָכן; אָבער דערווײַל שווײַגן די גרעזער און אויך די ביימער האָבן נישט קיין טענות צו מיר... מיר איז גוט.

20

ראָש־השנה איז אַריבער אָן מערקווערדיקע געשעענישן. איך האָב אָנטייל גענומען אין דער פֿײַערלעכער סעודה בגוף – מ׳האָט וואָרשײַנלעך פֿאַרשלאָסן די צימערן, אַז קיינער זאָל זיך נישט אַרויסדרייען פֿון זײַן הייליקער פֿאַרפֿליכטונג, אָבער נישט בנפֿש. איך בין געווען דאָרט און נישט געווען דאָרט. מ׳האָט געצוווּנגען די פּאַציענטן צו זײַן דאָרט, אָבער מ׳קען נישט אַרויסבאַקומען פֿון אַ מענטשן אַ וואָרט בגוואַלד. איך האָב געשוויגן, נישט אויסגעביטן קיין וואָרט מיט קיינעם נישט און בין געווען פֿרײלעך און צופֿרידן. מ׳האָט מיך געלאָזט צו רו. איך האָב קיינעם נישט געווּנטשן קיין „גוט יאָר", און קיינער האָט מיר נישט געווּנטשן. צו וואָס זיך באַנאַרישן? ווי פֿאָרט מען דאָס „גוט" מיטן „יאָר", טאַטע־פֿאָטער? אויך יום־כּיפּור איז אַדורך בשלום און אַוועק אין דער אייביקייט קיינעם נישט צו שטערן. עס איז פֿאָרגעקומען בלויז איין שטערונג: האַרט פֿאַר נעילה האָט מיר אַ קראַנקענשוועסטער געווּנטשן: „אַ גמר חתימה טובֿה". איך האָב זיך פֿאַרקרימט און דערמיט האָט זיך די פּרשה געענדיקט.

עס איז שווער צו זאָגן, אַז דער שפּיטאָל איז מיר געפֿעלן, אָבער נאָך אַ חודש צײַט בין איך שוין דאָ נישט געווען קיין גרינער; איך האָב זיך צוגעוווינט צום שטייגער. דער שטייגער איז נישט געווען קיין פֿאַרגעניגן, ער איז פֿאַרוואַנדלט געוואָרן אין אַ באַקוועמלעכקייט. עס האָט געשטעקט אין זיך איבערגעבן אַ געוויסער מעלה: פּליסן אַן אוממעכטיקער אין איינעם מיטן פֿלוס פֿון שטייגער, זיך נישט קעגנשטעלן, זיך פֿאַראייניקן מיט דער אײַנגעפֿירטער טאָג־אָרדענונג

ביז מע ווערט איין ווענז. דײַן פּערזענלעכקייט ווערט דער וואַנטזייגער און דער וואַנטזייגער הייבט אָן צו האָבן דײַן כאַראַקטער.

נאָך יום־כּיפּור האָט די פֿאַראַנטוואָרטלעכע קראַנקענשוועסטער פֿון דער נאַכט צוגעטראָגן מיר די בשׂורה, אַז דער הויפּט־פּסיכיאַטער פֿון דעם אָפּטייל ווערט מיך זען. אָסור אויב איך האָב געוווּסט ווער דער הויפּט־פּסיכיאַטער איז, אָבער אַז איך בין אַרײַן צו אים, האָב איך אים גלײַך דערקענט: אַ קליין מענטשעלע מיט אַ נאַקעטן פּליך פֿון וואַנען עס האָבן אַרויסגעשפּראָצט עטלעכע לאַנגע גרויסע האָר.

ער איז געזעסן אויף יענער זײַט טיש, געשוויגן, צוגעקאָוועט דעם בליק צום עקראַן און געקלאַפּט אויף דער קלאַוויאַטור. פּלוצעם האָט ער געגעבן לשון: איך האָב געמאַכט גרויסע טריט פֿאָרויס. איך וועל זיך באַפֿרײַען טאַקע דעם דאָנערשטיק. עס איז נישט נייטיק זיך שטעלן נאָך אַ מאָל צו דער מעדיצינישער קאָמיסיע. אַלע אָביעקטיווע פֿאַקטאָרן ווײַזן אָן, אַז מײַן פּסיכישער צושטאַנד איז געוואָרן אָן אַ שיעור בעסער. אין אַזאַ שטאַפּל קען דאָס בלײַבן אינעם אָפּטייל מער שעדיקן איידער העלפֿן. זײַט מצליח! איך האָב געוואָלט עפּעס זאָגן, אָבער נישט געוווּסט וואָס. גרויסע טראָפּנס שווייס האָבן זיך אַראָפּגעקײַקלט איבער מײַן רוקנביין.

איך בין אַרויס פֿון דעם הויפּט־פּסיכיאַטער אַן אָפּגעפֿליקטער האָן, אַן אונטערגעשאָסענער. איך האָב דערפֿילט אַ מסוכּנע שוואַכ־קייט אין די פֿיס. זיי האָבן מיך געשלעפּט ווײַטער דורכן קאָרידאָר ווי אויף זייער אייגענעם אַחריות. וואָס טוט מען מיט דער פֿרײַהייט, צו אַלדי שוואַרצע יאָר? האָט אַ קול געפֿרעגט אין מיר אָן אויפֿהער. אַזאַ מיאוסע טבֿע האָב איך: איך ליג פֿאַרשפּאַרט און גאַר דערלעבן צו דער ערשטער מינוט פֿון פֿרײַהייט, אָבער אַז די פֿרײַהייט לאָזט פֿון זיך וויסן, שטייט ממש אויפֿן שוועל, קער איך זיך אויס, הייב אָן ציטערן מיט די הענט און פֿיס, ווי אַ קליין ייִנגעלע. שײַנענדיקע געלע און פֿיאָלעטע פֿלעקן האָבן אַרומגעטאַנצט פֿאַר מײַנע אויגן. אַלץ איז געוואָרן ווי פֿאַרטונקלט. די פּנימער, וועלכע איך האָב פֿאַררוקט

בגוואַלד אין אונטערבאַוווּסטזײַן, זענען איצט אַלע מיט אַ מאָל אויפֿגעשפּרונגען. אַלע האָבן זיי געלאַכט און געשפּאָט פֿון מיר: די מאַמע, עטרה, פֿײַוויש, דזשעיקאָב דער רײַכער נאַר, די צעדודערטע זקנה מיט דער צירונג, שלמהלע, זושע, רחל, די חבֿרה, וואָס וואַרטן אויף מיר אין סיורא. פֿאַרשאָלטן זאָלן זיי זײַן, גאָטעניו! איך האָב אַ שטעלע צו אַלדי צרות! אַזאַ קלאַפּ. די צירונג, רחל, שלמהלע, מײַנע פּוסטע אַמביציעס, רבי אלחנן... אוי, גוואַלד... אַ ברוינע זויערקייט האָט אַ שפּריץ געטאָן פֿון מײַן מויל אַרויס, זיך צעשמירט איבער מײַן שפּיטאָל־פּיזשאַמע און אַ פּליוסקע געטאָן אויף דעם דיל מיט בייזקייט. איך האָב זיך אַראָפּגעבויגן, אַ כאַפּ געטאָן דעם בויך און אַ ביטערניש נישט פֿון דער וועלט האָט מיט אַ געבליפּ אַרויס פֿון מיר. ס'איז געוואָרן שטיל. איך האָב זיך אויסגעגלײַכט. מ'איז צוגעלאָפֿן צו מיר. קולות האָבן גערעדט: „וואָס איז אים?", „וואָס איז געשען?", „אוי־וויי!". „עס גייען אַרום אַ סך ווירוסן לעצטנס", – האָט איינער אַרויסגעוויזן מבֿינות.

מ'האָט מיך אַרײַנגעפֿירט אין באָדצימער. איך האָב געקענט שטיין אויף די אייגענע פֿיס אָן שוועריקייטן. אַז דאָס וואַסער האָט גענומען לויפֿן פֿון דעם דוש, האָט זיך דאָס שלעכטע געפֿיל אָפּגעטאָן פֿון מיר אין אַן אויגנבליק. דאָס איז געווען ממש איבער דער טבֿע. ווי איך וואָלט געווען באַהערט ביז אַהער פֿון אַ קליפּה. אונטערן וואַסער־שטראָם זענען די מחשבֿות געוואָרן לויטער: אין לנו על מי להשען. קיין אמתער אָנשפּאַר איז נישטאָ. איך קען נישט בלײַבן דאָ, ווײַל מע האָט מיך ערשט באַפֿרײַט. אין דרויסן וואַרטן אָן אַ סוף משוגעים צו פֿאַרנעמען מײַן פּלאַץ. איך בין נישט קיין שווערער פֿאַל. איך וועל מוזן לעבן בעל־כּרחי. איך בין נישט גרייט צו שטאַרבן. איך בין אַ צו גרויסער פּחדן. אויך צוריק צו מײַן לעבן קען איך זיך נישט אומקערן. זײַן אויפֿריכטיק, האָב איך געמורמלט אונטערן וואַסער־שטראָם. קודם־כּל, דאַרף מען זײַן אויפֿריכטיק מיט זיך אַליין און די ענטפֿערס וועלן קומען שפּעטער. די אַנדערע קען מען אָפּנאַרן, אָבער

נישט זיך אַליין. דער פּרײַז פֿון זעלבסטנאַרערײַ איז צו הויך. פּלוצעם איז אַ נאָמען אַרויפֿגעקומען – יעפּים כײַמאָוויטש. ער וועט אַלץ פֿאַרשטיין און פֿאַרגלעטן. ער איז דאָך אויך עלנט. מיר זענען ממש אַ זיווג מן־השמיים. ווער ווייסט? אפֿשר האָט אונדז אַ בת־קול געפּאָרט פֿאַרן געבוירן ווערן? אפֿשר מוז עס נישט זײַן נאָר אַ „ער" און אַ „זי"? מיט עטרה איז דאָס געווען אַן אַקצידענט.

און אויב ער זאָגט אָפּ? וואָס טו איך דעמאָלט? און אויב ער וועט מיך נישט וועלן אַרײַננעמען צו זיך? – האָט אויסגעפּיקט אַ ווידערשפּעניקע מחשבֿה אין מיר. ניין, דאָס איז אוממעגלעך און אַז ער וועט מיר אָפּזאָגן, וועט דאָס זײַן אַ סימן, אַז מײַן וועג אין לעבן איז געקומען צו אַ סוף. קיינער דאָך לעבט נישט אייביק, האָב איך זיך געטרייסט. איך האָב דערזען די דאָזיקע סצענע פֿאַר די אויגן: יעפּים זאָגט מיר אָפּ. איך שטיי בײַ דער שוועל. ער פֿאַרמאַכט די טיר. איך דערהער, ווי ער טוט אַ דריי מיטן שליסל אין שלאָס פֿון יענער זײַט. שיין! איצט איז די טיר אויך פֿאַרשלאָסן. איך קלעטער אַרויף צום דאַך און שעפּטשע אַ תּפֿילה ער זאָל נישט געשטרויכלט ווערן און האָבן דעם מוט אויפֿנעמען דעם מלאך־המוות מיט אַ שמייכל. ס'מוז נישט זײַן קיין ברייטער שמייכל. אַ דין, שפּאָטיק שמייכעלע איז איבערגענוג.

איך בין אַרויס פֿונעם באָדצימער אַ אָפּגעפֿרישטער. די נײַע שפּיטאָל־פּיזשאַמע האָט נאָך געשמעקט מיט זייף און ריינקייט. ניין, יעפּים וועט מיר נישט אָפּזאָגן. וואָס איז דער שׂכל דערפֿון?

די קראַנקענשוועסטער פֿון דעם טאָג־שיכט האָבן מיך געלאָזט טעלעפֿאָנירן. בײַ דער אינפֿאָרמאַציע האָב איך באַקומען זײַן טעלעפֿאָן־נומער. ער איז צווישן די לעצטע, וואָס פֿאַרמאָגן אַ מכשיר אויף זייער נאָמען. אַן איבערגעשראָקענע, זקנישע שטים האָט געבאָרכלט אויף יענער זײַט ליניע: „האַלאָ? האַלאָ?" – יעפּים האָט אַרײַנגעשיט זײַנע ציטערדיקע „האַלאָ" אין טרײַבל אָן אַן אויפֿהער און נישט געלאָזט אַרײַנשטעקן קיין וואָרט צווישן זיי.

„יעפּים! יעפּים!‟ – האָב איך אַרײַנגעשריגן אין טרײַבל. – „איר הערט מיך?‟

פֿונעם צווייטן עק דראָט זענען ווײַטער געקומען די אייגענע קלאַנגען: „האַלאָ?‟, „האַלאָ?‟, „האַלאָ?‟

אַ מאָדנער אָנהייב: „יעפּים! – האַלאָ, יעפּים! – האַלאָ?‟ – עס איז מיר געווען אַ חידוש, וואָס יעפּים האָט זיך נישט מיאש געווען און אַוועקגעלייגט דאָס טרײַבל. אַ ייִדישע גבֿורה און ייִדיש עקשנות. אַן איבערגעגעבנקייט, וואָס לאָזט זיך נישט דערקלערן בלויז מיטן שׂכל. פּלוצעם האָב איך דערהערט: „יאָ!‟. איך האָב געפּרוּווט נאָך אַ מאָל:

„יעפּים?‟ – „יאָ!‟ – האָט יעפּים געענטפֿערט ווידער. איך האָב אָנגעווירן דעם בטחון און אָנגעהויבן צווייפֿלען אין דער גאַנצער איניציאַטיוו: „יעפּים כײַמאָוויטש?‟

„יאָ, דאָס בין איך‟, – האָט אַ סקריפּע געטאָן די שטים אויף יענער זײַט ליניע.

איך האָב זיך אָנגענומען מיט קוראַזש און געזאָגט אין טרײַבל:

„דאָ רעדט הערש, איך בין געווען בײַ אײַך מיט אַן ערך אַ חודש צוריק צוזאַמען מיט יענעם שאַרלאַטאַן זושע, וואָס מאַכט צו רעכט אײַערע לאָדנס אין קיך יעדן מאָנטיק און דאָנערשטיק.‟

„איר הייסט הערש, זאָגט איר?‟

„יאָ... יאָ...‟, – האָב איך אָנגעהויבן שטאַמלען. דער בויך האָט זיך אָנגעבלאָזן, געוואָרן האַרט, ווי אַ פּויק. אַ טרוקעניש האָט זיך מיר געשטעלט אין האַלדז. איך האָב זיך געהערט זאָגן:

„זײַט מוחל, איר געדענקט מיך נישט. מחילה, אַ פּלאָנטער, אַ טעות. מחילה.‟

„אַ שאלה...‟, – האָט יעפּים געצויגן די ווערטער. – „אַוודאי געדענק איך אײַך! איר זענט געווען אַ גלענצנדיקער צוהערער. אַ פֿאַרערער פֿון מײַן באַשיידענעם פּאָעטישן האָב־און־גוטס. וויפֿל צוהע־רערס האָב איך שוין, מיינסטו? וויפֿל? אַוודאי געדענק איך. וואָדען?‟

אַ שטיין איז מיר אַראָפּ פֿון האַרצן. אָבער די מעשׂה האָט נאָך געהאַלטן בײַ מה־טובֿו, נישט בײַ תּם־ונשלם. איך האָב ווויל געוווּסט, אַז מײַן בקשה איז נישט קיין געוויינטלעכע:

„איר הערט?" – האָב איך געזאָגט. – „די מעשׂה איז אַזאַ... איך קלינג אײַך פֿון אַ שפּיטאָל, אַ פּסיכיאַטרישן שפּיטאָל, הייסט עס. דאָס איז אַ ביסל שאָקירנדיק, איך ווייס... אפֿשר וואָלט איך געדאַרפֿט אײַך געבן צו פֿאַרשטיין פֿריִער, וואָס און פֿאַר וואָס, און איך וועל דאָס גערן טאָן שפּעטער, בנאמנות. איך וועל נישט זשאַלעווען קיין פּרטים און דאָס וועל איך טאָן מיטן גרעסטן פֿאַרגעניגן. יעדנפֿאַלס, האָט זיך איצט געשאַפֿן אַ מאָדנע סיטואַציע: איך בין שולדיק אין דעם. מ'קען זאָגן, דעם הויפּט־שולדיקער, אָבער אין קיין שום פֿאַל נישט דער איינציקער. איך וויל אײַך בעטן... איך נייטיקן זיך אין אַ דאַך איבערן קאָפּ. איך האָב אַ ווײַב און אַ קינד, נאָר איך קען זיך נישט אומקערן צוריק אַהין. ווי האַלט איר? צי קען איך איבערנעכטיקן בײַ אײַך איין נאַכט אָדער אַ פּאָר נעכט? איך וועל צוריקקומען צו זיך איינס־און־צוויי."

„יאָ, קום געזונטערהייט", – איז געווען דער ענטפֿער פֿון יענער זײַט ליניע.

„איך דאַרף זיך אַ ביסל אומקוקן. איר פֿאַרשטייט... נאָך איין חודש דאָ, אין שפּיטאָל, איז נישט קיין פּשוטע זאַך זיך אומצוקערן צום פֿריִערדיקן לעבן. די כּוחות סטײַען נישט. איך האָב זיך אַליין אַרײַנגעלייגט אין אַ קלעם מיט די אייגענע הענט."

„קום אַהער געזונטערהייט. איך וואַרט אויף דיר."

אַלע אינעם אָפּטייל, די פּאַציענטן און דער מעדיצינישער פּערסאָנאַל, האָבן זיך געזעגנט מיט מיר מיט טרערן אין די אויגן. עס ווײַזט זיך אַרויס, אַז איך בין געווען אַן אויסערגעוויינטלעכער חולה. איך בין געשטאַנען אָנגעטאָן אין ציווילע קליידער, צום ערשטן מאָל זינט אַ חודש צײַט, און געוואַרט אויף דעם טאַקסי, וואָס וועט מיך פֿירן אין שטאָט אַרײַן. איבערן קאָפּ האָט זיך אויסגעשפּרייט

אַן אויסגעשטערנטער בײַנאַכטיקער אומענדלעכער הימל. אַ גרויסע, טיף־געלע לבֿנה האָט באַלויכטן דעם אַרום ווי אַ פֿײַערדיקער זײַל און אַ פּסוק האָט זיך אַרײַנגעזועצט אין מײַן קאָפּ אָן מײַן ווילן: „וַהשם הֹלֵךְ לִפְנֵיהֶם יוֹמָם בְּעַמּוּד עָנָן לַנְחֹתָם הַדֶּרֶךְ וְלַיְלָה בְּעַמּוּד אֵשׁ לְהָאִיר לָהֶם לָלֶכֶת יוֹמָם וָלָיְלָה.“ – „און גאָט גייט פֿאַר זיי בײַ טאָג אין אַ כמאַרנעם זײַל אָנווײַזן דעם וועג און בײַ נאַכט באַלויכט ער זייער וועג בײַ טאָג און בײַ נאַכט.“

21

אַ חודש איז אַוועק זינט מײַן באַפֿרײַונג פֿון שפּיטאָל. פֿונעם אײַנשטיין בײַ יעפֿימען אַ פּאָר טעג האָט זיך אויסגעלאָזט אין אַ קײַלעכדיקן חודש. איך וואָלט געזאָגט, אַז איך קום צוביסלעך צוריק צו זיך, אויב איך וואָלט געוווּסט ווער עס איז דער „זיך", למען השם. במשך פֿון דעם חודש, וואָס איך האָב פֿאַרבראַכט בײַ יעפֿימען האָב איך לאַנגזאַם, אָבער זיכער אויסגעטאָן די אַמאָליקע, צומאָל העסלעכע, אויסגעטראָגענע מלבושים. דער אַמאָליקער הערש איז שוין נישטאָ. ער לעבט ווײַטער נאָר אין דעם אידענטיפֿיקאַציע־ביולעטין, וואָס ליגט כּסדר אויף מײַן קאַמאָד. יענער הערש גרינבערג האָט טאַקע דעם זעלבן אידענטיפֿיקאַציע־נומער ווי איך און אויף דער קלײנער פֿאָטאָגראַפֿיע זעט ער אויס שטאַרק ענלעך צו מיר, כאָטש דאָרט איז ער ייִנגער מיט אַ יאָרצענדליק און טראָגט ווײַטער אַ יאַרמעלקע, נעבעך.

יעפֿים איז געוואָרן מײַן פֿאָטער, ברודער און חבֿר. ער דינט אייגנטלעך ווי מײַן אײנציקע, שטענדיקע פֿאַרבינדונג מיט דערווירקלעכקייט. טיילמאָל טראָגט ער מיר צו ידיעות, וועלכע ער האָט געלייענט אין דער רוסישער צײַטונג, כאָטש איך האָב אים באַשווירן נישט איין מאָל ער זאָל נישט אַרײַנטראָגן קיין נײַעס – יענעמס מיסט אין אונדזערע דל"ד־אמות אַרײַן. איך בין שוין נישט קיין נײַגעריקער און נייטיק זיך נישט אין דעם טעגלעכן סם, וואָס הייסט, נײַעס. די טעג לויפֿן אַוועק און איך בענק נישט נאָך זיי. יעדער טאָג זעט אויס פּונקט ווי זײַן נעבכטן – אַן אייביקער ציקל. מיר איז גוט אַזוי.

אוממעכטיקייט און לאַנגווייַל פּילן אָן מייַן נייַעם וועזן. איך שלעפּ זיך קוים און די אויגן האַלב פֿאַרמאַכט שלעפּן זיך מיט מיר פּונעם שלאָפֿצימער אַזש ביז אין קיך אַרייַן און צוריק. דער „נישט" איז געוואָרן בייַ מיר אַ נייַע אידעאָלאָגיע: איך טו אַ שפּייַ אויף מייַן עקזיסטענץ, אויף עולם־הזה, ווייל ווײסנדיק, אַז עס איז נישטאָ קיין עולם־הבא. דאָס איז אַ באָבע־מעשׂה. מ'שטאַרבט – און שוין. ווי קריכט מען אַרויס פֿון דעם קלעם? מייַן ענטפֿער: מ'קריכט נישט אַרויס. מ'בלייַבט פֿאַרקלעמט.

איך לעב, אייגנטלעך, ווי אין דער מאַמעס טראַכט. יעפּים האַלט מיך בוכשטעבלעך אין וואַטע. אַ חוץ דער אַרבעט אין אוניווערסיטעט, האָט ער גענומען נאָך אַן אַרבעט, עס זאָל נישט אויספֿעלן קיין ברויט אין שטוב. ס'אַ אַרבעט, וואָס עס איז אים קיינמאָל נישט אייַנגעפֿאַלן, אַז מע קאָן אַזוי פֿאַרדינען געלט: ער דאַרף זיך באַטייליקן אין אַלערליי פֿילמען און פֿילמעלעך? ער קריכט דאָרט אַזוי אויף אַלע פֿיר, האַווקען, מיאַוקעט און מעקעט. זי שעלט אים מיט טויטע קללות, גיט אים שמיץ. זי גיט אים אַ בעבערל און הייסט אים אויסטרינקען דער רוח ווייסט וואָס... נאָר ער טוט אַלץ, כּדי איך זאָל נישט דאַרפֿן אייַנטאָן קיין פֿינגער אין וואַסער. ער קאָן אויסשטיין אַלץ, אַבי איך זאָל ווערן געזונט.

אַזוי זיץ איך אין דער האַלב־פֿינצטערער דירה און קוק טעלע־וויזיע; נאָר איין אויפֿגאַבע האָב איך גענומען אויף זיך, כאָטש יעפּים האָט אין אָנהייב פֿון גאָרנישט געוואָלט וויסן: אַרויסטראָגן דאָס מיסט. די פּיס דינען נישט יעפּימען ווי אַמאָל. אַראָפּגיין די טרעפּ קען ער ווי עס נישט איז, אָבער אַרויפֿקלעטערן איז פֿאַר אים אַן אָפּקומעניש, און דאָס ווערט אים וואָס אַ מאָל שווערער. אַיעדן טאָג טראָג איך אַרויס דאָס מיסט און פּייַף זיך אָן אַ שטיקל חזנות. די שפּיזיקע בייזע בליקן פֿון די שכנים באַגלייטן מיך אַראָפּ און אַרויף איבער די טרעפּ. די שכנים קוקן מיך נאָך און שלינגען אַראָפּ בייזע געלעכטערס. איך פֿאַרשטיי גאַנץ גוט זייערע בליקן און

דערגיי זייערע כּוונות. איך און יעפּים טרעטן אויף זייערע מיאוסע, פֿינצטערע מחשבֿות אין די הויפּט־ראָלעס: ער איז דער אַלטער צאַפּ און איך בין, פֿאַרשטייט זיך, דער דזשיגאַלאָ. איך קען זיי הערן בחוש רעדן: „אוי, איז דאָס אַ וועלט!" – זאָגן זיי אָן ווערטער. „נאָכדעם וואָס דאָס ווײַב איז בײַ בײַ אים געפּגרט, האָט דער יעפּים גאָר אַרײַנגענומען צו זיך אַן 'ער'. דאַכט זיך, אַז די בושה איז געשטאָרבן צוזאַמען מיט איר. אָך, דער אַלטער צאַפּ! ער זיצט נישט מיט פֿאַרלייגטע הענט. מע באַגייט אַזאַ תּועבֿה בײַ אונדז אין בנין און די ערלעכע מענטשן שווײַגן. מ'קען דען עפּעס טאָן דערמיט? דער בעל־הבית וועט זיי קיינמאָל נישט אַרויסוואַרפֿן. ער וויל נאָר ציילן דאָס געלט – ווײַטער גייט אים גאָרנישט אָן."

די שפּיזיקע, פֿינצטערע בליקן גייען מיר ווייניק אָן. איך נעם זיך נישט איבער צוליב אַזעלכע נישטיקע מענטשן און זייערע קליינע השׂגות. איך האָב זיך צוגעוווינט און איבערגעקומען דעם פסיכיאַטרישן שפּיטאָל און איך וועל איבערקומען אויך די שפּיזיקע בליקן, מירטשעם.

עפּילאָג

חיים־אַלטער, מײַן נײַנצן־יאָריקער קרובֿ, דער זון פֿון בתיה מײַן
שוועסטערקינד, איז טויט. ער איז געפֿאַלן אין די ערשטע שעה פֿון
דער מלחמה. די ‏„כאַמאַס"־רוצחים האָבן זיך אַרײַנגעריסן אויף זײַן
באַזע אַ קורצער צײַט נאָך דעם, ווי מ'האָט איבערגעגעבן די וואָך־
פּונקטן פֿון דער נאַכט־שיכט צו דער טאָג־שיכט. ער האָט באַוויזן צו
זען, ווי די טונקלע גרויקייט ווערט אַ ליכטיקער טאָג און שוין – אַן
עק. האָפֿנטלעך, האָט ער נישט געליטן איבעריקע יסורים.

איך בין געווען דערבײַ, ווען זעקס סאָלדאַטן אין פֿריש־געפֿרעסטע
מונדירן האָבן מיט געהעריקן חשיבֿות לאַנגזאַם אַראָפּגעלאָזט זײַן
אָרון, איבערגעדעקט מיט דער ישׂראלדיקער פֿאָן, אין דער ערד. איך
האָב געקוקט אויף בתיה פֿון דער ווײַטנס. איך האָב נישט געהאַט
גענוג מוט זיך דערנענטערן צו איר. זי האָט געציטערט און שטיל
געכליפּעט. אַ פּלוצעמדיקער ווינט האָט אַ שפּיל געטאָן מיטן שפּפאָגל־
נײַעם קריעה־דריס אויף איר שוואַרץ העמד. דאָס פּנים בײַ חיימען
האָט אויסגעזען גרין, געל און שטאַרק פֿאַרקנייטשט, ווי די קאָרע
בײַ אַן אַלטן בוים. ער האָט אויסגעזען קליין און דאַר. דאָס חיות איז
אַנטרונען פֿון אים. אַז חיים איז געלעגן אין קבֿר, האָט מען גענומען
אין דער האַנט לאָפּעטעס און אָנגעהויבן שיטן אויף אים רויטע ערד.
אַ גאַנץ בערגל. דער קלאַנג פֿונעם פֿאַלן אַ זשמעניע ערד אויף דעם
אָרון איז געווען פּשוט אומדערטרעגלער. מילא, איך האָב געטראָגן
זון־בריליון, האָט דער עולם געהאַט די זכיה צו זען בלויז ווי עס ציטערן
מיר די ליפן. דערנאָך איז מיר אײַנגעפֿאַלן, אַז סתּם־ווי באַמערקט מיך

קיינער נישט. קיינער קוקט זיך אויף מיר נישט אום. איך בין נישט מער ווי אַ קליין ווערעמל. וואָס פּלוצעם האָב איך זיך צוגעגעבן אַזאַ חשיבֿות? אַ משוגעת, בנאמנות. נו, דעריבער נעם איך איין פּילן. גאָר אין גיכן וועלן מיר אַלע זיך נייטיקן אין זיי.

נאָך דעם ווי חיים איז באַערדיקט געוואָרן האָבן זיך דריי זעל־נער אויסגעשטעלט אין אַ ריי און, לויט אַ באַפֿעלן – „פֿײַער!" – אָנגעשטעלט די ביקסן אין הימל און אויסגעשאָסן – אַ כּבֿוד־סאַלוט לזכר חיימען. די שאָסן האָבן מיר פֿאַרטויבט די אויערן. אַ שוידער איז מיר דורכגעלאָפֿן. איך האָב אַ קריץ געטאָן מיט די ציין. ווער איז געווען דער חכם, וואָס איז געפֿאַלן אויף אַזאַ המצאה? שיסן אויפֿן בית־עולם בשעת די מלחמה אין דרויסן איז אין פֿולן ברען? דער ריח פֿון פּולווער איז געווען שאַרף. אַזאַ ריח האָט חיים דערשמעקט אין זײַנע לעצטע מאָמענטן? האָב איך זיך געפֿרעגט. אַזאַ שיסערײַ האָט ער דערהערט?

דער קאָשמאַר האָט זיך אָנגעהויבן שׂימחת־תּורה אין דער פֿרי: יעפֿים האָט מיך איבערגעוועקט. „הערש! הערש! שטיי אויף!", האָט ער מיך גערופֿן און מיך געטאָרעט מיט דער האַנט. – „ס'נישט די ריכטיקע צײַט צו שלאָפֿן."

ער האָט זיך אַראָפּגעזעצט אויף דער בעט אַ פֿאַרטומלטער. אין דער האַנט האָט ער געהאַלטן אַ גלאָז וואַסער און מיט דער צווייטער האַנט – גענישטערט אין בוזעם־קעשענע. ענדלעך האָט ער אַרויסגעשלעפּט דרײַ פּילן.

„וואָס ברענט, יעפֿים?" – האָב איך געפֿרעגט נאָך אַ פֿאַר־שלאָפֿענער.

„פֿריִער נעם איין די פּילן. זיי באַרויִקן גוט... נאַ, פֿאַרטרינק מיט וואַסער."

דערנאָך האָט ער מיר געגעבן צו פֿאַרשטיין, אַז עס האָט אויסגעבראָכן אַ מלחמה. „כאַמאַס" איז באַפֿאַלן ישׂראל. הונדערטער ראַקעטן פֿליִען פֿון עזה־פּאַס. אויף דער טעלעוויזיע האָט מען

באַריכטעט, אַז באַוואָפֿנטע לײַט האָבן זיך באַוויזן אין דער שטאָט שׂדרות און אין דער געגנט אַרום עזה־פּאַס.

דער ווינצימער איז געווען פֿאַרטונקלט „אויף נישט צו באַדאַרפֿן...", האָט יעפֿים געשעפּטשעט און געטײַטלט אויף די אַראָפּגעלאָזטע לאָדנס. דאָס ליכט אין דעם אַלטמאָדישן, פֿאַרצאַצקעטן קאַנדעלאַבער האָט געברענט. דער טעלעוויזאָר איז געווען שוין אָנגעצונדן. די שײַן פֿון דעם עקראַן האָט געשטאָכן אין די אויגן. דאָס קול פֿון דער רעפּאָרטערין האָט אָנגעפֿילט דעם גאַנצן חלל. איך האָב געוואָלט זיך אָפּזונדערן, איבעררײַסן אַלע קאָנטאַקטן מיט דער דרויסנדיקער וועלט, און איצט האָט זיך די דרויסנדיקע ברוטאַלקייט אַרײַנגעריסן אין מײַנע נעבעכדיקע ד' אַמות, מיך רוצחיש אָנגעכאַפּט בײַם גאָרגל און נישט אָפּגעלאָזט.

פֿון סאַמע אָנהייב זענען די נײַעס געווען שרעקלעכע. דעמאָלט האָט מען געוווּסט זייער ווייניק און איבערגעגעבן נאָך ווייניקער. אַלע ידיעות זענען געווען שלעכט. אַ מפּלה, אַ קראַך, אַ קאַטאַסטראָפֿע. מ'האָט צוביסלעך אָנגעהויבן רעדן וועגן טויטע, דערמאָרדעטע. איך און יעפֿים זענען געזעסן שטיל, נישט קענענדיק אָפּרײַסן קיין אויג פֿון דעם אומגליק, וואָס האָט זיך אָפּגעשפּילט אויפֿן עקראַן. דאָס איינציקע, וואָס מיר האָבן געקענט און געמוזט טאָן, איז געווען – זען, הערן און געדענקען. אײַנזאַפּן אין זיך באַוווּסטזיניק דעם טייטלעכן סם. איך האָב קיינמאָל נישט געפֿילט אַזאַ ווייטיק פֿריִער.

איך האָב אָנגעקלונגען עטרהן. זי איז שוין געהאַט אַנטלאָפֿן געווען מיטן מיידעלע פֿון אונדזער דירה צו אירע עלטערן, קיין גבֿעת־שמואל. נו, און דאָרט איז מער זיכער ווי אין חולון? זי האָט געזאָגט, אַז יאָ. „כאַמאַס" וועט נישט שיסן אַהין. מילא, אַבי איר איז רויִקער דאָרט. איך האָב איר געגעבן צו פֿאַרשטיין, אַז איך מוז בלײַבן אין ירושלים. מײַן פּסיכישער צושטאַנד דערלויבט מיר נישט ערגעץ צו פֿאָרן. זי האָט געהאַלטן, אַז גראָד אין ירושלים איז שטאַרק געפֿערלעך. איך האָב צוגעשטימט. אין צפֿון־לאַנד

לעבן „כיזבאַלאַ“ איז שטאַרק געפֿערלעך, אָבער אין דרום – שוין אָפּגערעדט. תּל־אָבֿיבֿ וועט תּמיד זײַן דאָס אײבערשטע פֿונעם שטײסל בײַ די טעראָריסטן, און אַל־אַקצאַ געפֿינט זיך אַ דרײַ קילאָמעטער צו מיזרח. מיר זענען בוכשטעבלעך אַרײַנגעפֿאַלן אין אַ פּאַסטקע. עטרה האָט זיך געבעטן בײַ מיר איך זאָל, למען השם, קומען צו אירע עלטערן. איך האָב נישט געזאָגט „יאָ“ אָדער „ניין“. איך האָב געלאָזט דעם ענין הענגען אין דער לופֿטן און צו זיך האָב איך געטראַכט, אַז אויב עס איז מיר שוין באַשערט צו שטאַרבן, איז בעסער צו שטאַרבן בײַ יעפֿימען.

די נאַכט איז צוגעפֿאַלן. אין דער דירה האָט זיך געלאָזט שפּירן אַן אומהיימלעכע קילקייט. יעפֿים האָט אָנגעצונדן אויף דעם ראַדיאָ־אַפּאַראַט. די שרעקלעכע בשׂורות האָבן איצט אַרויסגעשטראָמט פֿון ביידע קוואַלן.

איך האָב זיך צוגעדעקט מיט אַ קאָלדרע און ווײַטער געקוקט מיט אויפֿגעריסענע אויגן אויפֿן בלענדנדיקן עקראַן. די צאָל טויטע איז געשטיגן. איצט האָט מען גערעדט וועגן, צום ווייניקסטן, הונדערט צוואָנציק געהרגעטע.

„קיינער וועט נישט צומאַכן קיין אויג די נאַכט, האַ?“, – האָב איך געזאָגט יעפֿימען.

ער האָט אַראָפּגעשלונגען די פּילן פֿאַר בלוטדרוק און צוקער־קרענק און אָפּגעענטפֿערט:

„ניין.“ דאַכט זיך, אַז איך בין אײַנגעשלאָפֿן אויף דער סאָפֿע. ווען איך האָב אויפֿגעמאַכט די אויגן, האָבן זיך שײַנענדיקע זונשטראַלן אַרײַנגעריסן אין ווינציקער צווישן די לאָדנס. אַ רגע האָט דער טאָג אויסגעזען ווי אַ געוויינטלעכער זונטיק, נאָר דעמאָלט זענען אויפֿגעקומען די גרויליקע קולות און אימאַזשן פֿון נעכטן. געוויינטלעך, וועקט מען זיך אויף פֿון אַ קאָשמאַר, אָבער אין מײַן פֿאַל האָב איך זיך אויפֿגעוועקט אין אַ קאָשמאַר. יעפֿים האָט זיך אַרײַנגעשאַרט אין צימער מיט אַ געשוואָלן פּנים, אָנגעצונדן דעם ראַדיאָ. צה״ל האָט

איבערגעגעבן די ערשטע נעמען פֿון די געפֿאַלענער זעלנער. צווישן זיי איז געווען אויך מײַן קרובֿ חיים...

נאָך דער לוויה בין איך גלײַך געגאַנגען צו בתיהן. די פּלאַסטישע ווײַסע בענקלעך זענען שוין געווען אויסגעשטעלט און יעדער פֿרײַער שטח אין דער באַשיידענער ירושלימער דירה איז געווען פֿאַרנומען. איך בין געזעסן צווישן פֿרעמדע. מײַן בענקל איז געשטאַנען פּונקט אַנטקעגן חיימס פֿאָטאָגראַפֿיע. זי איז געשטאַנען אויף אַ רונדיקן טיש און זיך אָנגעשפּאַרט אין דער וואַנט, ווי זי וואָלט בדעה געהאַט אַ פֿאַל טאָן אויפֿן רוקן. חיים האָט געקוקט אויף מיר דורך אַ פּאָר גרויסע ברילן אַ שמייכלדיקער. אויפֿן קאָפּ האָט ער געטראָגן אַ שוואַרץ בערעטל, דורכגעשטאָכן מיטן צייכן פֿון די פּאַנצער־כּוחות. דער גרינער מונדיר איז געלעגן אויף אים גלאַט און פֿריש. ער האָט געדינט אין מיליטער בלויז פֿינף חדשים. זײַנע באַקן זענען געווען גלאַטע, אָן אַ חתימת־זקן, וואָס האָט ער שוין, נעבעך, באַוויזן צו זען און הערן אין זײַן קורץ לעבן? קוים, וואָס ער איז אַרויס פֿון אונטער דער מאַמעס פֿאַרטעך.

מײַן ברודער יעקבֿ־דזשעיקאָב איז אויסגעוואַקסן פּלוצעמדיק. ער איז נאָר וואָס אָנגעקומען. דערהערט די שווערע בשורה, האָט ער תּיכּף געכאַפּט אַן עראָפּלאַן פֿון ניו־יאָרק און דורך אייראָפּע, באותות־ומופֿתים האָט ער באַוויזן אָנצוקומען אַהער. עמעצער האָט אַרויפֿגעלייגט אַ סך סידורימלעך אויף אַ טישל און דער עולם האָט זיי צעכאַפּט. מע האָט זיך געשטעלט דאַוונען מינחה. מײַן ברודער האָט זיך געריסן צו זײַן דער שליח־ציבור. איך האָב איבערגעלייענט די ווערטער פֿון שמונה־עשׂרה. גאָט איז, כאָטש לויטן סידורל: „מְחַיֵּה מֵתִים בְּרַחֲמִים רַבִּים, סוֹמֵךְ נוֹפְלִים, וְרוֹפֵא חוֹלִים, וּמַתִּיר אֲסוּרִים." מײַן ברודער יעקבֿ האָט געבענטשט הויך: „ברוך אתה אדוני! מחיה המתים!" – און דער עולם האָט געענטפֿערט: „אָמן!.."

ניין, האָב איך געטראַכט צו זיך בשעת־מעשׂה. חיים־אַלטער וועט זיך נישט אומקערן. דער טויט איז דער ענדגילטיקער און

אומאָפּפּרעגלעכער סוף. גענוג זיך באַנאַרישן, טרייסטן זיך און אַנדערע מיט פּוסטע צוזאָגן, איבערקײַען קינדישע אײַנרעדענישן. דערוואַקסענע מענטשן מוזן טראָגן דעם יאָך: אַרײַנקוקן דעם רויען אמת אין די אויגן, נישט אָפּפּירן דעם בליק. נו, אָבער עס איז נישטאָ אַזאַ זאַך „דערוואַקסענע". מיר אַלע זענען תּמיד געווען און געבליבן קינדער. איך האָב אָפּגעריסן דעם בליק פֿונעם סידורל און אָנגעקוקט חיימס בילד ווידער. דער איבל, וואָס איך האָב דערפֿילט פֿון סאַמע אין דער פֿרי, איז נישט אָפּגעטראָטן. דער קאָפּ האָט געשווינדלט. אפֿשר איז אַ פּלאַן זיך אַוועקלייגן, אַוועקחלשן? הלוואַי וואָלט איך געקענט זיך אַרויסרײַסן פֿון דעם בייזן חלום, כאָטש אויף איין מינוט. דאָס איז, לײדער, נישט געשען. איך האָב ווײַטער געדאַוונט מיטן עולם, געמורמלט ווערטער, אין וועלכע איך האָב גאָר נישט געגלייבט און געענטפֿערט „אָמן" אויף זאָגענישן, אין וועלכע איך האָב געגלייבט נאָך וויניקער. נאָכן אָפּדאַווענען איז דזשעיקאָב־יעקבֿ צוגעקומען צו מיר. „נעם אַ טרונק וואַסער", – האָט ער מיר אַרײַנגעשעפּטשעט אין אויער. – „דו זעסט אויס זייער בלאַס."

איך האָב נישט געקענט אויסהאַלטן אַזוי פֿיל טויט. איך בין אַרויס אויף דער פּוסטער פֿינצטערער גאַס, זיך אַוועקגעזעצט אויף אַ באַנק בײַ אַ לײדיקער אויטאָבוס־סטאַנציע און אָפּגעאָטעמט טיף ווי עס איז נאָר מעגלעך. קיין אויטאָס זענען נישט פֿאַרבײַגעפֿאָרן. איך האָב רעכט נישט געוווּסט, אויב עס וועט קומען דער אויטאָבוס אָדער נישט. „באַזונדערע קריג־באַדינגונגען!" – ס'האָט מיר געשלאָגן צום ברעכן. אַזוי פֿיל טויט, רבונו־של־עולם. דער טויט האָט זיך ווי דורכגעווייקט אין מײַנע קליידער, אַ כאַפּ געטאָן די האָר, אַרײַנגעשריגן אין די אויערן.

די גוט־באַקאַנטע סירענע האָט פּלוצעם צעריסן די שטילקייט. דער קערפּער האָט רעאַגירט גיכער ווי דער קאָפּ. איך האָב זיך אויפֿגעהויבן און אָנגעהויבן לויפֿן מיט אַלע כּוחות. די אויגן האָבן געזוכט אַ באַהעלטעניש.

אַ מחשבֿה איז דורכגעלאָפֿן אין קאָפּ: „דאָס לעבן איז אַזוי קורץ! אפֿשר איז טאַקע שוין צײַט זיך געזעגענען מיט יעפֿימען און זיך אומקערן צו עטרה און צום מיידעלע, פּרוּוון ווערן ווידער אַ משפּחה...‟

תּל־אָבֿיבֿ, 14 אָקטאָבער 2023